As
TREZE RELÍQUIAS

As TREZE RELÍQUIAS

MICHAEL SCOTT *e*
COLETTE FREEDMAN

Tradução
Alice Klesck

Planeta

Título original: *The thirteen hallows*

PREPARAÇÃO: Beatriz de Freitas
REVISÃO: Francisco José M. Couto
DIAGRAMAÇÃO: S4 Editorial
CAPA ADAPTADA DO ORIGINAL POR: S4 Editorial
CAPA ORIGINAL: © Base Art Co.
IMAGENS DA CAPA: © Valentino Sani/Trevillion Images (espada), © Jonathan Chritchley/Trevillion Images (Londres).

CIP-BRASIL. CATALOGAÇÃO-NA-FONTE
SINDICATO NACIONAL DOS EDITORES DE LIVROS, RJ

S439t

Scott, Michael e Freedman, Collete,
As treze relíquias/Michael Scott e Colette Freedman; tradução Alice Klesck. - São Paulo: Planeta, 2013.
416p.: 23 cm.

Tradução de: *The thirteen hallows*
ISBN 978-85-422-0116-1

1. Ficção fantástica inglesa. I. Freedman, Colette. II. Klesck, Alice. II. Título.

13-1409. CDD: 823
CDU: 821.111-3

2013

EDITORA PLANETA DO BRASIL LTDA.
Avenida Francisco Matarazzo, 1500 – 3º andar – conj. 32B
Edifício New York
05001-100 – São Paulo – SP
www.editoraplaneta.com.br
atendimento@editoraplaneta.com.br

Para Sharon & Robert

e

Barry

AGRADECIMENTOS

Colette gostaria de agradecer a:
Deb Gallagher, por construir a fundação.
Marilee Zdenek, por acreditar.
Jack Stehlin, por incentivar.
Dippy, Hannah Hope, Moses, David, Zack e Dylan, pelo apoio constante.

Michael e Colette gostariam de agradecer a:
Tom Doherty, Bob Gleason e Whitney Ross, da Tor, pelo apoio e incentivo.
Steve Troha, da Folio Literary Management, por seu entusiasmo.
Jill e Fred... por tudo.
Barry Krost e Sarah Baczewski, por todo o restante.
E, claro, Claudette Sutherland.

NOTA DO EDITOR

O termo *hallow* do título original – *The thirteen hallows* –, que provém do inglês antigo, *halga*, ou "relíquia sagrada", e *hālgian*, "tornar sagrado", foi traduzido como "relíquia" nesta edição.

Depois da batalha, tudo o que restou foram lembranças. Eles se lembravam do mundo como era: um novo mundo, um mundo bruto, o mundo deles. Onde eles haviam sido os mestres de todas as criaturas. Onde a humanidade era apenas gado: a ser guiada, morta e comida.

Eles se lembravam do sabor da humanidade... e era doce, tão doce.

Mas suas lembranças estavam manchadas pela amargura: lembranças de um menino que não era um menino, que os expulsara. Rebaixara-os. Prendera-os no Outro Mundo.

Então os demônios fizeram um plano. Levou séculos sendo preparado e mais um século se passara, enquanto eles esperavam pelo candidato mais apropriado para executá-lo. Foram pacientes, pois não mediam o tempo como os humanos, e o prêmio era, de fato, grandioso. O plano era simples: reunir as Relíquias, destrancar o portão entre os mundos.

Tudo de que precisavam era o agente certo: um humano com desejo do conhecimento absoluto e pronto para fazer qualquer coisa para alcançar esse objetivo.

E eles esperaram.

DOMINGO, 25 DE OUTUBRO

1

Uma mulher morreu.

Ela tinha sessenta e seis anos, boa saúde, era ativa, não fumante e raramente bebia. Simplesmente foi dormir e não acordou mais. Sua família e seus amigos estavam pesarosos, providenciou-se o enterro, encomendaram-se flores, organizou-se a cerimônia.

Viola Jillian estava empolgadíssima.

Ela não conheceu a mulher, nem soubera de sua existência, até ouvir falar de sua morte. Mas estava contente por ela ter morrido. Viola sentia-se ligeiramente constrangida pelo sentimento, mas era egoísta o suficiente para não ficar *tão* constrangida assim. Afinal, a morte da mulher se apresentava com uma oportunidade incrível. E ela estava sempre lembrando a si mesma que oportunidades não surgiam sempre, e, quando aparecia alguma, você precisava pegar com as duas mãos. Essa era sua oportunidade. A morena saudável com olhos de Elizabeth Taylor passara as últimas semanas no elenco escalado para reprisar *Oliver!*, do diretor Drury Lane. A mulher que havia morrido era mãe da protagonista e, agora, os produtores haviam informado a Viola que ela interpretaria Nancy na noite seguinte.

A jovem imediatamente simpatizou com a desgrenhada Nancy, mas só depois de ter garantido com seu assessor de imprensa, quase namorado, que houvesse jornalistas suficientes no auditório para sua estreia. Essa era sua chance, e ela estava decidida a fazer o melhor.

Viola Jillian sempre quis ser uma estrela.

Aos domingos, Viola geralmente tomava alguns drinques com as outras garotas do elenco, mas queria estar bem descansada para a sua chance no West End. Viola sabia de sua história teatral: toda grande estrela era descoberta por acaso. E sabia, no fundo de seu coração egoísta, que era uma grande estrela. Fantasiava que seria descoberta. Tinha talento, boa aparência e ímpeto. E queria ir além dos palcos e passar a atuar em filmes. Já tinha interpretado pequenos papéis nas novelas britânicas *EastEnders* e *Coronations Street*, mas estava cansada de sempre fazer os papéis secundários e temia se tornar um estereótipo. Já estava com quase vinte e quatro anos, não lhe restava muito tempo. Os outros que bebessem a noite toda no Ku Bar, ela ia para casa se deitar.

Fazia uma noite espetacular de outono, sem nuvens e perfumada, quando saiu do bar e resolveu caminhar até seu *flat*, que ficava próximo, no Soho.

Viola não percorrera mais que duzentos metros quando sentiu a pele da nuca pinicar. Tinha sido dançarina a vida toda, e as dançarinas têm essa sensação, geralmente quando alguém do auditório está olhando fixamente para elas.

Viola sabia que alguém a observava.

Às onze e meia da noite as ruas de Londres estavam repletas de bêbados noturnos. Viola segurou a bolsa mais perto do peito e apressou o passo, caminhando rapidamente pela Shaftesbury Avenue. Ultimamente haviam ocorrido inúmeros assaltos violentos e ela não pretendia ser vítima de um deles. Seu *flat* estava a menos de dez minutos de distância. Ela ficava olhando para trás em todas as esquinas, mas não via ninguém, embora o formigamento na nuca continuasse. Viola se apressou pela Dean Street, pouco movimentada, e chegou praticamente correndo à quase vazia Carlisle Place.

Viola relaxou somente quando atingiu a segurança de seu prédio e fechou a porta. Fez uma anotação mental de falar com seu psicanalista sobre seus crescentes ataques de pânico. Para uma atriz, levava uma vida bem comum, e o risco de alguém do seu tipo ser atacada era praticamente inexistente. Riu de seu medo ridículo e seguiu cantarolando uma das canções de Nancy. No corredor olhou a correspondência, jogando fora algumas contas vencidas e guardando um cupom de uma grande loja de roupas, recém-aberta na Regent Street. Sua mente se transferiu para questões mais práticas, e ficou imaginando se poderia convencer a figurinista a alterar o vestido vermelho de Nancy, pois queria mostrar um pouco mais de decote e acentuar seu melhor atributo.

Quando ia subir a escada, ouviu um grito abafado vindo do 1C. O *flat* da sra. Clay.

Como geralmente não se envolvia na vida dos outros, principalmente quando essa pessoa era uma septuagenária que estava sempre reclamando que Viola fazia barulho demais, ela seguiu escada acima. Então ouviu um barulhinho de vidro quebrado. Viola parou, virou-se e olhou para baixo, ao pé da escada: havia algo errado.

Já no lado de fora da porta da velha senhora, ela pressionou o rosto na madeira fresca, fechando os olhos e ouvindo. Mas o único som que podia ouvir lá de dentro era o de um ofegar fraco, como o de alguém respirando com dificuldade.

Ela bateu levemente, sem querer acordar os outros vizinhos. Como não houve resposta, apertou a campainha. A *Abertura 1812* de Tchaikovsky retumbou no outro lado da porta. Por um instante ela achou que talvez fosse a campainha, antes de pensar que provavelmente era a estação clássica de rádio, a única estação que a sra. Clay ouvia – geralmente, bem cedo, pela manhã.

Nada de resposta.

Ela apertou novamente a campainha e percebeu que a música estava estranhamente alta. Nunca tinha ouvido som algum vindo do apartamento da idosa tão tarde da noite. Viola subitamente ficou imaginando se a sra. Clay tinha sofrido um ataque do coração. Ela parecia a imagem da saúde e era extremamente esperta para sua idade. "Os ares do campo", dissera para Viola uma vez, quando a repreendeu por fumar, vício que ela contraíra na escola de interpretação. "Quando eu era menina, morava no campo. Aquele tipo de ar nos nutre para a vida toda."

Viola tocou novamente a campainha, apertando com força, e a ponta do dedo se embranqueceu sobre o botão plástico. Talvez a sra. Clay não conseguisse ouvir a campainha por conta da música terrivelmente alta. Como não houve resposta, Viola remexeu na bolsa e tirou de lá o seu chaveiro. A idosa lhe entregara uma chave do apartamento "para alguma emergência" meses antes.

Procurando no punhado de chaves, finalmente encontrou a certa, enfiou-a na fechadura e abriu a porta. Os odores foram impactantes assim que entrou no apartamento: um cheiro forte e metálico, misturado ao fedor de fezes. Viola se retraiu, sentindo a bile na garganta. Pressionou a mão sobre a boca e procurou pelo interruptor. Ela o apertou, mas nada aconteceu. Deixando a porta aberta para que a luz entrasse no pequeno corredor, seguiu caminhando... e percebeu que o carpete estava encharcado sob seus pés, com um líquido grudento e viscoso demais para ser água. No que ela estava pisando? Concluiu que não queria saber; o que quer que fosse, podia ser lavado. Assim esperava.

– Sra. Clay... sra. Clay? – disse ela, gritando para ser ouvida acima da música. – Beatrice? É Viola Jillian. Está tudo bem?

Nada de resposta.

A idosa provavelmente tivera um ataque do coração, ou algo assim, e agora Viola teria de chamar uma ambulância e provavelmente passaria a noite toda no hospital. Sua aparência estaria horrível de manhã.

Viola empurrou a porta da sala de estar. E parou. Ali o fedor era ainda mais forte, o cheiro pungente de urina ardia em seus olhos. Pela luz refletida, pôde ver que a sala havia sido destruída. A bela música continuava tocando, um contraponto debochado à profanação ao redor. Cada peça de mobiliário tinha sido virada, os braços das poltronas haviam sido arrancados, o encosto do sofá florido de rosas estava partido em dois, com o enchimento das almofadas para fora, as gavetas, que tinham sido arrancadas do armário, haviam sido esvaziadas, os quadros, arrancados das paredes, as molduras deformadas como se tivessem sido retorcidas. Um espelho vitoriano estava no chão, com rachaduras em formato de teia de aranha saindo de um ponto amassado no centro, como se tivesse sido pisoteado. A imensa coleção de estatuetas de vidro da sra. Clay agora estava espalhada pelo carpete.

Um roubo.

Viola respirou fundo, tentando se manter calma. O apartamento havia sido roubado. Mas onde estava a sra. Clay? Caminhando cuidadosamente por entre a devastação, com cacos de vidro estalando sob seus pés, ela rezou para que a idosa não tivesse estado ali quando tudo aconteceu; no entanto, intuitivamente sabia que ela estivera presente. Beatrice Clay raramente saía de seu apartamento à noite. "É perigoso demais", dizia.

Ela sentiu os livros sendo arrastados ao empurrar a porta do quarto, abrindo o suficiente para apertar o interruptor. Novamente, nada aconteceu. Sob a luz fraca vinda do corredor, podia ver que esse quarto também havia sido destruído e que na cama estavam empilhadas roupas escuras e cobertas.

– Beatrice? Sou eu, Viola.

O bolo de roupa na cama se mexeu, e ela ouviu a respiração fraca. Viola disparou, atravessando o quarto, e viu o alto da cabeça da mulher. Pegou o primeiro cobertor e o puxou, e ele veio até sua mão quente, molhado, pingando. A mulher na cama tivera um espasmo. Os bastardos provavelmente a tinham amarrado. Viola estava puxando outro cobertor quando a porta do quarto rangeu ao ser aberta, lançando luz sobre a cama.

A garganta de Beatrice havia sido cortada, mas não antes que seu corpo fosse terrivelmente mutilado. No entanto, apesar dos ferimentos apavorantes, ela ainda estava viva, com a boca aberta e os olhos arregalados, respirando asperamente em agonia.

O grito da jovem ficou preso na garganta.

Uma sombra desceu sobre a cama.

Tomada de terror, Viola se virou para a silhueta que preencheu a porta. A luz se refletia na pele nua e úmida. Ela viu que ele era um homem alto e musculoso, mas, com a luz vindo por trás dele, suas feições estavam no escuro. Ele ergueu o braço esquerdo, e a luz refletiu o líquido que escorria da lâmina que ele empunhava. O homem entrou no quarto, e agora ela sentia o seu cheiro: o odor forte de suor e de sangue.

– Por favor... – sussurrou ela.

A luz tremulou na lâmina da arma. – Olhe a lança do golpe doloroso. – Então ele começou a conduzir a música como um maestro, agitando a arma mortal; quando a *Abertura 1812* chegou ao ápice conclusivo, seu braço foi movido adiante e aquela luz irrompeu na direção dela.

Não houve dor.

Viola sentiu frio no peito, depois um calor que fluía para fora, envolvendo-a. O líquido escorria por sua barriga. Ela tentou falar, mas não conseguia respirar para formar as palavras. Agora estava ciente da luz no quarto, centelhas de um tom frio de azul misturado a verde percorriam a lâmina da lança em formato de folha.

Ela havia sido apunhalada, Jesus, ela havia sido apunhalada.

Os filetes de fogo que se revolviam ao redor do cabo da lança se erguiam, iluminando a mão que empunhava a arma. Quando Viola caiu de joelhos, com as duas mãos sobre o ferimento aberto em seu peito, notou que o homem era perturbadoramente bonito e alto.

Tão alto.

Alto, moreno e bonito.

Viola tentou se concentrar, imaginando se seus olhos lhe pregavam uma peça ou se uma nova dor atrapalhava o seu discernimento.

A lança se ergueu, com serpentes de fogo frio se lançando contra a cabeça de seu agressor, iluminando-lhe o rosto. Ao ver os olhos dele, a mulher percebeu que não interpretaria Nancy na peça do dia seguinte.

Viola Jillian jamais seria uma estrela.

SEGUNDA-FEIRA, 26 DE OUTUBRO

2

— Mais um – disse Judith Walker para Franklin, seu gato, ao abrir uma lata de atum. Apesar de ter sido salvo de trás de uma lata de lixo, seu gato malhado era um crítico culinário e esnobava tudo, exceto atum enlatado. Judith tentou encontrar consolo em seu felino amado, mas ele estava ocupado demais comendo.

Outra morte, e essa havia sido assustadora.

Judith conhecera Bea Clay anos antes, quando elas eram pequeninas, e a dupla permaneceu amiga durante décadas.

Judith tinha pegado o trem para Londres, ainda no mês anterior, onde elas se encontraram para tomar chá e dar uma volta pela National Gallery como uma dupla de adolescentes. O relacionamento delas era bem mais próximo que o de duas irmãs. Elas tinham continuado amigas ao longo dos casamentos e divórcios, filhos e netos, e das indignidades da chegada da velhice. As cartas evoluíram para e-mails, e elas mantinham uma correspondência regular que as tornava mais próximas do que se vivessem uma ao lado da outra.

Judith tinha conhecido Bea no País de Gales, durante a Segunda Guerra Mundial, quando ambas eram crianças e foram evacuadas juntas, e instantaneamente se tornaram amigas. Sempre que Judith pensava nela se lembrava da bela jovem de olhos negros e cabelos da mesma cor, tão cheios e grossos que cintilavam de estática toda vez que ela os penteava.

Pobre Bea. Sempre houvera tanta dor, tanta perda em sua vida. Ela tinha enterrado três maridos e vivera mais que o único filho. Tinha uma neta que morava na cidade de Nova Iorque, a quem nunca via, e era solitária.

Aos setenta e quatro anos, a maioria das pessoas se sente só.

Bea sempre pareceu levar a pior. Tinha sobrevivido aos anos de fome e à recessão, e então, quando os preços dos imóveis subiram e ela finalmente teve a chance de ganhar algum dinheiro, esperou demais para vender a casa, apostando que os preços continuariam a subir. Quando a outra recessão chegou, pesada, e os preços despencaram, ela foi obrigada a se mudar para um apartamentinho em um prédio ocupado basicamente por estudantes e artistas, décadas mais jovens que ela. Em seu último e-mail, falava de possivelmente deixar Londres, sacando as magras economias para passar seus últimos dias em uma casa de repouso em Costwolds.

Judith brincou, dizendo que talvez fosse se juntar a ela. Estava ficando cada vez mais difícil circular em sua casa, com a artrite no quadril, e as casas de repouso geralmente eram térreas. Em uma troca recente de mensagens elas brincaram, dizendo que acabariam sendo a dupla terrível do asilo, causando um pandemônio com sua obstinação. E, lado a lado, viveriam o restante de seus dias na beleza tranquila do norte: uma vida descomplicada de leitura e jogos de cartas, desfrutando de uma tranquilidade deliciosa.

A idosa sentou-se, subitamente tomada de emoção. – Agora é tarde demais – Judith Walker se lamentou para Franklin, que vinha da cozinha e saltou para se esticar no parapeito da janela, ignorando-a. Ela sorriu tristonha: quando morresse, gostaria de voltar como um gato e simplesmente dormir e comer o dia todo. Quase relutante, Judith pegou o jornal e releu a história no *The Guardian*. A morte sangrenta de uma mulher idosa, com meio parágrafo na terceira página.

Assassinato de aposentada e boa samaritana

A polícia de Londres está investigando o assassinato brutal de Beatrice Clay (74), e de sua vizinha, Viola Jillian (23), que foi em seu socorro. Os investigadores acreditam que a sra. Clay, viúva, irritou ladrões noturnos em seu apartamento térreo, que a amarraram na cama e a amordaçaram com uma fronha. A sra. Clay morreu por asfixia. A polícia suspeita que a srta. Jillian, que morava no apartamento de cima, ouviu algum barulho e foi investigar. Lutando com um dos ladrões, a srta. Jillian foi mortalmente esfaqueada.

Judith tirou os óculos e os pousou sobre o jornal. Apertou o osso do nariz. O que a reportagem não dizia? O que havia sido propositadamente omitido?

Ela tirou uma tesoura recém-amolada de sua sacola de tricô e cuidadosamente recortou a história. Mais tarde a acrescentaria às outras, em seu *scrapbook*. A lista de obituários estava crescendo.

Bea Clay era a quinta morte. A quarta nos últimos dois meses. Ou, pelo menos, a quinta de que ela tomara conhecimento. Se o assassinato de uma idosa em Londres rendia menos de oito linhas, então a morte – acidental ou não – de um aposentado provavelmente passaria despercebida pela maioria das pessoas.

E Judith conhecera todas as vítimas.

Millie tinha sido a primeira. Dez anos antes, Mildred Bailey tinha morrido em sua casa. A inválida, que vivia com o sobrinho em uma fazenda no País de Gales, tinha sido vítima de um terrível acidente.

Mais tarde, Judith viria a perceber que essas mortes não tinham nada de acidentais.

Millie nunca tinha deixado o País de Gales. Seus pais tinham sido mortos na guerra e ela havia sido adotada por um casal galês que cuidou dela. Judith se lembrava de Millie, a mais velha do grupo de crianças, como extremamente prática. Aos oito anos de idade, havia assumido a tarefa de tomar conta do grupinho de crianças evacuadas, principalmente das menores, que não tinham muito mais de quatro anos à época da Operação Pied Piper, quando três milhões e meio de crianças foram evacuadas para a zona rural em três dias. Nos primeiros anos da Segunda Guerra Mundial, acreditava-se que as aeronaves alemãs bombardeariam as cidades principais, e a única forma de manter viva a próxima geração era evacuá-la para o campo. Quatrocentas delas foram levadas para Pwllheli, no País de Gales, no interior do longínquo oeste, e um pequeno grupo de treze crianças, que incluía Judith, acabou no campo montanhoso de Madoc. Doze dessas crianças acabaram voltando para seus lares, mas Millie ficou. O obituário dizia que, de algum modo, Mildred havia caído de sua cadeira de rodas, saíra rolando pelas escadas e ficara espetada no balaústre de aço.

Judith registrou o fato como um acontecimento horrível.

Infeliz. Inesperado. Prematuro.

Até a morte seguinte.

Judith jamais gostara de Thomas Sexton. Tommy tinha sido uma criança provocadora. Garoto gorducho, de cabelos ruivos encaracolados e olhinhos apertados, ele costumava atormentar as crianças menores, provocando-as sem parar. Tommy tinha crescido e se tornado um provocador ainda maior, ganhando a vida como cobrador de débitos durante a juventude, e, depois de se aposentar, como agiota. Dois meses antes, tinha sido morto em Brixton, no que a polícia chamou de matança de gangue. A brutalidade de seu assassinato tinha aguçado o interesse da mídia: seu peito havia sido aberto, da garganta até a virilha, e o coração e os pulmões haviam sido removidos. ESTRIPADOR MODERNO ATACA EM LONDRES, diziam as manchetes.

Judith não se surpreendera com o assassinato de Sexton. Sempre soubera que Tommy acabaria mal. Lembrava-se de uma noite em que ele foi flagrado apontando sua lanterna para o céu enquanto os aviões bombardeiros inimigos passavam voando, para chamar-lhes a atenção. Um dos adultos o pegou e lhe deu uma surra. Mais tarde ele se gabou, dizendo que a punição tinha valido a pena; estava torcendo para que eles bombardeassem a cidade, pois queria ver um cadáver.

Ao saber da morte de Georgina Rifkin, em Ipswich, três semanas antes, Judith sentiu a primeira pontada de medo. A morte de duas pessoas que sabiam do segredo não era coincidência. A morte de três já era algo mais. Georgie, uma professora aposentada, oficialmente morrera em decorrência de queda nos trilhos da National Express. Mais tarde Judith descobrira um boato *online* dando conta de que a idosa havia sido amarrada, de pernas e braços abertos, nos trilhos do trem.

Apenas quatro dias antes Nina Byrne morrera, em Edimburgo. A imprensa relatou que a bibliotecária aposentada acidentalmente virara uma panela de água fervendo sobre si mesma enquanto cozinhava em seu apartamento. Judith sabia que Nina nunca cozinhava.

E agora Bea.

Quantos mais seriam brutalmente mortos?

Judith Walker sabia que eles estavam sendo sistematicamente assassinados, e ficou imaginando quando chegaria a sua vez.

Judith se levantou, pegou uma foto desbotada pelo sol da pedra da lareira e a levou até a janela. Inclinando-a sob a luz, ela olhou as três fileiras irregulares, com os treze rostos sorridentes. Poderia ser uma fotografia de classe, com as crianças mais velhas na fileira de trás e as mais jovens abaixadas, na frente. A fotografia, em preto e branco, já estava desbotada e era difícil identificar qualquer detalhe nos rostos. Mildred, Georgina e Nina estavam de pé, atrás, afirmando a independência dos oito anos, com seus braços despreocupadamente enlaçados sobre os ombros uns dos outros.

Tommy, com seu sorriso debochado, estava abaixado, à esquerda de Bea. Judith estava sentada ao lado dela, de pernas cruzadas; as duas meninas tinham vestidos floridos idênticos e seus cabelos negros estavam presos com laços coloridos combinando, os cachos pendendo nos ombros. As duas menininhas morenas se pareciam o suficiente para serem consideradas irmãs.

Cinco dessas crianças agora estavam mortas.

Andando lentamente, forçando o peso sobre a bengala que havia jurado jamais usar, ela se deslocava pelo pequeno terraço da casa, novamente se certificando de que todas as janelas e portas estavam trancadas. Não tinha certeza da eficácia das trancas, mas talvez demorasse o suficiente para engolir os remédios prescritos que sempre portava.

Poderia ir até a polícia, mas quem acreditaria nas divagações de uma velha maluca que morava sozinha e era conhecida por falar com seu gato? O que lhes diria? Que cinco das crianças com quem tinha sido evacuada durante a guerra haviam sido mortas e que ela tinha certeza de que seria uma das próximas vítimas?

– Conte-nos por que alguém iria querer matá-la, sra. Walker.

– Porque eu sou um dos Guardiões das Treze Relíquias da Bretanha.

Judith parou ao pé da escada e sorriu ao pensar. Parecia ridículo até para ela. Setenta anos antes, ela tinha sido igualmente cética.

Ela subiu lentamente, assegurando-se de que estava com a mão firme no corrimão, plantando a bengala à frente antes de dar o passo seguinte. Ela havia quebrado o quadril direito dois anos antes, em um tombo feio.

Setenta anos atrás; um tempo de guerra em um outono glorioso. Treze crianças tinham sido levadas para um vilarejo, sob as sombras das montanhas galesas, e nos meses seguintes elas se tornaram uma família provisória. Para muitas delas foi a primeira vez que se afastaram de casa, a primeira vez que estiveram em uma fazenda.

Foi uma grande aventura.

Quando o velho, com sua longa barba branca, chegara à fazenda no verão de 1940, ele havia sido apenas mais uma curiosidade, até que começou a contar a eles suas maravilhosas histórias de magia e folclore.

Judith virou a chave do quarto de hóspedes e empurrou a porta para abri-la. Ciscos de poeira se revolveram sob o sol de fim de tarde e ela espirrou sem parar no ar seco e abafado.

Durante meses o velho as provocou com segredos e fragmentos de histórias, sugerindo, sempre dando a entender que as crianças eram especiais e que não era acidental o fato de terem ido parar naquele lugar. "Convocadas" foi a palavra dita a eles na época.

Judith abriu o armário, enrugando o nariz com o cheiro pungente de naftalina.

Durante semanas ele chamara as crianças de especiais, seus jovens cavaleiros, seus Guardiões. Mas, assim que o verão terminou e o outono chegou, um tom mais urgente pontuava as histórias do homem. Ele começou a conversar com eles individualmente, contando histórias especiais, histórias perturbadoras e assustadoras que eram estranhamente familiares, como se elas já estivessem presentes em seus subconscientes e ele as estivesse apenas destrancando. Todo ano ela sempre pensava nele nessa época, com a aproximação de 31 de outubro, data do antiquíssimo Festival Celta de Samhain: a Noite de Todas as Relíquias.

Judith estremeceu. Ela ainda se lembrava da história que o homem lhe contara. Foi algo que criou ecos e ressonâncias que nunca cessaram. Ao longo dos últimos setenta anos, seus sonhos eram salpicados com fragmentos de imagens vivas e pesadelos terríveis que ela usara para formar sua bem-sucedida carreira de escritora infantil. Levar as imagens fantásticas para o papel parecia roubar-lhes um pouco de seu poder assustador e, por outro lado, também lhe dava um ligeiro poder sobre elas.

Judith Walker enfiou a mão no armário e tirou de lá um casaco militar que pertencera ao seu irmão, vestuário que tinha saído de moda nos anos 1960. Depois de pendurar o casaco cinza atrás da porta, tirou um embrulho de papel de um dos bolsos enormes e o carregou até a cama. Ali ela desembrulhou o pacote lentamente, com grande relutância.

Era preciso muita imaginação para se dar conta de que o naco de metal enferrujado envolvido no jornal amarelado era o cabo e um pequeno pedaço da lâmina de uma espada. Mas ela jamais duvidara. Quando o velho vagabundo colocou aquela peça em suas mãos pela primeira vez, ele sussurrou o verdadeiro nome em seu ouvido. Ela ainda podia sentir a respiração, o hálito ardido e rançoso junto ao seu rostinho. Tudo o que ela tinha de fazer era chamar a espada por seu verdadeiro nome e então liberaria o seu poder. Fazia anos que ela não o dizia...

– Dyrnwyn.

Judith Walker olhou para o amontoado metálico em suas mãos. Repetiu o nome: – Dyrnwyn, Espada de Rhydderch.

Em outro tempo, teria recebido vida, com chamas esverdeadas emanando de seu cabo, formando o restante da Espada Quebrada.

– Dyrnwyn – Judith Walker repetiu pela terceira vez.

Nada aconteceu. Talvez não restasse mais magia na espada. Talvez nada jamais tivesse acontecido e fosse apenas a sua imaginação. Os sonhos ávidos de uma pré-adolescente misturados com as vagas lembranças de uma velha mulher. Ela soltou o metal enferrujado na cama e bateu os ciscos de ferrugem da pele marcada. A ferrugem deixara sua pele da cor de sangue.

Millie, Tommy, Georgie, Nina e Bea também possuíam uma das treze antigas Relíquias. Judith estava convencida de que eles haviam sido torturados e brutalmente assassinados por causa dos artefatos. E quanto aos outros, com quem ela perdera contato? Quantos teriam sobrevivido?

Há setenta anos, as últimas palavras do velho, a cada uma das crianças, tinham sido um alerta categórico: "Jamais deixem que as Relíquias se juntem".

Ninguém nunca pensou em perguntar-lhe o motivo.

3

Era muito além de apenas sexo.

Eles tinham praticado um antigo ritual até ficar perfeito. Seus corpos úmidos e nus provocavam um ao outro, de todos os modos possíveis, até que eles chegassem à beira do orgasmo.

Então paravam.

Ela gostava de dor intensa, enquanto ele se deleitava com prazer hedônico, e cada um sabia exatamente o que fazer para deixar o outro à beira do êxtase. Então, a mulher ágil e atlética, conhecida como Vyvienne, pousava seus braços torneados e suas longas pernas abertas sobre um antiquíssimo altar de pedras furtado de uma igreja profanada. O homem, conhecido como Ahriman, penetrava-a, macho e fêmea se fundindo, a energia fluindo entre eles, incontrolável.

Encenando o antigo ritual, eles geravam o mais poderoso dos elementos mágicos para auxiliá-los em sua busca pela localização dos espíritos dos Guardiões. E, quando os descobriam, iam ao seu encontro, para enfrentá-los em batalha.

E destruí-los.

Décadas antes, seria inconcebível ir contra os Guardiões das Treze Relíquias, mas os tempos haviam mudado radicalmente. Agora, os Guardiões nada mais eram que velhos aposentados, destreinados e sem habilidades, muitos deles sem noção dos tesouros que possuíam. Embora grande parte do esporte estivesse na caçada, a matança era um deleite. Mas agora, com a aproximação da Noite de Todas as Relíquias, eles haviam recentemente contratado outros para ajudá-los a completar o restante da carnificina.

Nove dos Guardiões das Relíquias estavam mortos. Restavam quatro.

Vyvienne observava o homem cuidadosamente, calculando a tensão de seus músculos bem definidos e pulsando ao ritmo de sua respiração ofegante. Ela estava com as pernas fortes enlaçadas ao redor do quadril dele, mantendo-o dentro dela, mas sem iniciar algum movimento que provocasse o orgasmo.

Isso seria desastroso.

Em apenas um instante o momento da energia escaparia. Então eles levariam três dias para purificar seus corpos – nada de carne vermelha, de álcool ou de sexo –, para poder chegar novamente a esse ponto crítico.

– O tabuleiro de xadrez. – Ela sussurrou as palavras dentro dos lábios dele. Ele engoliu as palavras. – O tabuleiro de xadrez – ele repetiu, com o suor descendo por seu rosto, pingando em seu peito liso.

Agora eles estavam bem perto.

Vyvienne fechou os olhos e se concentrou, com todos os sentidos aguçados, alerta a possíveis aromas e sons que os levariam ao tesouro. As sensações em sua virilha eram quase demais para suportar, enquanto ela repetia o próximo objeto da busca – O Tabuleiro de Gwenddolau – forçando-o a se concentrar, a visualizar a Relíquia seguinte.

Ahriman fechou os olhos com força, lacrimejando nos cantos, as lágrimas correndo por seu rosto e pingando na barriga dela, nos seios fartos. Ela sentiu os líquidos se tocarem e resfolegou, e um tremor involuntário e súbito dos músculos da barriga dele o levaram ao clímax estrondoso. Ele gritou, movido a paixão e angústia.

Vyvienne afagou-lhe os cabelos. – Desculpe, desculpe.

Quando ele ergueu a cabeça, seu sorriso era selvagem... e triunfante. – Não precisa se desculpar. Eu vi. Vi as peças de cristal, o tabuleiro dourado e prateado. Sei exatamente onde estão.

Vyvienne então o apertou mais fundo dentro dela, prendendo-o com as mãos e os músculos, para poder satisfazer seu próprio desejo. Sussurrou maliciosamente no ouvido dele: – Então, façamos isso por puro prazer.

TERÇA-FEIRA, 27 DE OUTUBRO

4

Sarah Miller nunca tinha feito nada de extraordinário na vida. Aos vinte e dois anos, Sarah ainda tinha sonhos de grandeza. Eles lhe foram incutidos pelo pai, apesar do fato de sua mãe ter feito tudo o que estava ao seu alcance para garantir que esses sonhos jamais dessem frutos. Irmã mais velha de três, Sarah havia sido levada a um emprego no dia em que concluiu o ensino médio. "Para ajudar sua família", Ruth Miller dissera, fazendo a filha mais velha se sentir culpada e ingressar em um emprego insatisfatório, no mesmo banco de Londres no qual o pai havia trabalhado por trinta anos. Em lugar de sair em busca de seu sonho de ir para a universidade, ela assumira o emprego e vestira o *blazer* azul e a saia cáqui, diariamente, pelos últimos quatro anos. Era um emprego sem perspectivas, e ela tinha consciência de que provavelmente ficaria ali empacada pelo restante de sua vida. Ou seria dispensada na próxima rodada de demissões. Seu pai havia passado a vida toda no banco como um funcionário mediano. Forçado a se aposentar precocemente e sem conseguir ficar tempo algum em casa por ter uma esposa dominadora, ele passara a fazer jardinagem. Seis semanas depois de deixar o emprego, foi encontrado morto, no adorado canteiro de flores de sua mãe. Ataque cardíaco, dissera o relatório do legista. Sarah achou que a mãe tinha ficado mais aborrecida pelas flores que ele destruiu, quando caiu em cima delas, do que pela morte do marido.

Ruth Miller se aproveitara inteiramente dessa morte, interpretando o papel de "pobre viúva". Usava cada oportunidade para lembrar aos que estavam ao seu redor que tinha três crianças para alimentar e sua hipoteca para pagar. Depois de exaurir a compaixão dos vizinhos e a simpatia dos amigos, começou a beber muito e arranjou um amante atrás do outro, homens mais velhos, todos verbalmente agressivos com Sarah e seus irmãozinhos. No fim, até os amantes acabavam partindo e Ruth voltava seu veneno para as crianças. Ela nunca realizou nada e estava decidida a impedir que eles também realizassem. Ela criou os meninos para serem egoístas, enganosos e medrosos. Somente Sarah – oito anos mais velha que os irmãos – escapou do pior da influência maligna da mãe. E, às vezes, tarde da noite, se perguntava se algum dia escaparia daquela casa, daquela vida...

NICK JAKOBS levou um susto quando seu celular tocou.

– Ela está vindo. – A voz profunda e autoritária disse essas três palavras e depois desligou. Jakobs, também conhecido como Skinner, olhou para um bolinho, comido pela metade, e uma xícara de café, que mal fora tocada, e soube que não poderia mais comer. Enfiando o bolinho do bolso da jaqueta de couro surrada, ele se ajeitou na cadeira metálica e virou-se para olhar a entrada da Biblioteca Britânica, que ficava diretamente no outro lado do pátio. Ficou imaginando como o seu empregador sabia tanto – devia ter um contato dentro da biblioteca – quando a porta de vidro deslizou e surgiu uma mulher mais velha, de cabelos grisalhos, caminhando devagar e cautelosamente, com a bengala auxiliando cada um de seus passos dolorosos. Empurrando os óculos Ray-Ban espelhados sobre a testa e a cabeça recém-raspada, Skinner cutucou seu companheiro com o pé.

O adolescente de olhos fundos, sentado no outro lado da mesa, deu uma rápida olhada, depois baixou os olhos para as páginas espalhadas à sua frente. Pegou uma fotografia em alta resolução e a empurrou na direção de Skinner. – Parece ela.

– É ela, seu idiota – rosnou Skinner. Detestava trabalhar com viciados; não dava para depender deles, que não davam a mínima para nada.

– Acho que você está certo – sussurrou Lawrence McFeely, empurrando seu Ray-Ban arranhado sobre o nariz. Projetou o queixo na direção da mulher, que agora seguia rumo à Ossulston Street. – O relatório dizia que ela tinha quebrado o quadril direito – acrescentou McFeely. – Ela está poupando aquela perna.

Skinner revirou os olhos.

– Ouça o que você diz. Está assistindo demais àquela droga do *CSI*. – Respirou fundo e apalpou a lâmina em seu bolso. – Então, vamos nessa. Pegue o carro.

McFeely lentamente se levantou, virou-se e saiu andando. Skinner cerrou os dentes de raiva diante de sua falta de pressa, e jurou que daria uma bela surra naquele desgraçado quando o trabalho estivesse concluído. Seguiu o ritmo dos passos da velha, andando atrás dela. Ela se deslocava lentamente pela praça de ladrilhos vermelhos e brancos, diante do prédio moderno da biblioteca, equilibrando uma pesada bolsa de lona da Tesco no ombro, com um bocado de papéis apontando para fora, no alto. O careca olhou para trás, para o prédio de tijolinhos e vidraças espelhadas, e ficou imaginando o que ela estivera fazendo ali dentro. A última biblioteca em que ele entrara havia sido a do colégio, aos dez anos, quando sua professora, a sra. Geisz, o ajudou em uma pesquisa sobre estalactites e estalagmites. Grande coisa isso fizera por ele, que ainda não sabia diferenciá-las. Ele se lembrava dela dizendo que "uma era bem compacta", a outra "podia atingir o teto".

A sra. Geisz foi o primeiro e único adulto a ser bondoso com ele. Depois de passar por vários lares adotivos, Skinner era um caso de estudo de alguém que, depois de uma vida de rejeição, desesperadamente ansiava por amor e atenção. Aos vinte e seis anos, só tinha uma coisa do que se gabar: uma barriga de tanquinho e músculos incrivelmente fortes, graças ao trabalho noturno na cervejaria em Birmingham, onde ganhava dez pratas por hora. Para complementar sua renda minguada, frequentemente aceitava tarefas estranhas, aqui e ali. Não era meticuloso quanto à natureza do trabalho. Foi assim que seu empregador atual o encontrara. Skinner tinham agarrado a chance de ganhar um dinheiro fácil, sem fazer perguntas. O fato de ter de machucar algumas pessoas era um bônus.

Skinner ficou observando, enquanto o Volvo bege de McFeely passou por ele. Ganhou velocidade, passando pela idosa, e encostou no primeiro espaço disponível, cem metros à frente dela.

Perfeito. Skinner sorriu, mostrando dentes desiguais. Simplesmente perfeito. Estas seriam as mil libras mais fáceis de ganhar em sua vida.

JUDITH WALKER mudou a bolsa pesada para o ombro esquerdo, tentando aliviar um pouco a pressão sobre seu quadril dolorido. Não tinha percebido o tempo passar enquanto estava sentada na biblioteca silenciosa, e agora seu quadril doía absurdamente e os músculos de seus ombros estavam contraídos, formando um filete sólido de dor. E ainda tinha uma jornada de uma hora e meia de trem pela frente.

Pesquisar conteúdos sobre as Relíquias da Bretanha era como perseguir um arco-íris. Uma façanha impossível. Tinha passado a vida pesquisando sobre aqueles antiquíssimos objetos pelas bibliotecas da Inglaterra, da Escócia e do País de Gales. Tinha pilhas de anotações, recortes sobre lendas e contos populares, mas nenhuma prova convincente. Ultimamente passara a estender sua pesquisa *online*, mas agora, entrando no mundo das Relíquias pelos mecanismos de busca, abrira cerca de quatro milhões de *links*, e a maior parte deles, pelo que pudera perceber, era sobre Harry Potter. Encontrou uma página avulsa que listava as Treze Relíquias, mas havia muito pouco sobre suas origens individuais.

No entanto, a pesquisa daquela manhã não tinha sido uma perda de tempo completa. Mais tarde, ao tomar uma xícara de chá e comer bolinhos de passas que comprara no mercado, ela acrescentaria seus achados recentes às centenas de recortes que vinha coletando ao longo dos anos. Talvez, quando olhasse novamente o material, encontrasse alguma dica em relação à verdadeira natureza dos artefatos e montaria o quebra-cabeça.

No entanto, de alguma forma duvidava disso.

As Relíquias tinham permanecido escondidas ao longo dos séculos. O próprio fato de haver tão pouca informação concreta sobre elas já a deixava desconfiada de que sua existência havia sido eliminada dos livros de história. Mas como... e por quê?

Agora, cinco dos Guardiões das Relíquias estavam mortos. Cinco mortes das quais ela sabia. Isso não podia ser coincidência.

Mas a verdadeira questão, claro, era o que havia acontecido aos artefatos que eles guardavam. Ela sabia que Beatrice tinha a Panela e a Bandeja de Rhygenydd. Enquanto Judith tinha cautelosamente escondido sua Espada ao longo das décadas, Bea tinha orgulhosamente exibido sua Relíquia junto com as antiguidades que tinha na sala de estar.

– Quem, em sã consciência, saberia seu verdadeiro significado? – Bea riu. – As pessoas só veem o que querem ver. Bugigangas colecionadas por uma velha.

Mas alguém soubera. E a matou por causa disso.

Um espasmo de dor a fez parar subitamente. Ela sentiu como se tivesse vidro moído em seu quadril. Apoiando-se no poste de luz, do lado de fora do condomínio Levita House, Judith olhou para trás, na rua, repentinamente decidindo tomar um táxi até o trem. Pela amarga experiência sabia que, se forçasse seu corpo, passaria o restante do dia e grande parte da noite agonizando de dor no quadril.

Naturalmente, não havia nenhum táxi à vista.

Pensando se deveria voltar e seguir até a Euston Road, subitamente percebeu um homem de cabeça raspada e jeans sujos olhando para ela. Seus olhos estavam escondidos por trás dos óculos espelhados, porém dava para notar, por sua expressão, que ele a olhava fixamente e estava vindo em sua direção.

A idosa girou a bolsa antes mesmo que o jovem a alcançasse. A bolsa bateu na lateral de sua cabeça e o desequilibrou, fazendo-o cair de joelhos e lançando seus óculos no bueiro.

Judith gritou, com sua voz alta e áspera. E, como era típico, ninguém a atendeu. Várias cabeças giraram em sua direção, mas ninguém tentou vir em auxílio da idosa. Os motoristas passavam esticando o pescoço, mas não paravam. Ela se virou para correr, mas havia outro jovem atrás dela bloqueando o seu caminho, com cabelos louros, compridos e engordurados, emoldurando um rosto esquelético e olhos fundos. Ele estava segurando a porta aberta de um carro.

Viciado, percebeu ela, segurando a bolsa com força.

Sua bolsa.

Eles só queriam levar a bolsa. Ela teria desprezado o que havia dentro. No entanto, o que lá havia não podia ser desprezado. Ela se virou e olhou para o jovem de cabeça raspada enquanto ele se levantava, com uma máscara de ódio no rosto.

Ela estava encurralada.

SKINNER HAVIA sido humilhado. Tinha acabado de ser derrubado por uma mulher com a metade de seu peso e três vezes a sua idade. Além disso, rasgou o joelho de sua Levi's predileta, ralou as mãos e quebrou seus óculos novos. A cretina ia pagar. Ele enfiou a mão no bolso das calças e tirou uma barra chata de metal. Seu punho se movia rapidamente, para a frente e para trás, e o canivete estalou ao se abrir, com a lâmina surgindo do cabo.

– Grande erro – esbravejou ele, apontando a faca para o pescoço dela, a lâmina fria cutucando a pele sedosa. A mulher cambaleou para trás, na direção da porta do carro.

– Entre – disse Skinner.

Judith o atacou novamente. Sabia que, se entrasse no carro, estaria morta. Abriu a boca para gritar novamente, mas o jovem careca lhe deu um soco na boca do estômago, fazendo-a se curvar. O viciado riu atrás dela, um som estridente e agudo, quase infantil.

Uma mão agarrou-a firmemente pelos cabelos, perto do couro cabeludo, pondo-a de pé. A dor foi chocante. – Entre no carro!

– Ei... pare com isso! O que acha que está fazendo?

Através das lágrimas, Judith teve um vislumbre da jovem ruiva que vinha na direção deles. Tentou gritar para ela, alertá-la sobre o canivete, mas não conseguia respirar.

Skinner girou, erguendo a faca. – Por que você não cuida da própria vi...

Sem diminuir o passo, a jovem lhe deu um chute com o salto do sapato fino, acertando Skinner pouco abaixo do joelho. Houve um forte estalo e Skinner caiu no chão, sobre o joelho ferido, com um grito alto e feminino. Judith se virou e pegou a beirada da porta, batendo-a com força. A porta se fechou nos dedos do viciado, rasgando a pele e estalando os dedos. Ele abriu e fechou a boca, sem que saísse nenhum som.

Judith pegou a bolsa que estava caída e cambaleou na direção da jovem, que lhe estendeu a mão e a puxou para longe, sem dar uma palavra. Antes que o viciado começasse a gritar feito louco, elas já tinham dado uma dúzia de passos. Deitado no chão, contorcendo-se de dor e segurando o joelho machucado, Skinner pegou o celular e apertou a discagem automática. Seu patrão não ficaria satisfeito, e isso assustava o *skinhead* mais que sua perna machucada.

5

— Nada de polícia – disse Judith Walker firmemente enquanto elas viravam a esquina, distanciando-se de seus agressores. Os dedos dela apertaram o braço da jovem. – Por favor, nada de polícia.

– Mas...

Respirando fundo, tentando acalmar seu coração disparado, Judith continuou equilibradamente: – Foi só um roubo de bolsa... ou um assalto.

– *Só* um assalto!

– Eu sou Judith Walker – a mulher disse subitamente, parando e estendendo a mão, o que forçou a jovem a se virar e interromper sua linha de raciocínio. – Qual é o seu nome?

A jovem estendeu a mão. No instante em que sua mão foi envolvida pela mão da idosa, ela se sentiu desorientada, e uma onda de pensamentos confusos a varreu. – Eu... eu sou Sarah Miller.

– É um grande prazer conhecê-la, Sarah Miller. E, graças a você, não houve um mal pior – continuou Judith forçadamente, deixando que um pouquinho de autoridade pontuasse a sua voz. Permaneceu segurando a mão de Sarah, usando o contato físico para reforçar a ligação entre elas. Acalmou os nervos da jovem com seu toque suave, enquanto sutilmente usava sua habilidade para envolver-lhe a consciência. Era um talento que ela não usava havia mais de uma década, mas sabia que precisava assumir o controle da situação ou a garota iria até a polícia, e ela não podia deixar que isso acontecesse. Fixando os olhos no rosto da garota, sorriu. – Bem, não sei quanto a você, Sarah, mas eu adoraria uma xícara de café.

– Café. – A jovem assentiu, distraída. – Café. Sim, claro.

Judith manobrou Sarah na direção do pequeno café italiano. Três casais envolvidos em suas conversas ocupavam todas as mesas externas do restaurante. Quando elas se aproximaram, Judith se concentrou em um casal com jaquetas da marca J. Crew que estava sentado ligeiramente afastado dos outros, em uma mesa parcialmente escondida por um guarda-sol listrado. Tirando forças do pedaço de ferro em sua bolsa, sentindo-o pesado e aquecido em seus braços, desejou que eles partissem. Instantes depois o casal de universitários se levantou, juntou seus mapas e câmeras, deixou algumas notas na mesa e saiu andando sem olhar para trás.

Quando Judith e Sarah se sentaram, a mais velha imediatamente pediu dois cafés *espressi* duplos e alguns *cannoli* de amêndoas.

Sarah ainda estava confusa demais. No fundo de sua mente sentia que algo lhe escapara. Era como se estivesse assistindo a um filme mal editado, com cenas faltando. Tentou decifrar os acontecimentos intrigantes dos últimos dez minutos. Tinha acabado de deixar o banco e estava seguindo para o almoço, em um café do primeiro andar da biblioteca, quando avistou o *skinhead*. Ele estava usando aqueles óculos espelhados que ela detestava. Deixando um rastro de corpo mal lavado, o *skinhead* tinha passado esbarrando nela, com os olhos fixos em alguém diretamente à sua frente. Sarah se virou e imediatamente viu a idosa de cabelos grisalhos que era o alvo dele. Mesmo antes que a mulher girasse a bolsa e batesse nele, gritando, Sarah já seguia em sua direção, atraída por um ímpeto súbito e incontrolável, completamente inexplicável, de ajudar a mulher.

O gole do *espresso* amargo a trouxe de volta ao presente. Sarah piscou, com os olhos azuis lacrimejando, imaginando o que estava fazendo ali... imaginando onde era ali.

– O que você fez foi algo muito corajoso. – Judith enlaçou as mãos na xícara para evitar que elas tremessem, e então inalou o rico aroma antes de delicadamente dar um gole no café. Embora estivesse de cabeça baixa, sentia os olhos de Sarah sobre ela. – Por que fez aquilo?

– Eu só... só... – A jovem deu de ombros. – Não tenho certeza. – Nunca fiz nada parecido – admitiu ela. – Mas não podia simplesmente sair andando e deixar que eles a assaltassem, podia?

– Outras pessoas passaram e se desviaram – disse a idosa baixinho. – Acho que isso a transforma em minha salvadora pessoal – acrescentou ela, com um sorriso.

Sarah corou e o rubor chegou às bochechas, fazendo Judith se lembrar do irmão, Peter, todo altivo com seu uniforme verde, o rosto corado de orgulho. Embora ela fosse apenas uma criança na última vez em que vira o irmão mais velho, na véspera de sua partida para a guerra, ainda guardava a imagem nítida do rapaz corado de dezoito anos. Nunca mais o vira; Peter estivera dentre os primeiros mortos britânicos da Segunda Guerra Mundial.

– Tem certeza de que não vai me deixar registrar uma ocorrência na polícia? – perguntou Sarah.

– Absoluta – Judith respondeu firmemente. – Seria um desperdício de tempo: do seu, do meu e do da polícia. Eu lhe garanto que esse tipo de assalto não é tão incomum. Isto é Londres, essa gente vê os idosos como alvos fáceis.

– Dessa vez eles escolheram a mulher errada. – Sarah sorriu.

Judith ergueu a bolsa volumosa. – Acho que era isto o que eles queriam. E receio que ficariam muito decepcionados. Não escondo as joias da Coroa aqui. Apenas alguns livros e anotações.

– É professora? – perguntou Sarah curiosa, dando uma mordida em um dos *cannoli*. – Parece professora. Pelo menos o tipo de professora que eu gostaria de ter tido – acrescentou, timidamente.

– Sou escritora.

– De que tipo de livros?

– Livros infantis. O que um dia foi chamado de fantasia, mas agora é categorizado como fantasia urbana. Contudo, nada de vampiros – acrescentou, com um sorriso breve. – Não escrevo sobre vampiros. – Judith terminou seu café com um gole rápido, fazendo uma careta, como se tivesse provado algo amargo. – Agora realmente preciso ir. –

Levantou-se rapidamente, depois gemeu alto, como se uma agulha tivesse perfurado seu quadril, e sentou-se novamente na cadeira metálica do café.

– O que houve? Está ferida? – Sarah contornou a mesa e ficou ao seu lado. – Eles a feriram?

Piscando para afastar as lágrimas de dor, Judith Walker sacudiu a cabeça. – Não é nada. De verdade. Minha prótese de quadril está doendo um pouquinho, só isso. Estou sentada há muito tempo.

Sarah avistou um táxi preto entrando na rua e automaticamente ergueu o braço. – Venha, deixe-me lhe arranjar um táxi. – Passou o braço por baixo dos ombros da idosa e a deixou de pé.

– Ficarei bem – disse Judith.

– Estou vendo.

Judith queria ser deixada em paz, queria somente ir para casa, entrar em um banho bem quente e limpar-se do toque do *skinhead*. Ainda sentia os dedos em seus cabelos, agarrando-a pelos ombros, machucando seu braço. Passou a mão distraidamente no rosto, no local onde o cuspe espirrara em seu rosto. Sabia por que eles tinham vindo atrás dela. Sabia o que eles queriam. Também sabia que eles voltariam. Olhou novamente para Sarah e, por um rápido instante, a bolsa no chão, ao seu lado, pulsou irradiando calor.

A aparição dramática da jovem tinha sido uma coincidência interessante... mas Judith Walker não acreditava em coincidências. Para ela, tudo era envolvido pelo destino. Essa moça a salvara por um motivo. Ela esticou o braço e pousou os dedos levemente nas costas da mão de Sarah, assustando-a. – Vamos pegar um táxi até a estação. Sei que logo haverá um trem até Bath. Depois, é só uma rápida caminhada do Bath Spa até minha casa. Você vem comigo, não vem?

A mulher de olhos azuis assentiu.

SARAH MILLER estava confusa. Os acontecimentos das duas últimas horas já iam se dissipando em sua consciência, os detalhes embaçados como um sonho antigo.

Não estava inteiramente certa de como tinha ido parar ali, sentada em um trem, ao lado de uma absoluta estranha. Sarah olhou de lado para a mulher. Ela tinha uns sessenta... setenta anos? Era difícil dizer. Com seus cabelos grisalhos afastados da testa, presos em um coque, mechas encaracoladas em volta das orelhas delicadas e sobre as maçãs do rosto, tinha uma beleza eterna, reservada para aquelas pessoas que nunca tiveram um dia de trabalho duro.

Sarah ficou imaginando por que teria ido em socorro dessa estranha.

Embora estivesse fazendo aulas de defesa pessoal – uma de suas amigas lhe dissera que era um bom lugar para conhecer homens sóbrios –, nunca chegou realmente a usar nada de seu treinamento. Semanas antes tinha atravessado a rua para evitar passar por um grupo de cinco adolescentes de cabeça raspada que estavam chutando um garoto indiano na porta de uma loja. Sarah era uma pessoa que propositadamente evitava conflitos.

–Você está bem? – perguntou-lhe a idosa subitamente.

Sarah piscou. – Perdão?

–Você estava me olhando, mas parecia muito distante.

– Desculpe. Eu só estava pensando...

A mulher continuou olhando para ela, sem dizer nada.

– Eu nunca tinha feito nada assim.

–Você é uma jovem muito corajosa.

Sarah deu de ombros. – Não foi nada.

– Não despreze o que fez. Poucas pessoas teriam a coragem de ajudar uma estranha.Você é uma mulher de extrema bravura.

Sarah sorriu com o elogio. E elas ficaram contentes, com seus pensamentos silenciosos, pelo restante da jornada.

Quando o trem parou na estação de Bath Spa, Judith pegou a mão de Sarah enquanto elas caminhavam pela Dorchester Street e viraram, atravessando a ponte, sobre o rio Avon.

– Nunca estive em Bath.

– Eu morei aqui quase toda a minha vida – disse Judith.

Ao pé da colina de Lyncombe elas viraram à direita, na St. Mark's Road. – Minha casa é logo ali em cima, à esquerda – disse ela. Ao empurrar o portão de ferro, logo notou que a porta da frente estava aberta. Judith sentiu o café azedar em seu estômago, instintivamente sabendo o que encontraria lá dentro. Apertou a mão de Sarah, novamente fazendo contato com ela, fixando o olhar nos olhos dela. Sabia que as pessoas tinham muita dificuldade em recusar algo quando havia contato físico. – Vamos entrar?

Sarah sacudiu a cabeça. – Eu realmente não posso. Preciso voltar ao escritório. Meu chefe é meio chato. Não quero ser demitida por fazer quatro horas de almoço – disse ela sorrindo, mas, mesmo enquanto falava, seguia pelo caminho até a casa.

– Você precisa me dar o telefone do seu chefe – Judith disse baixinho. – Vou ligar e elogiar a sua atitude. As pessoas ganham prêmios por fazerem menos do que você fez.

– Isso realmente não será necessário...

– Eu insisto – disse a idosa firmemente.

Sarah se viu concordando. Um elogio ao velho Hinkle não faria mal algum.

Judith sorriu. – Bem, então está combinado. Agora vamos tomar um chá gostoso, depois prometo mandá-la de volta ao trabalho. – Estava com a chave na mão ao se aproximar da porta, mas remexeu na bolsa para dar à jovem a chance de perceber, antes dela, que a porta estava aberta.

– Você mora sozinha? – perguntou Sarah subitamente.

– Não, tenho um gato. – Judith tinha se esquecido de Franklin. Ele já havia usado seis de suas nove vidas, e ela rezou para que ele estivesse bem. Como se fosse combinado, o gato furioso miou, saindo de trás dos arbustos em que estava se escondendo. Judith o pegou nos braços, acalmando-o, feliz porque seu bichinho amado estava bem.

– Sua porta está aberta – disse Sarah. – Você a trancou hoje de manhã?

– Eu sempre tranco – sussurrou Judith, depois acrescentou: – Oh, não.

– Espere aqui. – Sarah colocou a bolsa de livros de Judith no chão e cautelosamente se aproximou da porta. Usando o cotovelo, empurrou-a para dentro. E não conseguiu conter um sonoro suspiro. – Acho que está na hora de chamar a polícia.

6

Robert Elliot sempre quis ser *designer* de interiores. Em sua juventude artística ele passava horas dentro de casa, colorindo desenhos na mesa da cozinha, até que seu pai lhe dava um peteleco na cabeça e o mandava ir jogar futebol com os outros garotos. No entanto, Elliot preferia desenhar a praticar esportes: desenhos sombrios, frequentemente envolvendo pessoas sendo guilhotinadas ou animais brutalmente cortados para dissecação. Ele tinha uma imaginação fértil, que era melhor guardar nas páginas de seus cadernos. Era mais seguro assim. No entanto, o pai de Elliot continuou a sová-lo ao longo de sua juventude, e o adolescente finalmente estourou, em seu aniversário de dezoito anos, quando fez o primeiro de seus muitos desenhos ganhar vida, matando o pai a porretadas com um taco de críquete.

Um talentoso promotor público conseguiu reverter a pena de Elliot para quinze anos, durante os quais continuou a desenhar, assim como ler vorazmente, usando a biblioteca prisional para se educar. Endurecido por seu tempo na prisão, Elliot descobriu que os empregos para os quais era mais hábil só exigiam duas coisas: um imenso incentivo financeiro e uma boa quantidade de violência.

Tirou um cisco de seu casaco esportivo Dolce&Gabbana enquanto observava a velha senhora que vinha pela rua. Elliot sorriu e fez uma rápida ligação. – Ela acabou de chegar, senhor.

A estática estalou no celular. Era o mais recente lançamento da BlackBerry no mercado, no entanto a recepção sempre falhava e, quando ele falava, ouvia o eco da própria voz. Não tinha a menor ideia do local para onde estava ligando. O número era nos Estados Unidos, mas Elliot imaginava que ele passasse por uma dúzia de satélites até chegar ao destino final.

– Desculpe, senhor. O quê?... Ah. Não. Tem alguém com ela. Uma ruiva. Uns vinte e poucos anos, eu acho. Ela não estava em nenhuma das fotografias da senhora.

Robert Elliot ouviu com atenção a voz de barítono no outro lado da linha, subitamente contente pela distância que o separava de seu empregador.

– Acho que isso seria imprudente, senhor – ele aconselhou cuidadosamente. – A garota é uma variante. Não sei quanto tempo ela pode ficar ali. Até onde sabemos, pode ser uma policial.

A estática estalou e a linha ficou muda.

Elliot apertou a tecla de desligar, satisfeito. Pôs o telefone de volta no bolso, ligou o motor do BMW preto e saiu dirigindo, afastando-se do meio-fio. Ao passar lentamente pela casa de Judith Walker, não pôde resistir e sorriu, imaginando a expressão na cara da velha quando visse a redecoração de seu amado lar.

Robert Elliot sempre quisera ser *designer* de interiores, e seu novo empregador finalmente lhe dera a oportunidade.

7

A casa havia sido completamente destruída.

Judith apertou Franklin em seus braços ao entrar no *hall*. Havia rombos no piso onde as tábuas corridas tinham sido arrancadas. A raiva brotou dentro dela, queimando na boca do estômago, inundando sua garganta, ardendo em seus suaves olhos cinzentos. Havia buracos nas paredes, e todas as capas emolduradas de seus livros infantis, que antes se perfilavam nas paredes, estavam espalhadas e esmagadas pelo chão.

Judith pousou o gato no chão e caminhou até o fim do corredor, tropeçando nos tapetes orientais estraçalhados, e tentou abrir a porta que dava para a sala de estar. Só a abriu até a metade. Olhando pela fresta da porta, percebeu que o sofá feito de crina, que ela detestava, estava atravancando a porta. Ele havia sido totalmente destruído, com o enchimento arrancado, o encosto rasgado com um imenso X, a crina espalhada por todos os lados, misturada às plumas das oito almofadas que ela mesma havia bordado. O armário eduardiano de ébano estava tombado em ângulo, junto a uma poltrona virada de cabeça para baixo, gavetas abertas e portas penduradas, a madeira escura toda marcada, como se tivesse sido cortada.

Centenas de delicadas xícaras de porcelana que ela passara a vida colecionando estavam em milhões de cacos pelo chão. Todas as fotografias tinham sido arrancadas das paredes, uma vida toda de lembranças rasgadas e pisoteadas.

– A polícia está a caminho. – Sarah estendeu o braço até a idosa, que involuntariamente recuou. – Há algo que eu possa fazer? – perguntou, sem jeito.

– Nada – disse Judith, percebendo que sua vida, tal como ela conhecia, havia acabado. – Não há nada que alguém possa fazer. – Pôs a mão no corrimão, para se equilibrar. – Preciso olhar lá em cima.

– Quer que eu vá com você?

– Não. Obrigada. Por favor, apenas espere a polícia.

A pior destruição havia sido feita no quarto. A cama, em si, tinha sido dilacerada com uma lâmina afiada. O edredom amarelinho, no qual seu falecido marido costumava se embrulhar quando assistia à televisão, estava em retalhos no chão. Ela segurou um filete do tecido tentando sentir o cheiro, um fragmento de lembrança do homem com quem compartilhara a vida.

E Judith sabia que o veria em breve.

Observando o restante do quarto, viu que nada tinha sido poupado. Cada peça de roupa tinha sido arrancada do armário e rasgada. Os restos de um par de sapatos forrados de seda, que ela usara na primeira comunhão do sobrinho, haviam sido enfiados no vaso sanitário, que transbordava. O odor ácido de urina era quase insuportável. Judith fechou a porta e encostou a testa na madeira fresca, enquanto as lágrimas queimavam por trás de seus olhos. Mas estava determinada a não chorar.

O quarto que ela convertera em escritório estava igualmente destruído. O chão ficara forrado de papel, décadas de anotações cuidadosamente coletadas e arquivadas em seus armários estavam jogadas e espalhadas por toda parte. Nenhum de seus livros adorados permanecera na estante. Havia livros partidos em dois, todas as capas tinham sido arrancadas, alguns dos volumes mais antigos estavam sem suas capas de couro. Os trabalhos artísticos originais das crianças estavam todos no chão, vidros estilhaçados e molduras de madeira quebradas, pegadas imundas sobre as aquarelas delicadas. A máquina de escrever Smith Corona, de vinte e cinco anos, na qual ela escrevera seu primeiro livro, estava totalmente estraçalhada, como se alguém tivesse pulado em cima dela. Seu iMac estava completamente destruído, com um buraco no centro da tela. Agachando-se, ela aleatoriamente ergueu uma folha de papel que estava aos seus pés. Era a página vinte e dois do manuscrito de seu último livro infantil: estava rebocada de excremento. Judith deixou que a página flutuasse no ar até o chão, e finalmente chorou lágrimas amargas. Mesmo que tivesse tempo, levaria anos para arrumar aquela bagunça. Mas não importava: quem tivesse feito aquilo não havia levado o que estava procurando.

Eles voltariam.

Depois de colocar a bolsa na escrivaninha de madeira, tirou os livros e papéis que vinha carregando o dia todo. Abrigado no fundo da bolsa, ainda embrulhado em jornal, estava o tesouro que os assaltantes queriam.

Dyrnwyn, Espada de Rhydderch.

A idosa sorriu amargamente. Se eles soubessem o quão perto haviam chegado de pegá-la. Seus dedos nodosos seguraram o cabo e ela sentiu o sopro de seu poder tremer pelos braços. Nunca havia ferido ninguém em sua vida, mas, se pudesse pôr as mãos nos selvagens que tinham feito aquilo, destruído uma vida de trabalho e lembranças...

O metal esquentou e ela rapidamente recuou a mão; havia se esquecido de como era perigoso ter esse tipo de pensamento na presença daquele artefato.

8

Richard Fenton tirou a toalha felpuda da cintura e entrou na água nu, assobiando de prazer. Perfeitos trinta graus. Para alguns, ligeiramente quente, mas quando você chega a essa idade o sangue afina e os ossos sentem frio. Com braçadas longas e iguais, ele nadou a extensão da piscina, virou-se e nadou de volta, até o lado fundo. Em um dia bom, conseguia nadar vinte vezes aquela extensão, mas tinha ido dormir tarde e o dia amanheceu antes que ele tivesse se deitado. Só acordara à uma e meia da tarde e estava se sentindo retraído e cansado... e *velho*.

Naquele dia ele se sentia como um velho.

Ele *era* um velho, lembrou a si mesmo, sisudo, fazia setenta e sete anos no mês seguinte, e embora aparentasse no mínimo dez anos menos e tivesse um corpo equivalente a isso, havia dias em que sentia cada um de seus anos. Aquele era um desses dias. Ele tentaria atravessar a piscina dez vezes, depois deixaria que Max lhe fizesse uma massagem. Havia planejado jantar no clube naquela noite, mas talvez não fosse, ficasse em casa para relaxar.

Seus pés pressionaram novamente a parede ladrilhada e ele tomou impulso; seus cabelos finos e grisalhos se estendiam atrás dele, e colavam em sua cabeça quando ele a erguia acima da água. A luz do céu passava pelas janelas altas, cintilando sobre a água, refletindo-se no piso da piscina e iluminando o desenho que havia ali. Ele mandou que o arquiteto que projetou essa ala da casa copiasse o desenho de um vaso grego: silhuetas humanas copulando em uma dúzia de posições improváveis.

Em algum lugar no fundo da casa o telefone tocou.

Richard o ignorou; Max ou Jackie atenderiam. Mergulhou na água, abrindo os olhos. A água estava limpa, pois ele não permitia que colocassem cloro ou outros produtos químicos em sua piscina. A água era completamente reciclada duas vezes por dia, geralmente pouco antes que ele desse sua nadada matinal e, novamente, no fim da tarde. Olhando para baixo, viu o desenho no piso estremecer, como se as figuras estivessem se movendo.

O telefone ainda estava tocando quando ele ergueu a cabeça acima da água.

Richard passou as mãos pelos cabelos, afastando-os do rosto, e virou-se para as portas duplas no lado oposto do salão. Onde estava Max... ou Jackie? Eles deveriam ter atendido ao telefone... a menos que estivessem ocupados com outra coisa. Ele subitamente sorriu, mostrando uma arcada dentária perfeita e branca demais para ser real. Já fazia tempo que vinha desconfiando que eles estavam se tornando mais que colegas. O sorriso do velho desapareceu. Eles podiam fazer o que quisessem com seu tempo livre, mas ele os empregava para trabalhar.

O telefone parou.

Richard Fenton girou o corpo e ficou boiando de barriga para cima, erguendo o braço esquerdo para olhar o relógio, que nunca saía de seu pulso. Duas e meia. O relógio tinha sido de seu pai e do pai dele. Tinha custado uma fortuna para Richard transformá-lo à prova d'água, mas o dinheiro não significava nada. O relógio era um símbolo. Toda vez que ele o olhava se lembrava do pai, que terminara seus dias tossindo e pondo os pulmões pela boca, com sangue negro, salpicado de poeira de carvão. Seu avô morrera no fundo da mina; "exaustão", dizia o atestado de óbito, mas todos sabiam que havia vazamento de gás na mina. Richard quase não se lembrava do avô, embora tivesse uma vaga lembrança do enterro.

Mas se lembrava do enterro do pai nitidamente.

Lembrava-se de estar em pé, junto ao túmulo, com um naco de terra fria e úmida nas mãos, e jurou que jamais desceria às minas. Foi um juramento que ele quebrou somente uma vez na vida, quando foi fotografado com uma banda que ele descobrira nos anos 1960: The Miners [Os Mineiros]. Eles fizeram uma foto de publicidade nas cavernas e nos túneis, os cinco adolescentes posando com capacetes de mineiros, segurando picaretas e pás, como se fossem instrumentos musicais que nunca tivessem aprendido a tocar.

Richard sorriu. Não pensava nisso havia anos, sinal certo de que estava ficando senil. Eles haviam tido dois sucessos e pareciam destinados a coisas grandiosas. A mídia dizia que seriam os próximos Beatles, os futuros Stones. Fenton tinha vendido o contrato deles para os grandes selos americanos – e colocara uma fortuna no bolso. Os garotos reclamaram, claro, e buscaram sua parte, mas tinham assinado um contrato que permitia que ele embolsasse suas despesas. E suas despesas haviam sido muito altas. Eles ameaçaram processá-lo, até que ele frisou o quanto isso sairia caro, acrescentando que eles perderiam. E acabaram desistindo; estavam convencidos de que fariam dez vezes mais o que ele lhes roubara nos Estados Unidos.

Nunca mais gravaram outro disco.

O telefone começou a tocar novamente e Richard emergiu da água. Onde estava Max? Que diabos estava acontecendo? Ele foi nadando até a parte rasa da piscina, refletindo a raiva em suas braçadas.

Richard Fenton teve um rápido vislumbre do objeto no ar – escuro e redondo – antes de ele cair na piscina, em uma explosão de água tingida de rosa atrás dele.

– Jesus! – Fenton olhou para cima. Uma das plantas ornamentais devia ter despencado das vigas. Ele poderia ter morrido. Virou-se remexendo a água, procurando a planta. Se não a tirasse da piscina agora mesmo a terra entupiria os filtros.

– Max?... Max!

Em que porra de buraco o desgraçado se metera? Controlando seu temperamento, Richard se abaixou na água, à procura da planta. Avistou-a no lado fundo, cercada por uma nuvem crescente de terra escura que se soltara dela. Ele faria alguém pagar pela limpeza da piscina e por filtros novos, e também pelo susto que aquilo lhe dera; poderia ter tido um ataque do coração. Processaria os jardineiros que haviam instalado as flores, ou o arquiteto, ou ambos. Irrompendo na superfície, ele respirou fundo e mergulhou novamente. Somente quando nadou até a nuvem que se avolumava percebeu que era rosa, pontilhada de filetes pretos. Quando esticou o braço para pegar a bola de terra, ela virou ao contrário... e Richard Fenton se viu olhando para a cabeça decepada de seu criado, com os olhos arregalados e o rosto paralisado de surpresa. A boca se abriu e o sangue claro e rosa borbulhou para cima.

Fenton pulou para fora da piscina, tossindo e engasgando, com o coração batendo tão violentamente que ele podia sentir a pele tremer. Tossiu a água que havia ingerido, sentiu o vômito subindo e o engoliu. Tremia com tanta força que mal conseguia se segurar na escada metálica para se erguer acima dos ladrilhos frios e lisos. Tentou organizar seus pensamentos mas sua cabeça girava, piorando o aperto em seu peito, e pontos negros dançavam diante de seus olhos. Curvado à frente, respirou fundo e depois se endireitou. Seu corpo oscilou à medida que o sangue subia à cabeça; no entanto, agora ele conseguia pensar claramente.

Havia uma arma carregada no cofre atrás de sua escrivaninha, armas no armário do corredor, munição na gaveta de baixo. Tudo o que ele precisava fazer...

A água borbulhou. Fenton se virou. A cabeça de Max tinha flutuado à superfície, quicando como uma boia obscena.

Richard Fenton não tinha dúvida de que quem fizera isso com Max tinha vindo em sua captura. Havia feito muitos inimigos em sua longa vida, fizera negócios muito contundentes, e em mais de uma ocasião tinha sido forçado a *dar um jeito* nas pessoas que atrapalhavam seu caminho. Mas isso tinha sido havia muito tempo. Ele não estava realmente ativo fazia muitos anos...

No entanto, as pessoas têm memória duradoura.

Richard Fenton seguiu caminhando descalço até as portas duplas e olhou para fora, na direção do jardim de inverno circular que ligava a parte principal da casa à piscina. Os ladrilhos espanhóis estavam salpicados de sangue escuro. Quem havia matado Max carregara sua cabeça até ali, para jogá-la na água... O que significava que eles o haviam observado... o que significava que ainda estavam na casa... o que significava...

Talvez ele fosse deixar a arma de lado. Se alguém estava esperando por ele, estaria em seu escritório. Ele poderia atravessar o corredor, passar pela cozinha e entrar na garagem. As chaves sempre ficavam nos carros.

Agachado, ele disparou pelos ladrilhos e saiu no corredor. Depois do frio do piso, o carpete estava aquecido sob seus pés. E úmido. Ele ergueu o pé, que estava grudento de gosma.

Fenton se virou. Pousou as duas mãos sobre a boca, tentando não gritar, mas era tarde demais. Seu grito agudo ecoou pela casa vazia. Jackie estava pendurada de cabeça para baixo, por uma das pernas, presa ao trilho da cortina. Sua garganta tinha sido cortada tão profundamente que a cabeça pendia para trás, expondo tripas e ossos. Seu rosto era uma máscara vermelha, seus cabelos cor de mel estavam negros e duros. Ela ainda estava usando seus óculos Kate Spade.

– Por que não vem até o escritório, sr. Fenton?

Richard girou. A porta de seu escritório estava aberta. Ele deu uma olhada na direção da porta do corredor. Estava a trinta, talvez quarenta passos de distância. Ele estava em boa forma. Conseguiria chegar.

– Não foi um pedido.

Passaria pela porta, desceria o caminho de pedras e sairia na estrada principal. A casa mais próxima ficava a cem metros de distância, mas ele conseguiria chegar. Um velho nu correndo pela estrada certamente chamaria a atenção.

A porta do corredor rangeu, depois foi aberta lentamente, lançando a luz de fim de tarde sobre o piso polido, realçando os ciscos de poeira revolvendo no ar. Uma silhueta de terno estava na porta, com uma sombra alongada pelo chão. Richard franziu o rosto, estreitando os olhos sem conseguir ver direito. Havia algo na silhueta, algo *errado*...

A silhueta balançou, depois caiu para a frente. Então Richard percebeu que a figura não tinha cabeça. Ele estava olhando para o corpo decapitado de Max.

– Entre no escritório, sr. Fenton.

Derrotado, Fenton atravessou o corredor e empurrou a porta de seu escritório para abri-la. Ficou em pé no portal, com os braços enlaçados no peito, tremendo e piscando na luz fraca. As cortinas tinham sido abertas e a luminária da escrivaninha estava virada para a porta, deixando-o cego, fazendo com que a figura sentada atrás da mesa ficasse na sombra. A luz ardeu nos olhos de Fenton e ele os esfregou, zangado, afastando as lágrimas de seu rosto. O velho sentiu uma pontada de dor no peito e lhe deu as boas-vindas, sabendo que talvez ela o salvasse do que vinha pela frente.

– O senhor possui algo que quero, sr. Fenton. – Era uma voz masculina, suave, sem sotaque, precisa e controlada.

– Tem dinheiro no cofre – disse Richard Fenton, rapidamente. – Pegue. – Talvez aquilo não passasse de extorsão, um rebelde qualquer querendo fazer fama ao explorá-lo. Ele lhe daria o que ele queria... depois o caçaria como um cão.

– Não quero o seu dinheiro – disse a figura na sombra, com a voz pontuada de diversão.

Fez-se um movimento ao lado da cortina e Richard percebeu que havia uma segunda pessoa na sala. Embora o ar estivesse pesado com o cheiro de carne e sangue, e do odor da poltrona de couro, ele imaginava sentir o perfume de flores. Mas não havia plantas com flores naquela sala. Perfume? Uma mulher?

– Nós viemos atrás do tabuleiro de xadrez. – A voz da mulher era suave, apesar de falha, com vogais que indicavam um leve sotaque.

– Tenho muitos tabuleiros de xadrez – Fenton começou a dizer. – Venho colecionando-os ao longo de toda a minha vida. Peguem o que quiserem.

– Ah, mas esse não está exposto. Viemos buscar o Tabuleiro de Xadrez de Gwenddolau.

O velho não se surpreendeu. Sempre soubera que alguém, algum dia, viria pegar as peças amaldiçoadas de cristal, ou o tabuleiro de ouro e prata. Antiquíssimo, era uma das coisas mais bonitas que ele possuía; no entanto, nunca o tinha exposto junto com os outros tabuleiros por motivos que nunca conseguiu explicar inteiramente.

– Nós o queremos – a mulher sussurrou.

Richard Fenton começou a sacudir a cabeça.

Um canivete estalou ao se abrir.

–Vai me contar, mais cedo ou mais tarde – murmurou ela, e Fenton nem teve tempo de reagir a isso, já que a mulher lançou um canivete, que se cravou no chão de madeira, entre seus pés descalços. Olhando para baixo, ele viu o metal estreito tremulando.

– Por que não se senta, sr. Fenton? – perguntou ela, educadamente.

Ele recomeçou a sacudir a cabeça, depois imediatamente sentiu uma dor aguda na coxa. Olhando novamente para baixo, viu o cabo de uma fina faca metálica espetada em sua carne, centímetros abaixo de sua virilha. Estranhamente não doía, só causava calor.

– Na verdade, enquanto esperamos que você nos diga a exata localização do Tabuleiro de Gwenddolau, vamos jogar uma partidinha de xadrez. Quem ganhar leva tudo.

A bela mulher saiu da sombra. Fenton tentou focar em seu rosto, que era tão lindo que ela quase não parecia humana. Tinha o rosto comprido e estreito, lábios fartos e olhos ligeiramente oblíquos. Uma juba negra pendia em suas costas. Ele tentou identificar a cor dos olhos, mas a luz se refletia neles e os pintava de bronze-metálico. Ela parecia jovem, com vinte e poucos anos, talvez; no entanto, tinha os seios fartos, a barriga lisa e as nádegas curvas de uma mulher mais velha. Um vestido justo de seda verde envolvia seu corpo inteiro.

Ela delicadamente estimulou o ferido Fenton a ir até uma cadeira e assentiu para seu companheiro envolvido na sombra. Este se levantou e o velho percebeu que ele era alto e largo, como um halterofilista. À medida que ele adentrou o espaço em que havia luz, Fenton viu que o homem estava segurando uma lança curta na mão esquerda. A cabeça da lança estava molhada de sangue negro.

O Homem Sombrio circulou pela sala, vasculhando os armários de tabuleiros, tirando um dos mais ornamentados, um tesouro de seiscentos anos, de Alhambra, entalhado em estilo árabe. Colocou-o na mesinha diante de Fenton antes de assumir uma posição em pé, atrás dele.

– Jogue – ordenou ele.

A mulher de aparência exótica ficou sentada, de frente para o velho. Seu sorriso era feroz enquanto rapidamente arrumava as peças. Com unhas pintadas de preto, ela pegou o peão e o moveu, sem jamais tirar os olhos do rosto de Fenton.

Ele tentou entender o sentido do que estava acontecendo, ciente de que agora a dor de sua perna aumentava, ciente de que provavelmente morreria naquela sala. – Sua vez – sussurrou ela.

Automaticamente, ele moveu uma peça.

– Ah, e o jogo começa – sussurrou a mulher. Ela levou menos de doze movimentos para encurralar o rei de Fenton, pressionando os dentes brancos nos lábios, a ponta da língua proeminente entre eles. – Achei que você seria um oponente melhor. É uma pena, poderia ganhar mais algumas horas.

O sorriso dela era selvagem. – Xeque-mate.

9

— Eu insisto – disse Sarah firmemente.

Judith Walker sacudiu a cabeça lentamente, mas continuou em silêncio. Ela precisava que a jovem achasse estar tomando suas próprias decisões.

– Receio que eu seria um incômodo enorme – disse Judith baixinho.

Sentada no banco traseiro do carro de polícia, Sarah assentiu, enfaticamente, convencendo a si mesma de que era uma boa ideia. – Para onde mais você iria? Não pode ficar aqui até que o local seja limpo. – E sorriu levemente. – Devo alertá-la de que minha mãe talvez seja um pouco difícil, mas nós certamente temos espaço. Passe a noite, e de manhã vou entrar em contado com seu sobrinho. Juntos, vamos ajudá-la a arrumar sua casa.

– Olhe, eu realmente...

– Não seja ridícula – Sarah interrompeu, mas sem a mesma firmeza. O que ela estava fazendo? Tinha acabado de conhecer essa mulher, agora estava oferecendo uma cama para que ela passasse a noite... Sua mãe ficaria furiosa.

Judith ouviu a súbita indecisão na voz da jovem e tocou o cabo da espada embrulhada no jornal, suscitando seu poder. Então estendeu o braço e apertou a mão de Sarah. – É uma oferta extremamente generosa.

Sarah sorriu, com as covinhas acentuando sua beleza abrandada. – Vou pedir que a polícia nos leve até minha casa, em Crawley.

– Você precisa ligar para o seu escritório – Judith sugeriu baixinho. – Eles devem estar preocupados. Esteve fora a tarde toda.

Sarah concordou. Não fazia sentido tentar voltar ao trabalho. – Vou dizer que não consigo voltar até o fim do dia – acrescentou ela, já pegando o telefone.

Judith ouviu seu telefonema, enquanto Sarah tentava explicar ao chefe intrigado o motivo por estar se ausentando pelo restante do dia. Dava para ouvir os resmungos irritados do homem no outro lado da linha, e ela via a exasperação da garota, tentando acalmá-lo. Em qualquer outra circunstância Judith teria se sentido culpada em usar o poder de sua vontade para manipular Sarah dessa forma; no entanto, aquela era uma situação muito especial.

Ela precisava proteger a espada – a qualquer preço.

MAIS TARDE, quando estava deitada em uma cama estranha, vendo o reflexo das luzes da lua dançando no teto, Judith Walker ouviu sons vagos vindos da cozinha, abaixo. Reconheceu o tom estridente de Ruth Miller sobrepondo-se aos protestos suaves de Sarah, e soube que era o assunto da inflamada discussão. Judith enfiou a mão embaixo do travesseiro e tocou o jornal que embrulhava a espada, concentrando-se em Sarah, tentando emanar um pouquinho de força para ela. Sentia uma estranha irmandade em relação a essa jovem, uma afinidade, algo que mesmo depois de setenta e sete anos de experiências ainda não conseguia entender direito.

A família Miller havia recebido Judith com educação, mas friamente. Eles viviam uma vida tranquila de subúrbio e obviamente detestavam essa intromissão bizarra.

O chá havia sido um acontecimento civilizado e gélido.

Ruth Miller tinha puxado uma conversa inconsequente e hostil, enquanto James, o mais recente amante de Ruth, mal falara. Os irmãos menores de Sarah obviamente tinham sido alertados pela mãe quanto ao comportamento e ficaram de cochichos apressados durante a refeição, ignorando a estranha que estava à mesa. Para alívio de todos, Judith alegou exaustão por conta dos acontecimentos do dia e se retirou imediatamente após o chá. Deram-lhe o quarto do caçula, um quartinho minúsculo, decorado com pôsteres de pilotos da Nascar, astros do futebol e uma ídola do rock com roupas mínimas, que Judith não reconhecia. No centro do quarto, no chão, havia um trenzinho elaborado e uma porção de bichos de pelúcia espalhados. Ela via o contraste entre a sexualidade movida a testosterona dos pôsteres e os brinquedos de pelúcia como algo ligeiramente perturbador; achava que o garoto não devia ter mais de dez anos. Outro sinal dos tempos: a inocência era um dos primeiros sacrifícios da era moderna.

Sentada na cama, Judith desembrulhou a espada e passou os dedos no metal enferrujado. Segurando-a pelo cabo, levou a lâmina quebrada até os lábios e sentiu a conhecida onda de força que pinicou sua mão e subiu por seu braço.

Velha magia, força antiquíssima aumentando.

Judith sentiu o calor subindo por seu corpo. Dores nas juntas endurecidas foram sumindo; os músculos cansados e desgastados relaxaram; sua visão ficou aguçada e sua audição, nítida, enquanto seus sentidos se ampliavam. Ela era jovem novamente. Jovem, cheia de vida e...

Velha magia, força antiquíssima diminuindo.

A energia sumiu, assim como havia chegado, e sua nova visão aguçada rapidamente se dissolveu em uma imagem embaçada. Sua audição silenciou. E as dores voltaram.

Suspirando, embrulhou a espada em um vestido desbotado e colocou-a embaixo do travesseiro. Quando se deitou de novo, dava para sentir a solidez do ferro junto ao seu crânio. Quando criança, dormia com ela sob seu travesseiro toda noite, e os sonhos... os sonhos eram extraordinários. A espada havia sido sua passagem para portais da imaginação, mundos perdidos e aventuras maravilhosas e mágicas. Aqueles sonhos moldaram seu imaginário e plantaram as sementes de sua carreira posterior. Quando os críticos literários louvavam sua imaginação detalhista, não faziam ideia de que ela estava simplesmente repetindo e relatando algo sobre os lugares que havia visto.

Quando ficou mais velha, Judith escondeu a espada no casaco militar do irmão, pendurado no fundo do armário. Os sonhos vinham apenas esporadicamente, e ela começou a tratá-los clinicamente, eximindo-os de seus poderes arrepiantes, ao convertê-los em fantasias comerciáveis e livros infantis de aventura. Havia épocas em que ela quase se esquecia do poder da Relíquia que havia moldado a sua vida.

Quase se esquecia, mas não completamente.

No entanto, alguém ainda acreditava que as Relíquias eram poderosas; alguém estava pronto a matar para obter aqueles artefatos.

E onde é que Sarah se encaixava no panorama geral? Teria sido coincidência a sua aparição, a sua intervenção? Mesmo adormecidas, as Relíquias atraíam determinados tipos de pessoas – ou aqueles sensíveis à aura que transpareciam, mas incautos quanto aos próprios poderes, ou aqueles que deliberadamente buscavam os objetos antigos de poder ainda espalhados pelo mundo. Com o passar dos anos, ela havia encontrado uma quantidade razoável de ambos os tipos. E Sarah... Judith estava convencida de que ela era da primeira categoria, havia nela uma força que nem mesmo a jovem reconhecia.

A discussão lá embaixo tinha finalmente terminado com uma porta batida, depois a escada rangeu. Surgiu então uma leve batida à porta.

– Entre, Sarah – Judith Walker disse baixinho, já sentada na cama.

Sarah Miller entrou no quarto, sorrindo timidamente. Suas bochechas estavam vermelhas e suas mãos tremiam ligeiramente. – Só vim ver como você estava – disse ela baixinho.

– Estou bem, graças a você. – Judith deu um tapinha na cama. – Sente-se um instante.

A jovem sentou-se na beirada da cama, com os olhos percorrendo o quarto familiar, olhando para todos os lugares, menos para o rosto de Judith.

– Receio que eu não a tenha deixado muito bem com sua família.

Sarah deu de ombros. – Nunca fiquei muito bem com eles. Mas eles estão bem. Só ficaram um pouco surpresos.

– Imagino que sua mãe desconfie de que ficarei aqui pelo restante da minha vida.

Sarah sacudiu a cabeça rapidamente, embora Ruth Miller tivesse mencionado exatamente isso. – Quando as pessoas entram, nunca vão embora – ela dissera.

– Não. Nada disso – disse Sarah.

Judith estendeu a mão e tocou o braço da moça. Nesse instante sentiu uma pontada de arrependimento pelo que havia feito – tinha usado a garota para prover-lhe um abrigo seguro para a noite, um lugar onde ela não pudesse ser rastreada. – Você deveria se orgulhar pelo que fez hoje – disse ela, com a voz baixa e insistente. – Agiu segundo uma das mais nobres tradições antigas; veio em socorro de uma donzela desesperada. – Apertou a mão de Sarah e sorriu.

Sarah concordou, subitamente sentindo-se confiante sobre suas atitudes. Tivera certeza de ter feito a coisa certa – tinha parecido o certo... até que sua mãe listou uma centena de motivos para que ela tivesse deixado a situação de lado. Ruth Miller simplesmente não conseguia compreender por que a filha não havia desviado o olhar e atravessado a rua.

– Você acredita em um poder superior? – Judith perguntou subitamente.

Sarah deu de ombros. – Nós somos a Igreja da Inglaterra.

– Não, não estou falando de uma igreja. Não estou falando de um deus, ou deuses, ou nada tão específico. Você acredita em um Ser, um Espírito, uma força do Bem?

Desconfortável com o rumo que a conversa estava tomando – talvez sua mãe estivesse certa, talvez a velha fosse maluca –, Sarah deu de ombros novamente. – Acho que sim. Por quê?

– Porque o que você fez hoje foi o certo. Foi *bom*. Não permita que as pessoas diminuam o que você fez.

– Honestamente, não sei por que fiz aquilo – admitiu Sarah. – Mas quando vi que eles estavam atacando você, aconteceu alguma coisa comigo. Fiquei muito zangada. Não podia ir embora...

Judith sorriu, acentuando as rugas ao redor dos olhos e da boca. – Quando eu era jovem, os idosos podiam andar seguros pelas ruas – disse ela. – Mas isso foi há muito tempo. – Judith se deitou e fechou os olhos, indicando que a conversa tinha acabado.

Sarah sentou-se com a idosa até que sua respiração se aprofundou e desacelerou, passando a sopros leves. Subitamente, a jovem ficou intensamente alerta em relação à casa ao seu redor. Sentiu-se estranha, como se um sexto sentido lhe tivesse sido concedido. Conseguia passar pela experiência tangível das sensações que revolviam à sua volta: a raiva irradiada da mãe, vinda da cozinha, abaixo; a irritação dos irmãos, principalmente do pequeno Freddie, que tivera de abrir mão de seu quarto. Sarah sorriu melancólica, voltando à realidade. Tinha conseguido outra vez; conseguira alienar todos eles, de uma só vez. Era um dom. Cristo! As palavras de sua mãe voltaram flutuando: ela tinha tudo, mas, de alguma forma, conseguia estragar tudo; tinha vinte e dois anos, estava em um bom emprego, com um grande futuro, ganhando um bom salário.

O sorriso de Sarah Miller tornou-se amargo.

Ela tinha vinte e dois anos, um emprego que detestava, em um beco sem saída, e entregava praticamente todo o seu salário à mãe. Deveria ter arranjado um apartamento quando tivera a chance. Mas não a aproveitou, e durante os dois últimos anos tinha começado a achar que talvez nunca conseguisse. Observava as amigas se mudando, saindo de casa, arranjando apartamentos na cidade, encontrando namorados e amigos, *vivendo*. Algumas já estavam até casadas.

Sarah cuidadosamente soltou os dedos da idosa de sua mão e se levantou, olhando para baixo, para a mulher frágil e miúda na cama. Naquele dia, tinha feito algo positivo, algo bom... e sua mãe a repreendera como se ela fosse uma garotinha travessa. Bem, talvez não devesse ter trazido Judith Walker para casa, mas não podia deixá-la naquela cena horrível, e, de alguma forma, trazê-la parecera a única decisão a ser tomada.

Tinha sido o correto a fazer. Uma coisa boa.

Além disso, a idosa partiria pela manhã e tudo voltaria ao normal, embora ela soubesse que levaria muito tempo até que sua mãe se esquecesse do assunto. Desviou os pensamentos, sacudindo a cabeça, e silenciosamente abriu a porta. Ela tinha de sair daquela casa antes que sugasse toda a sua vida.

Os olhos de Judith se abriram de repente quando ela ouviu o clique da porta se fechando. Ouviu Sarah entrando no quarto ao lado, as molas da cama rangendo, o estalinho de uma televisão ou de um rádio sendo ligado. Mesmo sem a espada para enfatizar seus sentidos, a idosa podia sentir a inquietação e o desconforto da garota. Sarah era obviamente dominada pela mãe, o que explicava o fato de Judith ter conseguido controlá-la com tanta facilidade. No entanto, isso ainda não explicava o motivo para que ela tivesse vindo em seu socorro. Seu tipo sempre se afastava... mas não dessa vez.

Naquela noite Judith sonhou com Sarah.

Os sonhos foram sombrios e violentos, a garota lutava por sua vida... A espada também estava no sonho. No entanto, Judith não conseguia identificar se ela usava a espada para destruir... ou se a espada destruía a garota.

10

O rei branco era magnífico. Eram sete centímetros e meio de cristal sólido, entalhado com detalhes incrivelmente minuciosos, até o desenho delicado da lâmina da espada que ele erguia. A rainha era uma obra-prima, a expressão de seu rosto era perfeita e a pinta, na maçã esquerda de seu rosto, tornava-a ainda mais humana.

– Que idade eles têm? – Vyvienne passou o dedo indicador pela peça, descendo pela extensão da rainha branca. O sangue de Richard Fenton tinha manchado o cristal branco de vermelho-carmim. O velho havia guardado segredo até quase o final. Somente na mais profunda agonia, quando ela tinha arrancado a carne de seu peito e das suas costas com facas minúsculas, e então começado a fazer o mesmo no meio de suas coxas, ele revelou o segredo da localização do tabuleiro, que tinha guardado por quase toda a sua vida.

O homem conhecido como Ahriman atravessou o sangue empoçado nos ladrilhos à beira da piscina, pisando cautelosamente por entre tiras de carne que tinham a consistência de papel velho. Tomou delicadamente a rainha de cristal dos dedos com unhas compridas da mulher e a mergulhou na piscina, para limpá-la. – Mil anos, certamente – ele disse. – E, possivelmente, mais mil. – Segurando a peça sob a luz, ele a inclinou, admirando o artesanato antiquíssimo. – O Tabuleiro de Gwenddolau – sussurrou –, tem cada peça baseada em uma figura viva. Cada peça imbuída de um fragmento da alma daquela pessoa. – Sorriu. – Ou, pelo menos, assim reza a lenda.

– E você acredita em lendas? – perguntou a mulher, olhando as peças de xadrez na caixa forrada de veludo.

Lentamente, sensualmente, esfregou a rainha no rosto dela, pressionando-a no meio de seus lábios úmidos, empurrando-a para dentro de sua boca. – Essas peças *são* uma lenda.

Vyvienne agarrou a peça de xadrez, sentindo sua onda de poder abastecê-la mentalmente e excitá-la fisicamente. Enquanto apertava a peça na palma da mão, despiu-se, permitindo que seu corpo espetacular se refletisse na superfície espelhada da piscina. Enquanto as mãos de Ahriman acariciavam seu corpo e ela segurava a peça,Vyvienne voltou a atenção para o centro da piscina, onde a expressão paralisada de Fenton a encarava e seu corpo afundava.

O cadáver estava quase irreconhecível como humano.

E lá estava, novamente.
Uma perturbação.
Um tremor no éter, uma mudança na noite perpétua.
Algo antiquíssimo havia sido despertado.
Algo poderoso.

QUARTA-FEIRA, 28 DE OUTUBRO

11

— Eu lhe fiz um pouco de chá. Não tinha certeza do quanto você queria de açúcar...

Sarah Miller estava em pé, na porta do quarto, boquiaberta de surpresa.

O quarto estava vazio: Judith Walker partira.

A cama de seu irmão tinha sido caprichosamente arrumada, o edredom azul estava dobrado e alisado, o zoológico de bichos de estimação caprichosamente abrigado junto aos travesseiros. A única pista de alguém ter passado por ali era o leve aroma de perfume floral que pairava no ar. Intrigada, Sarah voltou à cozinha, dando um gole no chá e comendo os biscoitos Walker que ela havia pegado na prateleira inferior do armário, onde a mãe os escondia. Um âncora televisivo incrivelmente bronzeado estava lendo as notícias das sete.

A que horas teria partido Judith Walker? E por quê?

Sarah ouviu barulhos lá em cima, os passos pesados da mãe nas tábuas corridas do piso. As paredes eram tão finas que ela podia acompanhar o caminho da mãe, desde o quarto até o banheiro. Não era de admirar que Judith tivesse ido embora. Sua mãe era famosa pela voz estridente e na noite anterior havia sido como nunca. Naturalmente, Judith sentira a atmosfera gélida. Não era de surpreender que ela tivesse partido com o dia raiando.

Depois de terminar o chá, Sarah passou dez minutos procurando sua pasta Coach, antes de se lembrar que a deixara no escritório. Estava temendo ter de voltar; o que diria ao sr. Hinkle? Simplesmente tinha saído na hora do almoço e não havia voltado. Sua mãe tivera um prazer malicioso em lembrá-la de que ela talvez perdesse o emprego. Na noite anterior nem tinha ligado, mas naquela manhã...

Estava fechando a porta ao sair quando James veio descendo a escada. De vez em quando – bem de vez em quando – eles conseguiam pegar o trem juntos. Sarah detestava aquilo; a jornada até a cidade com o amante da mãe era sempre constrangedora. Ela nunca sabia bem o que dizer a ele e sabia que James só queria ficar em paz e ler o seu jornal, desfrutando da folga das discussões com Ruth Miller. Mas naquela manhã ele não estaria com ela no trem. James estava usando o robe absurdamente chamativo que Ruth lhe dera no Natal. Sarah tinha visto garrafas vazias de tequila na pia, e soube que o careca vendedor de carros perderia outro dia de trabalho. Sarah fez uma cara feia percebendo que, mais uma vez, quase todo seu pagamento seria entregue à mãe.

Enquanto descia a rua apressada, Sarah sentiu uma ponta de culpa pelo alívio que sentia por Judith ter partido. Apesar de sua frustração com o rumo que sua vida estava tomando, Sarah gostava de ordem e Judith certamente tinha causado um pequeno rebuliço em sua vida confortavelmente organizada. Ainda não conseguia entender muito bem o que tinha dado nela no dia anterior. Primeiro, saiu em socorro de uma estranha, depois disso... as coisas ficaram meio embaçadas. Bem, agora tinha acabado: uma breve demonstração de coragem, em uma vida covarde.

Ela sorriu, imaginando que talvez tivesse finalmente mostrado uma centelha de potencial. Talvez isso fosse o começo de um novo futuro, um futuro repleto de esperança e possibilidade. No entanto, ao entrar no prédio cinzento do banco e seguir na direção de seu cubículo sufocante, imaginou que sua vida estivesse destinada a continuar nesse caminho fatigante e acomodado.

O telefone de Sarah estava tocando quando ela se aproximou de sua mesa.

– Alô?

– Eu gostaria de falar com Sarah Miller. – A voz era masculina, em tom culto, e pontuada com um leve sotaque indecifrável.

Sarah franziu o rosto. Somente seus clientes tinham esse número e essa voz era desconhecida. – Aqui é Sarah Miller.

– Sarah Miller, da Pine Grove, Crawley.

– Sim. Com quem falo?

– Você corajosamente ajudou uma idosa, ontem. Chamada Judith Walker. Você a acompanhou até sua casa, em Bath...

– Quem está falando?

– Ela lhe deu algo muito importante, que me pertence. E eu gostaria muito que você voltasse para casa, agora, e o pegasse para mim, por favor.

– Não sei que tipo de trote é esse, mas esta é uma linha comercial. Portanto, se me dá licença...

A linha estalou e a voz ecoou ligeiramente: – Meus representantes irão ao seu endereço, precisamente ao meio-dia. Recomendo fortemente que você esteja lá, com o artefato que Walker lhe deu.

– Mas ela não me deu nada... – foi dizendo Sarah, mas a linha estalou e desligou.

O telefone imediatamente voltou a tocar.

– Olhe, Judith Walker não me deu nada...

– Sarah, é Hannah. Seth... O sr. Hinkle gostaria de lhe falar em seu escritório, imediatamente.

– Já vou lá. – Sarah respirou fundo: as repercussões de seus atos tinham começado. Descartando o telefonema estranho, ela se apressou pelo corredor comprido até o escritório de seu chefe.

Seth Hinkle já havia sido atraente. No entanto, o cinquentão passara tanto tempo em seu papel de robô corporativo que seu cérebro tinha se atrofiado. Agora, com um terno de seiscentas libras que mal escondia a barriga de cerveja do *pub* local, no intuito de evitar voltar para casa e aturar a esposa tagarela e os gêmeos carentes, Seth Hinkle estava junto à janela, pronto para o sermão.

Sarah sentou-se, silenciosamente.

– Por mais louváveis que eu considere as suas ações recentes, preciso lembrar-lhe de que toco um negócio aqui. – Seth se posicionou de modo que a luz de trás formava uma aura perturbadora ao seu redor.

Sarah se deu conta de que ele havia ensaiado isso.

– Se você não consegue se ajustar às nossas regras simples, então talvez seja melhor procurar outro emprego. – O sr. Hinkle não conseguia olhá-la nos olhos. Desviou-os rapidamente quando ambos perceberam que os olhos dele estavam fixos no peito de Sarah. – Em circunstâncias normais, eu não teria outra alternativa a não ser dispensá-la. No entanto – continuou, lentamente, torcendo a boca, como se sentisse o gosto de algo amargo –, o sr. Simon ligou esta manhã, não faz nem cinco minutos.

Sarah tentou conter o riso. Com seu discurso sibilante, Seth Hinkle parecia uma cobra cuspindo ao mencionar o nome de seu parceiro sênior.

– Está se sentindo bem, srta. Miller?

– Tudo bem, senhor, somente uma coceira no fundo da garganta. O que estava dizendo?

– Parece que uma tal de Judith Walker entrou em contato com o sr. Simon esta manhã. Ela fez *muitos elogios* aos seus atos heróicos de samaritana abnegada.

Agora, as palavras chegavam mais lentamente, e Sarah mordeu o lado interno da bochecha, mantendo o rosto inexpressivo.

– O sr. Simon está encantado com seus atos de ontem. Ele acha que isso projeta corretamente a imagem do banco... – Depois de respirar fundo, ele terminou rapidamente – ... e pediu que eu lhe transmitisse pessoalmente os seus elogios.

– Obrigada, senhor. – Sarah levantou-se para sair.

Seth Hinkle deu uma rápida olhada para cima. – Essa mulher que você salvou ontem, já a conhecia?

– Não, senhor.

– Por acaso sabia que ela tinha ligação com O sr. Simon?

– Não, senhor.

Seth Hinkle arrumou uma fileira de lápis sem ponta sobre sua escrivaninha imaculada. – Então está me dizendo que foi em socorro de uma senhora que nunca vira, acompanhou-a até em casa, em um local a duas horas de distância e, ao descobrir que a casa dela havia sido roubada, você generosamente a trouxe de volta para sua própria casa, onde ela passou a noite.

– Sim, senhor.

– Tem o hábito de acolher estranhos, srta. Miller?

– Não, senhor.

– Bem, o que tornou essa mulher tão diferente?

– Eu... eu não sei bem, senhor.

Hinkle enlaçou os dedos e lentamente desviou o olhar dos seios de Sarah para o espaço acima de sua cabeça. – Quer saber o que eu acho, srta. Miller? Acho que isso tudo cheira muito mal. A senhorita está inteiramente ciente de que seu cargo aqui tem pouca importância e seu trabalho é banal, para dizer o mínimo. Acredito que saiba que na reestruturação que se aproxima no departamento talvez não haja um cargo para a senhorita. – O homem respirou fundo e passou a mão na cabeça quase careca. Os cabelos, que já tinham sido fartos e castanhos, agora estavam precocemente grisalhos. Hinkle era um provocador, e todos do departamento sabiam que não havia nada de que ele gostasse mais que repreender um membro da equipe, principalmente uma mulher. – Acho que a senhorita sabia, de alguma forma, que essa mulher era ligada a Sir Simon e armou isso para cair nas graças dele.

Sarah estava prestes a protestar, mas resolveu não fazê-lo.

– Pode ir. Mas vou ficar de olho em você.

Sarah ergueu a cabeça e a desviou rapidamente, antes que ele pudesse ver o sorriso largo em seu rosto. Manteve o rosto impassível ao atravessar o escritório, sob o olhar imperioso da srta. Morgan, sobrinha e secretária de Hinkle. Estava sorrindo ao seguir pelo corredor comprido. Hinkle parecia ter engolido um limão quando transmitiu o elogio do sr. Simon. A primeira coisa que ela faria seria procurar o endereço do sr. Simon e escrever-lhe uma carta pessoal de agradecimento... Não, a primeira coisa que faria seria entrar em contado com Judith Walker e agradecer-lhe por falar dela para um dos sócios seniores. No dia anterior, havia dito algo sobre entrar em contato com seu chefe, mas Sarah tinha se esquecido completamente disso; obviamente Judith não se esquecera.

O cubículo que Sarah dividia com outro gerente contábil júnior estava deserto, os computadores zuniam baixinho.

Ela digitou o nome de Judith Walker no Google.

Havia dúzias de *links*. No entanto, todos eram relacionados aos livros infantis: histórias de aventura e fantasia do tipo *A Montanha Encantada* e *A Capa do Feiticeiro*, que a tornaram uma escritora muito conhecida. Naturalmente, seu endereço não seria público. Havia psicopatas de sobra por aí, que queriam possuir uma fatia de fama. Talvez tivesse sido um dos fãs de Judith que fizera aquilo em sua casa. Mas por que alguém seria tão destrutivo? Ela poderia entender se Judith fosse uma estrela do rock ou uma atriz famosa, mas ela era apenas uma idosa, autora de literatura infantil. Por que alguém iria querer feri-la?

Se realmente estivesse disposta a fazer um esforço, Sarah tinha certeza de que conseguiria encontrar novamente o endereço, embora a jornada estivesse vaga e confusa em sua memória. Imaginava ser capaz de encontrar novamente, mas não tinha certeza. Também poderia entrar em contato com o editor de Walker, mas ele provavelmente não lhe daria o endereço, nem a biblioteca, onde ela tinha feito sua pesquisa no dia anterior. No entanto, a biblioteca teria uma cópia do registro de seus membros, uma base de dados com nomes e endereços, e Judith dissera que residira na mesma casa grande parte de sua vida. Sarah decidira ir até a biblioteca na hora do almoço. O telefone interrompeu sua linha de raciocínio.

– Alô?

– Eu gostaria de falar com Sarah Miller, por favor.

Sarah imediatamente reconheceu a mesma voz masculina culta, que ligara mais cedo. – Olhe, não sei que tipo de piada você está fazendo, mas tenho um dia muito ocupado e agradeceria se você parasse de me importunar.

– Ah, srta. Miller, eu lhe asseguro que não estou fazendo piada. Estou extremamente decepcionado por você ainda estar no trabalho. Como lhe disse antes, meus representantes estarão em sua casa ao meio-dia. Acredito que, se você deixar o escritório imediatamente, conseguirá encontrá-los.

– Quem é você? O que quer? – Sarah sentiu a primeira onda de pânico e se viu mexida pelo prazer na voz do homem.

– Quero o que Judith Walker lhe deu.

– Eu lhe disse, ela não me deu...

– Por favor, não me decepcione, meu bem. – A ameaça ficou clara na sinistra voz de barítono.

12

Sarah Miller estava suando em profusão enquanto disparava pela rua, correndo com seus tênis, aliviada por ter deixado os saltos no escritório. Estreitando os olhos diante do sol de meio-dia, ela fez sinal para chamar um táxi e rapidamente entrou no trânsito lento da cidade. Depois de ficar sentada por dez minutos intermináveis, foi tomada de frustração e subitamente pagou um motorista surpreso, saltou do táxi e disparou pela rua até o metrô de Tottenham Court.

A jornada foi insuportável. O trem estava quente, abafado e cheirando a comida, perfume velho e corpos mal lavados. Embora geralmente fosse tímida, ela se viu encarando um músico rastafári que pedia um trocado e foi decididamente rude com um turista coreano que pedia informações, falando um inglês ruim. Fez baldeação na estação Victoria e foi forçada a ficar de pé, até que o trem deixou a cidade para trás e adentrou o subúrbio. Quando finalmente conseguiu se sentar, encostou a cabeça latejante contra o vidro frio e ficou vendo a área rural pela qual passava. No fundo de sua mente, se convencera de que isso não passava de uma piada de mau gosto, talvez até uma trama perversa sonhada por seu chefe para que fosse demitida. E quando Hinkle descobrisse que ela deixara o escritório sem dizer nada a ninguém, certamente iria para a rua. Apesar disso, a voz ao telefone parecera tão calma, insistente e arrepiante que, no fundo de seu coração, Sarah sabia que não era piada.

Até o momento em que o trem entrou na estação Crawley, ela mal conseguia respirar de tanto pânico. Saiu apressada da estação e já estava correndo quando chegou à rua em que havia crescido. Então desacelerou, com a respiração ainda agitada, uma pontada de dor na lateral, antes de finalmente parar sob a sombra da cerca viva do vizinho, caprichosamente aparada. Olhou para a casa da mãe. Tudo parecia em ordem. Todas as janelas estavam fechadas, o portão fora trancado e a bicicleta azul de Freddie estava largada no gramado queimado pelo sol.

Sarah olhou para ambos os lados da rua, mas não havia nada fora do comum. Nenhum carro estranho, nada de estranhos circulando. Ela deu uma olhada no relógio; o homem que ligou havia dito que seus representantes chegariam ao meio-dia, mas isso tinha sido há quarenta e cinco minutos. Que tipo de representantes? Será que eles tinham vindo e ido embora? Estariam esperando lá dentro, nesse momento, espiando pelas ridículas cortinas de renda de sua mãe? O que queriam, exatamente? Algo que Judith Walker supostamente lhe dera.

Sarah saiu da sombra e caminhou até o portão. Algo estava errado. Sabia que devia estar bem na cara, mas não conseguia ver.

Ela olhou as casas dos vizinhos, em ambos os lados, comparando-as com a sua. Eram idênticas no estilo, na forma e no tamanho: grandes, com cômodos generosos, tetos altos e imensas janelas.

Enfiou a mão no bolso para pegar um lenço e secar o suor da testa... e nesse momento percebeu o que estava errado. Naquele ano o verão fora o mais frio e chuvoso já registrado, mas, depois, uma pressão atmosférica estacionada sobre grande parte do sul da Inglaterra elevou as temperaturas. Todas as casas, de ambos os lados da rua, estavam com as janelas abertas para que o ar fresco circulasse pelos cômodos. No entanto, as janelas de sua casa estavam fechadas.

Estavam todas fechadas.

Talvez James estivesse tentando suar para que sua ressaca passasse. Ou a mãe e os irmãos tivessem saído. Mas eles não teriam deixado a bicicleta no jardim...

Sarah empurrou o portão, que rangeu, e apressou-se a subir pelo caminho de entrada. Ao caminhar até a porta da frente, tinha consciência de seu coração disparado, batendo com força suficiente para deixá-la nauseada. Percebeu que estava com medo, tentando convencer a si mesma de que ficaria tudo bem. Colocaria a chave na fechadura e abriria a porta, e Martin viria cambaleando pelo corredor, depois a porta da cozinha seria aberta e sua mãe apareceria, carrancuda e reclamando, surpresa por vê-la em casa tão cedo, e...

E Sarah ficaria aliviada.

A chave virou facilmente na fechadura e a porta pesada se abriu, silenciosamente, com dobradiças bem lubrificadas. Ela ficou na porta, piscando, estreitando os olhos para o corredor pouco iluminado, e abriu a boca para chamar a família quando o cheiro que sentiu arrebatou-a com força total. Sarah cobriu a boca e o nariz, tentando não inalar a mistura de odores perniciosos, novos cheiros que eram completamente estranhos ao interior de sua casa, geralmente com perfume floral. Alguns odores ela reconheceu: o fedor ácido de urina e fezes, um cheiro mais intenso de vômito. Mas havia outros – sombrios, carnosos, metálicos – que não conseguia identificar.

Sarah entrou no corredor. Um líquido borbulhou sob seu pé e ela recuou a perna, passando o pé para o degrau, manchando o mármore branco de vermelho-escuro.

Paralisada de medo, Sarah começou a ficar sem ar. Tentou se acalmar, fingindo que era um trote, algo que sua família teria aprontado para se vingar dela por ter convidado uma estranha para ficar em sua casa. Ao tentar entender o sentido de todos os cheiros, sentiu algo pingando sobre ela, em um ritmo lento e repetido. Algo quente e grosso. Sarah olhou para cima.

E os gritos começaram.

13

Sarah estava plantando flores para sua mãe.

Para uma adolescente, levantara cedo demais em um sábado, mas estava desesperada para agradar à mãe eternamente irritada, então tinha se oferecido para plantar as mudas. Havia cravado as mãos na terra morna, que parecia estranhamente molhada em seus dedos pequenos. Ao tirar as mãos do solo, a terra marrom ficou de um vermelho vivo. Ela caiu para trás bruscamente e notou que o jardim inteiro estava banhado de flores de cor vermelho-sangue, agora misturadas com pedaços do corpo desmembrado de seu pai morto. Tentava freneticamente juntar as flores frágeis, reunindo o corpo despedaçado dele; mas as pétalas caíam como pedaços de pele, revelando a carne por baixo, o sangue pingava de suas mãos, formando um estranho desenho de hieróglifos...

Ao seu redor, as flores desabrochavam, cada uma mais horrenda que a outra, todas de cor vermelho-sangue e branco-osso.

Havia sangue.

Muito sangue.

Ela nunca tinha visto tanto sangue em sua vida.

14

— Srta. Miller?... srta. Miller?... Sarah?

A voz era masculina. Viva e aguda. Mais madura que a voz de seu irmão Martin – *cabelos negros com sangue* –, porém mais jovem que a de James – *olhos azuis faltando nas órbitas.*

Sarah Miller sentou-se com um solavanco, dando um grito que lhe rasgou a garganta. Gritava sem parar, ofegando descontroladamente, o sangue latejando em suas têmporas, o coração disparado no peito, sentindo o gosto metálico na boca, o mesmo cheiro carnoso e metálico que permeava a casa.

Havia vozes em volta dela, gente com expressão oficial, paletós brancos, rostos preocupados, luzes fortes. Sarah estava apenas vagamente consciente deles. Sentiu uma pontada na dobra de seu braço e olhou para baixo, vendo que as figuras de paletós brancos haviam enfiado uma agulha em seu braço.

Estava alheia a elas, ciente apenas das imagens sinistras, a terrível visão de sua mãe esparramada sobre a mesa da cozinha, o pequeno Freddie esquartejado em pedaços, Martin pendurado no lustre do *foyer*... e James, bom Deus, o que eles tinham feito com James? Havia sangue demais. Muito sangue. Ela nunca tinha visto tanto sangue em sua vida.

Então a agulha fez sua mágica, e ela dormiu.

QUINTA-FEIRA, 29 DE OUTUBRO

15

— Como se sente?

O rosto foi ficando em foco mais nítido: era um jovem zeloso, com um sorriso benevolente, que mostrava uma preocupação ligeiramente além da profissional.

Os olhos de Sarah lentamente focaram o ambiente enquanto seguiam o jovem de roupa hospitalar azul. Conforme o enfermeiro contornava a cama, ela gradualmente foi tomando consciência de seus arredores. Estava em um hospital, em um quarto privativo. Devia ter acontecido um acidente, mas ela não se lembrava de nada. Não parecia estar sentindo dor alguma e não havia tubo intravenoso, nem gesso.

Sarah lambeu os lábios secos e inchados. – O que aconteceu? – ela tentou dizer, mas saiu um sussurro áspero.

– Você vai ficar bem – disse o enfermeiro, sem responder à sua pergunta, enquanto trazia um copo de água com canudo. Ela bebeu, agradecida, enquanto ele erguia seu braço esquerdo e prendia o medidor de pressão. Quando terminou de checar a sua temperatura e a pressão arterial, ele ergueu a cabeceira da cama, elevando-a à posição sentada.

– O que aconteceu?

Ainda sem responder, ele disse: – Há algumas pessoas que querem falar com você. Está com vontade de falar com elas agora?

Sarah se esforçou para se levantar, mas o enfermeiro a recostou de volta nos travesseiros. – Há quanto tempo estou aqui?

– Dezesseis horas.

– O que aconteceu? – perguntou ela, pela terceira vez.

O enfermeiro não olhava em seus olhos. – Houve um acidente na sua casa – disse ele finalmente. – Algum tipo de vazamento de gás, segundo disseram. É tudo o que sei – ele acrescentou rapidamente, desviando-se antes que ela pudesse fazer mais perguntas. Sarah ficou olhando para a porta. Um vazamento de gás? Ela não se lembrava de um vazamento de gás... mas também não se lembrava de como tinha ido parar ali. Ergueu as mãos e tocou o rosto: estava macio e úmido. Nada de cortes, nem hematomas ou marcas. Fechando os olhos e apertando-os, tentou se lembrar... mas as imagens surgiam em sua mente e sumiam, deixando somente impressões sombrias.

– Srta. Miller?

Sarah abriu os olhos e intuitivamente soube que a jovem parruda de cabelos curtos platinados, parada ao pé de sua cama, era uma policial. Atrás dela havia um homem mais velho, recostado no parapeito da janela, observando-a atentamente.

A mulher apontou para o homem mais velho. – Este é o detetive inspetor Fowler e eu sou a sargento Heath, da Polícia Metropolitana de Londres...

– O que aconteceu? – Sarah interrompeu. A voz dela falhou com o esforço, e ela começou a tossir.

A sargento Heath contornou a cama e lhe serviu um pouco de água.

– Por favor. O que aconteceu na minha casa? Ninguém me diz nada.

– Nós torcíamos para que você pudesse nos dizer – disse o inspetor Fowler subitamente, afastando-se do parapeito da janela e vindo até o pé da cama. Ele segurou a moldura metálica da cama com suas mãos grandes. Seus lábios eram tão finos que quase não dava para vê-los.

– O enfermeiro disse que houve um vazamento de gás...

– Não houve vazamento nenhum – disse Fowler, firmemente.

A sargento sentou-se na cama, ao lado de Sarah. – Do que você se lembra? – perguntou ela baixinho, tentando captar a atenção da garota. No entanto, Sarah estava tendo dificuldade para ouvir.

– Nós sabemos que você recebeu duas ligações na quarta-feira de manhã – prosseguiu a sargento. – Você deixou o escritório imediatamente após a segunda ligação, pegou um táxi e desceu, aproximadamente quinze minutos depois, na Oxford Street. Depois pegou o metrô na Tottenham Court Road, fez baldeação em Victoria e seguiu para casa. Você estava de volta a Crawley por volta do meio-dia e quarenta e cinco...

– Então – o detetive Fowler interrompeu, secamente –, o que aconteceu?

Sarah olhou-o, com o rosto vago. Era a mesma pergunta que ela vinha fazendo a si mesma. Algo terrível...

– Por que você deixou o escritório tão depressa? – perguntou a sargento, com os olhos fixos no rosto de Sarah. – Quem ligou para você?

As ligações. A voz.

As imagens dançavam, sombrias e sangrentas.

– As ligações? – incitou a sargento Heath, delicadamente.

– O homem. Era um homem, com uma voz estranha, e disse... disse que eu tinha algo que lhe pertencia, e que... – a voz dela foi sumindo.

– E o quê? – murmurou Heath. – O que ele disse?

– Ele disse que seus representantes iriam buscar, ao meio-dia.

Heath olhou rapidamente para Fowler, mas o homem estava olhando fixamente para o rosto de Sarah. A sargento olhou de volta para Sarah, ansiosa para que ela continuasse a falar. – A pessoa que ligou tem nome?

– Não. Quer dizer, ele não me disse o nome, mas... acho que não perguntei – disse Sarah rapidamente. Ela precisava falar e continuar falando, porque, quando parava, as imagens, as sombras sinistras se aproximavam. – Mas ele sabia... ele sabia meu nome e meu endereço. Ele sabia meu endereço.

– Você nunca tinha falado com esse homem?

– Não. Nunca. Não reconheci sua voz. Era muito profunda e tinha um tipo de sotaque... mas não tenho certeza.

– O que você tem que pertence a esse homem? – perguntou Fowler rapidamente.

– Nada.

– Ele apenas a escolheu, aleatoriamente?

– Não. Eu acho que não. Ele disse... ele disse que a idosa tinha me dado algo.

– Que idosa? – perguntou Heath, impacientemente, mantendo o rosto inexpressivo.

– A mulher que passou a noite conosco. Judith. Judith Walker. O homem ao telefone disse que Judith tinha me dado algo que lhe pertencia e que seus representantes iriam buscar, ao meio-dia.

– O quê?

– Eu não sei! – Sarah estava começando a ficar agitada. Ela estava perto de algo. Muito perto.

– Quem era a mulher?

– Judith Walker. Acabei de lhe dizer isso. Por que não está me ouvindo?

– Por que ela passou a noite na sua casa?

– Ela foi atacada na rua, na frente da biblioteca. Eu a ajudei. E... e... e quando a levei para casa, a casa havia sido roubada, estava completamente destruída... Então, eu a convidei para passar a noite na minha casa. Ela não tinha para onde ir... e claro que minha mãe deu um chilique, achando que ela não fosse mais embora. Minha mãe foi terrivelmente rude, no chá... todos eles foram, mas principalmente a minha mãe... Porém, quando acordei na manhã seguinte, a idosa, Judith Walker, tinha partido. Ela arrumou a cama, foi como... se nunca tivesse estado ali. – Sarah não conseguia parar de tagarelar.

Agora as sombras estavam mais próximas.

As palavras vinham mais rapidamente, e ela ofegava. – E, quando cheguei ao trabalho, houve outra ligação. Eu achei que fosse piada... um dos caras do escritório... Então meu chefe me chamou ao seu escritório. Achei que ele fosse me mandar embora por não ter voltado ao trabalho no dia anterior.

– Porque você tinha levado essa Judith Walker para casa? – perguntou a sargento Heath.

– Sim, mas ele me disse que o sr. Simon tinha ligado, me elogiando. Porém, quando voltei à minha mesa, houve outra ligação, do mesmo homem. O homem de voz profunda. Ele me disse para lhe dar o que era dele... mas eu não sabia do que ele estava falando. Não sei o que era dele... Judith Walker não tinha me dado nada... eu juro, ela não deu... mas ele não me ouvia. E tinha algo em relação a ele... em sua voz... algo que me assustava, então fui para casa, e, quando cheguei lá, quando eu entrei pela porta, quando eu... eu... eu... encontrei... eu encontrei... eu encontrei...

A escuridão se apossou dela, trazendo de volta as imagens – as imagens terríveis, de morte e destruição sanguinária.

FOWLER E HEATH estavam no corredor, ouvindo os gritos de Sarah Miller se dissiparem, conforme os sedativos faziam efeito.

– O que você acha? – perguntou Victoria Heath. Ela apalpou o bolso à procura de cigarros, mas havia deixado de fumar havia seis meses.

Tony Fowler sacudiu a cabeça. – Ninguém é tão bom ator – disse ele, pesaroso. Tinha achado que Sarah Miller fosse a assassina. Na vasta maioria dos casos de homicídios domésticos, um membro da família, ou amigo próximo, geralmente cometia o crime. E, pelo que ele tinha conseguido juntar, a partir dos relatos de parentes e amigos da família, Sarah sempre se curvava sob a mão – alguns diziam os pés – da mãe dominadora, que controlava cada aspecto da vida da filha. Então um dia ela explodiu e esquartejou toda a família: exorcizando vinte e dois anos de hostilidade reprimida, em uma orgia sanguinolenta.

Seus gritos terríveis tinham chamado os vizinhos, que a encontraram paralisada no centro da sala de jantar, em pé em uma piscina de sangue, cercada pelos corpos desmembrados de sua família.

Um caso aberto e fechado, segundo Fowler pensara.

Mas agora, tendo ouvido Miller gritar de dor, ele não tinha certeza. E se Miller não era culpada... bem, Tony Fowler nem queria pensar nisso. Nesse momento, Miller era a principal suspeita e ele ia prosseguir nessa linha. A porta foi aberta e surgiu um médico de aparência exausta. – Achei ter dito para não aborrecê-la! – esbravejou ele.

– Nós não a aborrecemos – disse Heath calmamente.

– Quando podemos falar com ela novamente? – perguntou Fowler.

– Não podem. Agora não. Eu a sedei. Ela ficará inconsciente por pelo menos oito horas. E insisto que a deixem em paz. Detetives, ela passou por uma experiência extremamente traumática. E quero que vocês lhe deem tempo para se recuperar.

– Bem, não podemos ter tudo o que queremos, não é? – Tony Fowler disse, desviando-se. – Voltaremos em oito horas. – Enquanto eles seguiam pelo corredor, ele pegou seu telefone. – Vejamos se conseguimos tirar alguma coisa dessa Judith Walker. Seria interessante se ela não existisse, não seria?

– Seria mais interessante ainda se existisse. – Victoria Heath sorriu.

16

Robert Elliot discou o número de cabeça, entretido, mas nada surpreso ao notar que seus dedos tremiam ligeiramente. Ele estava assustado e com razão. Não havia vergonha no medo.

O medo era o imperativo mais potente da humanidade, sua ferramenta mais valiosa. O medo manteve o homem primitivo vivo; o medo da fome, e das tribos rivais, mandou os primeiros imigrantes na travessia do mundo. O medo impediu que muitos se rebelassem contra poucos. O medo serviu de combustível para as melhores invenções da humanidade, e foi esse mesmo medo que impediu a humanidade de destruir a si mesma.

Elliot tinha seguido as mesmas regras... e elas o mantinham vivo.

Robert Elliot era um especialista em medo. Pequeno, feio e fisicamente fraco, ele havia descoberto seu valor nos *playgrounds* de sua infância. Nos anos que se seguiram, ele tinha estudado a natureza do medo, aprendido a provocá-lo, como prosperar com ele. Ao fazê-lo, havia explorado os limites de seus próprios medos e descobrira que pouca coisa o amedrontava... até que recebeu uma ligação, ao amanhecer, em uma linda manhã de verão, de um homem que sabia demais sobre ele e seus negócios. E que respaldou suas ameaças vagas ao enviar-lhe os restos putrefatos de um jovem perturbado que Robert Elliot havia enterrado, seis meses antes.

A estática estalou na linha. Sabendo, por experiência, que ninguém iria falar, Elliot falou primeiro. – Eu a encontrei. Ela está no hospital Crawley, em estado de choque. Foi sedada. Irei visitá-la em breve.

– E o... objeto?

Às vezes, quando se concentrava, Elliot achava que conseguia detectar um traço de sotaque na voz de barítono. Oeste do país, talvez? País de Gales? Irlanda? Contudo, apesar de seus esforços, não conseguira rastrear o empregador misterioso. – Não estava na casa, e vasculhei seu escritório ontem à noite. Não havia nada lá. No entanto, vou me assegurar de perguntar a ela... pessoalmente.

– Faça isso. Depois de ter visto seu trabalho manual, tenho certeza de que ela entenderá que estamos falando sério, tenho confiança de que irá colaborar. – A ligação foi cortada, e Elliot enfiou o telefone de volta no bolso.

Embora tivesse orquestrado todos os preparativos, Elliot não estivera na casa na manhã de quarta-feira. Ele não sabia exatamente o que havia acontecido, pois instruiu Skinner e o viciado para fazerem seu trabalho sujo; no entanto, dera-lhes instruções explícitas.

Elliot havia se assegurado de ter um álibi bem evidente para aquele horário: almoço no Athenaeum, com um velho amigo. Havia usado seu *blazer* Armani e dera ao garçom uma gorjeta memorável.

Mais tarde, por meio de uma fonte, ele tinha obtido uma cópia do boletim policial e as fotografias da cena do crime. Mantinha uma coleção fotográfica particular com imagens de todos os seus "trabalhos". E as guardava em um álbum de lembranças, cuja primeira página continha uma foto de seu pai morto a porretadas, tirada logo após o assassinato.

Enquanto olhava as fotos da família Miller esquartejada, não conseguia deixar de imaginar, por um lado, se a garota iria colaborar. Elliot havia instruído Skinner a deixar um ou dois irmãos vivos. Matar *toda* a família havia sido um erro; um membro da família, talvez dois, era o necessário para afirmar o ponto de vista.

Agora, a garota não tinha nada a perder.

Segundo a experiência de Elliot, as pessoas que não tinham nada a perder se transformavam em inimigos perigosos.

17

Judith Walker sentou-se no banco do parque e enlaçou a bolsa com os braços, sentindo o peso do metal antiquíssimo sobre suas pernas frágeis. Ela havia deixado Crawley no primeiro trem da manhã anterior e voltado a Bath. Desde então, estava sentada no banco de madeira, petrificada demais para poder voltar ao lar destroçado. Um *frisbee* aterrissou aos seus pés, e Judith sorriu para o jovem que veio correndo para rapidamente pegá-lo. O parque estava fervilhando de crianças, cheio de riso e vida, pleno de esperança no futuro. Ela os observava, vendo mães e pais brincando com seus filhos, irmãos e irmãs correndo e dando gritinhos em volta uns dos outros.

Em breve ela estaria se juntando aos irmãos: seu irmão mais velho, que morrera na guerra, e seu irmão bem mais novo, que tinha morrido em um acidente de carro com a esposa, muitos anos antes, deixando órfão seu sobrinho Owen. O garoto havia crescido nos Estados Unidos e era bem americano, inclusive no sotaque. Apesar do fato de ter recentemente se mudado para Londres a trabalho, ela não o vira muito. Ainda se lembrava do garotinho travesso de cabelos cacheados que passava férias com ela, tantos anos atrás. Ele subia correndo até o sótão e criava fortalezas com caixas de madeira, e se embrenhava ali para ler os livros da tia e criar suas próprias ilustrações com giz de cera. Mas isso tinha sido há muito tempo.

Focando o presente, Judith fixava os olhos no lago de água suja à sua frente. Se os fechasse, podia imaginar a si mesma enfiando a mão na bolsa, tirando o pacote embrulhado em papel, jogando-o no lago. Em seus sonhos, não surgia mão alguma emergindo da água para pegá-lo, ele afundava sem deixar rastro.

Mas isso não mudaria nada.

Ela ouvira sobre o trágico *acidente* com a família Miller no noticiário das seis – *vazamento de gás mata toda a família* – e soubera, com certeza, que não havia sido acidente algum. Um dos motivos para ela ter deixado a casa tão cedo, na manhã anterior, era tentar minimizar qualquer risco para Sarah e sua família. Mas fora tarde demais. Toda uma família destruída... e pelo quê? Um pedaço de metal enferrujado. E as pessoas continuariam a morrer enquanto esse pedaço de espada permanecesse no mundo. Era muito mais simples lançá-lo ao centro do lago e deixá-lo apodrecer.

Judith enfiou a mão na bolsa e tocou o metal, através do jornal rasgado. Imediatamente, uma sensação formigante se espalhou por seus dedos com artrose, subiu pelo punho e fluiu braço acima. Isso não era apenas um naco de metal enferrujado. Era Dyrnwyn, a Espada de Rhydderch, a Espada Quebrada.

Um pedaço de ferro antigo, uma relíquia de outro tempo.

E uma das Relíquias da Bretanha.

Os dedos de Judith se moviam lentamente pelo metal enferrujado, já sem sentir a escamação do ferro oxidado, o metal agora era liso e polido sob seu toque, um fio de ouro torcido ao redor do cabo forrado de couro, um pedaço de quartzo incrustado logo acima do punho da espada. Ao abrir os olhos, por um rápido instante ela viu a espada como fora antes, pouco antes de voltar a ser o pedaço de metal enferrujado e sem forma que era agora.

Alguém estava preparado para matar a fim de possuir isso.

Pelo menos seis dos Guardiões das Relíquias haviam sido mortos. Richard Fenton, arrogante, agressivo, o Richard falso e traiçoeiro, que havia plantado as sementes de sua fortuna no mercado negro pós-guerra, tinha sido o morto mais recente. Morrera no mesmo dia em que ela tinha sido atacada. O breve relato no rádio disse que ele tinha sido encontrado morto em sua piscina e mencionava seu coração.

Seis mortos – dos quais ela sabia, embora não houvesse dúvida de que alguns outros também teriam sido assassinados, sendo suas mortes disfarçadas para parecerem acidentais, permanecendo sem registro; apenas obituários silenciosos de uma geração esquecida, caprichosamente encaixados em um quadrado datilografado na página de falecimentos.

E parecia que ela era a única que havia descoberto isso.

Mas por que os Guardiões vinham sendo assassinados tão brutalmente? Houve uma época em que as Treze Relíquias haviam sido incrivelmente poderosas, tanto individual como coletivamente, revestidas de uma força antiquíssima que as ligava ao passado primitivo da Bretanha. Sua pesquisa sobre as Relíquias revelou que muitos artefatos tinham sido abençoados com sangue e carne, pele e fluido, para enfatizar seus poderes latentes...

Judith estacou, com o coração subitamente disparado, quando lhe ocorreu essa percepção melancólica. As Relíquias estavam sendo *despertadas*.

Dizia a lenda que havia alguns rituais de sangue que podiam despertar as Relíquias, reavivando seus antigos poderes, trazendo-as à vida.

Os que um dia foram reis conheceram os rituais repulsivos; usaram sangue e dor humanos para alimentar seu poder latente. Os Soberanos da Terra tinham praticado magia negra e regido através das Relíquias poderosas. Com o passar do tempo e a dispersão das Relíquias, os rituais haviam sido esquecidos – mas não inteiramente. Havia provas de que Henrique VIII e Brandon, seu mago da corte e, mais tarde, sua filha Elizabeth, sob a orientação do dr. John Dee, tinham reavivado os poderes individuais das Relíquias. Henrique era dono do Tabuleiro de Xadrez de Gwenddolau e tinha sacrificado pelo menos duas de suas esposas para as peças de xadrez de cristal, banhando-as em seu sangue. Da mesma forma, Elizabeth tinha possuído a Panela e a Bandeja de Rhygenydd. Correram boatos de que Elizabeth teria ordenado a morte de Essex – e de Mary também – para satisfazer os rituais antigos e consolidar seu controle.

As Relíquias só podiam ser despertadas pelo sacrifício de sangue de pessoas importantes. Houve época em que somente o sangue de reis teria sido suficiente para trazer os objetos sagrados à vida; agora eram o sangue e a pele dos Guardiões hereditários, os idosos, homens e mulheres que protegeram os artefatos desde sua infância.

Judith se levantou e seu quadril rijo imediatamente protestou, mas ela começou a longa caminhada para contornar o lago e voltar em direção ao portão do parque. Não podia continuar se escondendo. Se as Relíquias estavam sendo coletadas, ela precisava alertar seus velhos amigos. Precisava voltar para casa. Tinha de falar com Brigid e Barbara. Precisava contar a Don...

Tinha de avisar todos os Guardiões das Relíquias que eles haviam sido marcados para o sacrifício.

18

Robert Elliot gostava de interpretar o médico. Ele se deleitava com o poder do avental branco, enquanto seguia sem pressa pelo corredor, de cabeça baixa, mãos nos bolsos. Era um uniforme que trazia um poder imenso e uma autoridade inquestionável.

Elliot parou no posto de enfermagem do quinto andar e deu uma olhada nas pastas com os arquivos dos pacientes. A bela enfermeira indiana que escrevia os relatórios dos pacientes nem sequer ergueu os olhos.

O homem miúdo, de rosto inexpressivo, tirou um dos arquivos aleatoriamente.

– Sarah Miller.

Elliot subitamente percebeu o homem de rosto severo, em pé, ao lado do posto de enfermagem, e a jovem loura atrás dele, e intuitivamente soube que ambos eram policiais. Desviou-se sutilmente, afastando-se deles, e se concentrou em um arquivo.

– Onde está ela? – esbravejou o homem. – Acabamos de ir ao seu quarto e está vazio. Achei que ela estaria sedada.

Elliot fez anotações no arquivo.

A enfermeira olhou para cima e estava prestes a protestar quando a mulher apresentou uma identificação, confirmando a suspeita de Elliot. – A srta. Miller assinou sua saída duas horas atrás – a enfermeira disse rapidamente. – O dr. Castrucci tentou impedi-la... – ela foi dizendo, mas os dois policiais já tinham dado meia-volta e se afastavam.

Prendendo a ficha embaixo do braço, Elliot saiu andando na direção oposta.

Para onde a garota iria? Até onde Elliot sabia, ela não tinha parentes vivos na Inglaterra, somente poucos amigos. Robert Elliot sorriu sinistramente; se estivesse no lugar da garota, iria querer respostas. E somente Judith Walker poderia lhe dar essas respostas. O homenzinho deu uma olhada em seu Baume & Mercier; se Sarah Miller tivesse ido diretamente à casa de Judith Walker, chegaria lá precisamente no momento em que seus camaradas estariam terminando seu negócio. E eles poderiam, literalmente, matar dois pássaros com uma única pedrada.

19

Depois de um tempo, a dor sumiu.

Judith sabia que era possível sentir tanta dor que o corpo inteiro fica completamente anestesiado ao se dar conta de que está prestes a atravessar o limiar entre a vida e o que está além.

Os rostos debochados e sorridentes dos jovens tinham se transformado em máscaras quase abstratas, a sala se dissolvera, fundindo-se às paredes e ao piso, em cores que se revolviam. Ela observou as cores por um bom tempo, concentrando-se nelas, sabendo que, se sua atenção falhasse, mesmo que por um segundo, sua consciência flutuaria de volta ao porão da casa violada, onde ela estava amarrada a uma cadeira, enquanto os jovens de olhos frios a feriam, repetidamente.

Se ela perdesse o foco, voltaria a sentir dor, e não podia se dar ao luxo de morrer. Ainda não.

Eles tinham vindo em busca da espada.

A Espada Quebrada.

Dyrnwyn, a Espada de Rhydderch.

A imagem da espada foi crescendo em sua mente, fluindo a partir das cores, solidificando-se em uma barra de luz dourada. Judith Walker se concentrou na luz, o que lhe permitia enfocar outra época, uma época mais inocente, quando treze crianças, vindas de todos os cantos da Bretanha, foram reunidas em um vilarejo sob as sombras das montanhas para seguirem um destino antigo.

A pequena porção de sua psique presa ao presente estava consciente da intensidade da dor: um precipício agonizante que ameaçava irromper nas imagens, o cheiro forte de carne queimada entrando por suas narinas.

De sua carne queimada.

Judith focava a imagem da espada. Em sua pequena lâmina, ela via o rosto do mendigo de um olho só, com seu hálito azedo, que dera a cada uma das crianças escolhidas um dos treze objetos antigos. Ele havia sussurrado misteriosos segredos, histórias sobre a origem das Relíquias, objetos especiais. O rosto do mendigo era igual ao que ela se lembrava, a pele com rugas tão sulcadas que pareciam cicatrizes, metade dela sob a eterna sobra de seu chapéu de aba rasgada, ocultando o tapa-olho triangular que cobria seu olho esquerdo. Havia um pergunta que ela quisera fazer, uma pergunta que desejara ter feito, setenta e sete anos antes. Naquela época, queria saber por que tinha sido escolhida para receber a espada... Agora, queria saber por que estava sendo torturada... por que estava sofrendo tantas dores... por que...

SARAH MILLER perambulava pelas ruas em um torpor confuso. Os acontecimentos dos últimos dias haviam se condensado, revolvendo-se em um quebra-cabeça de imagens nebulosas, a maioria sombria e aterrorizante, manchada com sangue inocente.

O médico, preocupado, tinha tentado impedir que Sarah deixasse o hospital, mas Sarah o ignorara enquanto se vestia e, apenas uma vez, quando o homem lhe tocou o braço, tentando fazê-la voltar para a cama, ela lhe lançara um olhar feio. Toda a dor, a angústia e o ódio que borbulhavam dentro dela haviam saído queimando por seus olhos, e naquele instante o médico recuou.

As últimas lembranças nítidas da jovem eram de quarenta e oito horas antes, quando ela se encontrara com Judith Walker: dois dias breves que pareciam toda uma vida. Um mundo de faz de conta, no qual ela tivera uma vida, uma família, um futuro.

Esse mundo agora desaparecera, para sempre.

As imagens do quebra-cabeça voltavam. Eram, na maioria, rostos: de sua mãe e James, Martin e Freddie. O pequeno Freddie. Ela jamais conseguiria apagar aquela imagem de sua memória: o rosto de seu irmão eternamente congelado em uma máscara de terror...

Culpa sua.

Sarah sacudiu a cabeça brutalmente. Não, não era culpa sua: era culpa de Judith Walker. Uma idosa frágil, de cabelos grisalhos, que trouxera a morte e a destruição ao seu lar.

EMBORA TODAS as ruas dessa região de Bath parecessem idênticas – fileiras de casas do pós-guerra, janelas panorâmicas, pequenos jardins, cercas metálicas, placas multicoloridas de VENDE-SE a cada três casas –, Sarah reconheceu a rua no instante em que a adentrou.

A voz ao telefone dissera que Judith Walker lhe dera algo. Sarah sabia que ela não dera, e sua família tinha sido esquartejada por causa disso. Judith Walker havia sido a catalisadora; havia destruído o mundo organizado de Sarah. Ela deveria ter respostas.

O portão rangeu quando ela o abriu, com uma das pontas se arrastando no chão, fazendo um pequeno arco. Sarah desacelerou ao chegar à porta da frente, depois parou com a mão no batedor de bronze, subitamente imaginando o que diria. Ergueu a cabeça do leão e a deixou cair. O som ecoou em um tom oco no interior da casa. Ela ouviu algo e bateu novamente, dessa vez com mais força, o ruído ressoando pela rua silenciosa. Novamente, um leve ruído de movimento lá dentro.

Sara abriu a caixa de correio e chamou através dela: – Judith, é Sarah Miller. Eu sei que você está aí.

O cheiro veio emanando pela caixa aberta, uma mistura de excremento, suor ardido e um cheiro amargo e metálico de sangue. As imagens do quebra-cabeça se uniram e ela subitamente estava em casa outra vez, em pé no corredor escuro, sentindo os mesmos odores tão estranhos... tão aterrorizantes.

– Judith?... – Pressionando a mão contra a porta, ela a empurrou. A porta abriu silenciosamente, e um grito súbito fez Sarah parar de repente, eriçando os pelos da nuca. O som era humano, mas quase nem parecia, um grito de agonia absoluta, agudo e terrível. Vinha da direção da escada. Ela deveria dar meia-volta e sair correndo, chamar a polícia, arranjar ajuda... mas, quase inconscientemente, entrou no corredor arrasado. Havia uma porta embaixo da escada.

– Judith?

Sarah parou com a mão na maçaneta da porta baixa e pressionou o rosto junto à madeira. O cheiro ali estava mais forte, uma mistura de sangue e fezes, e mais alguma coisa... um cheiro horrível de carne queimada.

– Judith? – perguntou Sarah, empurrando a porta para abri-la.

– JUDITH...

O homem de um olho só virou a cabeça; somente um ligeiro brilho em seu único olho era prova de que ele estava de frente para ela. Teria chamado seu nome?

– Por quê, sr. Ambrose, por quê? – Setenta anos, e ela não havia esquecido seu nome.

– Judith?

– Porque vocês são os Guardiões das Relíquias. O sangue dos abençoados corre em suas veias, certamente diluído, mas está aí. Vocês são os descendentes dos escolhidos para possuir as Relíquias e guardar a terra. Somente a linha consanguínea tem valor suficiente para manter as Relíquias sagradas.

Ele havia falado ou ela imaginara a resposta, extraída de anos de pesquisa sobre os artefatos?

– JUDITH?

A voz irrompeu em sua consciência, estilhaçando as imagens, trazendo-a de volta, fazendo-a sentir dor.

– Bom Deus!

Sarah pôs as duas mãos sobre a boca, sentindo o estômago se revirar. A silhueta amarrada à cadeira, no pequeno sótão, estava quase irreconhecível como humana sob a luz da única lâmpada, parecendo mais uma peça de carne pendurada na vitrine de um açougueiro.

– Judith? – A voz dela saiu como um sussurro, mal dando para ser ouvida no pequeno porão. Sarah ficou imaginando por quanto tempo a mulher tinha sobrevivido àquela agonia incrível. De forma chocante, a idosa ergueu a cabeça, com os olhos cheios de sangue, voltando-se para o som. Seus torturadores tinham lhe poupado o rosto, tornando os danos em seu corpo ainda mais obscenos.

– Judith... – Sarah estendeu o braço para tocá-la, depois recuou a mão, percebendo que cada movimento seria uma agonia.

Inacreditavelmente, a mulher reconheceu a sua voz. Judith Walker sorriu. – Sarah? – Sua voz foi um murmúrio abafado.

– Eu vou chamar a polícia... e uma ambulância.

– Não. – Ela tentou sacudir a cabeça e se contraiu com o esforço. – Tarde demais... muito tarde.

– Quem fez isso? – Sarah ajoelhou-se no sangue e nos fluidos, e mexeu nos fios que prendiam a mulher à cadeira. Eles obviamente tinham sido torcidos com alicates, e havia lugares em que o fio havia afundado em sua carne.

– Eles vieram em busca da espada... – Agora, a voz de Judith era apenas um fiapo, áspera, de choro.

– O quê? – Sarah afastou o arame, e o sangue minava da pele rasgada.

– Dyrnwyn, a Espada Quebrada. Ouça-me. Há uma bolsa na cozinha, lá em cima. Da Tesco. Está em cima da mesa, uma bolsa cheia de anotações e papéis, e o que parece um pedaço enferrujado de metal. – Ela subitamente tossiu e o sangue espirrou no ar. – Leve-os até meu sobrinho, Owen... Seu endereço está dentro da bolsa. – De repente, estendeu a mão livre, tocando cegamente o ombro de Sarah com os dedos ensanguentados, segurando firmemente o ombro da jovem. – Prometa-me uma coisa. Você precisa fazer com que isso chegue às mãos dele. Dele e de mais ninguém. Prometa-me. Você tem de proteger a espada. Prometa.

– Eu prometo.

– Jure. – Agora, seu corpo estava tremendo violentamente. – Jure.

– Eu juro – disse Sarah.

– Leve a bolsa até ele... e diga-lhe que eu lamento. Lamento muito.

– Pelo quê?

– Pelo que vai acontecer.

20

Tony Fowler bateu a mão no volante do carro. – Não acredito. Ela existe? Realmente existe uma Judith Walker?

Victoria Heath sorriu ao recolocar o rádio no lugar. – Existe. E ela foi roubada na terça-feira. Miller estava dizendo a verdade. Temos a chamada registrada, às três e cinquenta e cinco. Os policiais chegaram à cena às quatro e vinte. Pegaram o depoimento de Judith Walker *e* – ela parou para dar efeito – de uma tal de srta. Sarah Miller.

– Miller! O que ela estava fazendo lá?

A sargento Heath deu de ombros. – Um dos policiais perguntou sobre o relacionamento e lhe foi dito, pela sra. Walker, que Sarah Miller era uma amiga. Parece que elas partiram juntas em um táxi.

– Encontre esse táxi.

Victoria Heath sorriu. – Aposto uma grana que o táxi as levou para a casa de Miller.

Tony Fowler concordou, carrancudo. – Onde mora essa Judith Walker? É melhor falarmos com ela.

– Estamos a quarenta e cinco minutos de distância... no máximo. – Victoria Heath sorriu. – Se você usar a sirene.

– Adoro usar a sirene. – Fowler colocou a luz em cima do carro e acelerou em meio ao tráfego.

SARAH PRESSIONOU os dedos na lateral do pescoço da idosa. Não havia pulsação. Judith Walker estava finalmente em paz.

Ela se afastou lentamente do cadáver, com a cabeça latejando, o estômago em cólicas, a bile subindo à garganta. Precisava sair dali. Parando na escada, virou-se para olhar novamente o porão. Estava banhado em sangue: respingado pelas paredes, lavado no piso, em poças viscosas, até a lâmpada pendia por um fio com um filete de sangue escuro. Nos últimos dias ela vira muito sangue. Tinha vinte e dois anos, e o único sangue que vira antes havia sido de pequenos cortes e arranhões, ou o sangue de faz de conta na televisão e no cinema. Sentindo o estômago se revirar de repulsa, ela se virou e subiu correndo a escada.

Sarah encontrou a bolsa de lona na mesa da cozinha, onde Judith a deixara. Ergueu-a e o peso do metal a deixava mais pesada do que ela esperava. Tirando o jornal, descobriu o pedaço comum de metal enferrujado. Fora por aquilo que Judith tinha sido morta? Alguns papéis e um pedaço de metal enferrujado? Não fazia sentido algum. Por que ela havia se permitido ser brutalmente torturada, até a morte, se o que seus assassinos queriam estava bem acima de sua cabeça? E por que – por um pedaço de metal sem valor?

O barulho de vidro esmagado fez com que ela erguesse o olhar.

Havia um rosto na porta dos fundos, a máscara debochada de um *skinhead* – o mesmo que tinha atacado Judith na terça-feira – com óculos escuros que envolviam seu rosto, dando-lhe um ar de inseto. Havia mais três atrás dele.

Sarah agarrou a bolsa e correu. Atrás dela, os bandidos chutaram a porta da cozinha, arrancando-a das dobradiças.

A SARGENTO Victoria Heath deu um tapinha no braço do colega. – É essa aqui. Número... – Ela estava apontando em direção à casa quando a porta da frente foi escancarada com força suficiente para quebrar os vidros, e a silhueta enlouquecida de uma jovem saiu correndo.

– Miller! – gritaram Heath e Fowler, simultaneamente.

A jovem estava olhando por cima do ombro enquanto abria o portão e disparava pela rua, colidindo com o carro da polícia, que Fowler tinha manobrado em direção à calçada.

Por um único instante, Tony Fowler e Victoria Heath encararam o rosto aterrorizado de Sarah Miller... antes que ela se virasse e saísse correndo pela rua.

Fowler engatou a ré, dando uma batidinha no carro atrás dele, e disparou atrás de Miller, cantando pneus e fazendo subir fumaça na rua. Victoria pegou o rádio e depois parou, jogando a cabeça para trás. Havia uma perfeita marca da mão ensanguentada de Sarah no vidro à sua frente.

– Deixe-a, Tony – sussurrou ela –, temos de voltar.

ELA LEVOU algum tempo até perceber que não estava sendo seguida. Tinha corrido por várias ruas, passando por mulheres fofocando nas portas, crianças brincando nas esquinas, por becos e ruelas, atravessado jardins, correndo até ficar sem fôlego, com os pulmões ardendo e uma dor pontiaguda na lateral do estômago. Finalmente, ela passou por portões enferrujados e despencou no mesmo banco de madeira em que Judith Walker tinha estado horas antes. Segurando a cabeça nas mãos, Sarah tentou entender o sentido das últimas horas.

Judith Walker estava morta, brutalmente assassinada por... por quê?

Pelo conteúdo da bolsa.

Ela enfiou a mão na bolsa e tocou no naco de ferro, e subitamente se lembrou da ligação ao escritório, da voz fria e insistente.

Ela lhe deu algo muito importante que me pertence.

Os *representantes* do homem que ligou tinham matado sua família, à procura da peça, e Judith tinha morrido para protegê-la. A espada, como Judith a chamava. Sarah olhou dentro da bolsa. Não parecia uma espada, parecia algo que você encontra no lixo. Mas sua família havia morrido por esse metal. Judith também.

Sarah passou os dedos no metal e eles ficaram vermelhos de ferrugem, vermelhos cor de sangue. O que o tornava tão especial?

E a polícia... O que eles estavam fazendo ali? Procurando por ela ou por Judith?

E por que ela tinha corrido?

Sarah sabia que deveria ter ficado e falado com a polícia, mas o *skinhead* e os outros estavam esperando, e ela não estava pensando com clareza. Deveria voltar e falar com eles, antes que tivessem a impressão errada. Sarah baixou a cabeça, tocando com a testa o metal frio em seu colo. Ela não deveria ter corrido...

– ENTÃO FOI por isso que ela correu – disse Tony Fowler retraído, segurando o nariz fechado, respirando somente pela boca. Ele estava em pé na escada, olhando o porão abaixo, tentando não inalar o mau cheiro. A luz amarelada vinda da lâmpada iluminava o corpo mutilado. Victoria Heath estava atrás dele, com um lenço pressionado sobre a boca, os olhos percorrendo tudo.

Tony e Victoria deram ré, escada acima. Ele fechou a porta do porão e da cena terrível, respirou fundo e exalou profundamente, tentando eliminar o cheiro horrendo de morte. – Ela deve ter vindo diretamente para cá ao sair do hospital.

– Por quê? – murmurou sua parceira, engolindo com esforço.

O detetive deu de ombros. – Quem pode saber? Vamos perguntar a ela, quando a pegarmos. Mas estávamos certos, da primeira vez. Sua reação no hospital, obviamente, não foi nada além de uma encenação. Uma *performance* digna de um Oscar.

– Eu acreditei – sussurrou Victoria. – Ela me enganou.

– Enganou a mim também. E agora está no embalo. Primeiro, sua família, agora, essa pobre mulher. Só Deus sabe quem será o próximo.

– Eu honestamente não achei que tivesse sido ela – refletiu Victoria. – Simplesmente não parecia o tipo.

– Acredite em mim, eles nunca parecem.

21

— Eles eram canas – Skinner justificou para Elliot, debruçando-se dentro do carro, sentindo o sopro fresco do ar-condicionado de encontro à sua pele suada. – Ela saiu correndo pela porta da frente e trombou no carro deles. A gente não pôde fazer nada.

– Como sabe? – perguntou o homenzinho, friamente. Eles estavam a várias quadras da casa da idosa, e Elliot sentia o cheiro metálico de sangue emanando do corpo e das roupas do *skinhead*, e se deu conta de que precisaria mandar lavar seu carro novamente. O luxuoso BMW de Elliot não se fundia ao panorama desolado e arrasado por destroços que estava sendo transformado em estacionamento. Atrás dele, Elliot via os três cúmplices de Skinner sentados no chão, passando um baseado uns para os outros. Eles estavam rindo alto, dando gritinhos agudos. – Como sabe que eram da polícia? – repetiu ele.

– Eles tinham aquela pinta – disse Skinner, na defensiva. – Eu conheço polícia.

– Descreva-os.

– Um homem e uma mulher. Um cara grande e feio e uma sapata loura.

Elliot suspirou. Os detetives do hospital; eles não tinham perdido tempo. – A srta. Miller estava carregando alguma coisa quando saiu correndo?

– Ela estava com a bolsa da velha, que estava na mesa da cozi... – Skinner parou, percebendo que tinha falado demais.

Elliot arrancou os óculos Ray-Ban e os jogou no banco ao seu lado. Apertou o botão da janela do carro e o vidro subiu bruscamente, prendendo a cabeça de Skinner na abertura, apertando a pele clara, pouco abaixo da goela. Robert Elliot pôs as mãos no volante e ficou olhando direto à frente, e, quando ele falou, sua voz estava incrivelmente equilibrada. – Você passou toda a tarde *interrogando* a mulher, sem tirar nada dela. E a bolsa estava em cima da mesa, o tempo todo?

– Era só uma bolsa de mercado... só isso – Skinner grasniu. – Pelo amor de Deus, não consigo respirar!

– Então por que a srta. Miller a pegou? – Elliot deu uma olhada de lado para o *skinhead* suado. – A velha estava morta quando vocês a deixaram, não é?

– É. – Skinner tentou engolir.

– Tem certeza? – Elliot insistiu. – Ela não tinha como dizer algo à garota?

– Ninguém teria sobrevivido ao que fizemos com ela. Estávamos prestes a terminar quando ouvimos um movimento lá em cima, então saímos pelos fundos. Mandei um dos caras checar a frente da casa, mas não tinha carro nenhum. Eu estava voltando para investigar, quando vi a galinha que me chutou na terça-feira. Ela estava em pé, perto da mesa da cozinha, remexendo na bolsa.

– A srta. Miller.

– A srta. Miller. Quando nos viu, ela pegou a bolsa e saiu correndo. Fomos atrás dela, e aí vimos a polícia. Eles dispararam atrás dela, depois subitamente pararam e deram ré. Então nós demos o fora.

Elliot suspirou. Seu empregador ia ficar muito aborrecido. Ele apertou o botão da ignição, ligando o carro.

– Ei! – Skinner gritou.

Elliot cuidadosamente engatou a marcha e soltou o freio de mão. O carro deslizou à frente, e os gritos de Skinner aumentavam de intensidade enquanto ele tentava se manter de pé. – Não, sr. Elliot, por favor... sr. Elliot, por favor! Os dedos finos de Skinner tentavam desesperadamente agarrar o vidro escorregadio.

– O que aconteceria se eu saísse dirigindo agora? – perguntou Elliot.

– Sr. Elliot, por favor. Eu lamento muito. Eu...

– Não sei o que aconteceria primeiro. Ou o seu pescoço se quebraria, ou você morreria asfixiado – disse Elliot calmamente. Havia uma leve camada de suor em sua testa. Ele subitamente lambeu os lábios secos com a linguinha pontuda. – Acho que, se eu dirigisse bem depressa e virasse a esquina com vontade, talvez arrancasse a cabeça do seu corpo. Seria rápido, mas faria uma nojeira animal no meu carro – acrescentou ele.

– Eu vou encontrá-la. Vou fazê-la nos dizer o que havia na bolsa...

– Se eu dirigisse devagar, você provavelmente poderia ficar agarrado à janela, mas suas pernas se arrastariam no chão. – Elliot deixou o carro deslizar à frente, dando um giro no motor. – Acho que você conseguiria correr por um tempo, pelo menos um tempinho... Mas o que aconteceria quando ficasse cansado? Quanto tempo acha que demoraria até a carne de seus ossos começar a ralar?

– Sr. Elliot, por favor... – Skinner agora estava chorando, sabendo que o homem mais velho era perfeitamente capaz de fazer isso.

– Eu lhe ensinei sobre a dor, Skinner, mas não ensinei tudo. – Subitamente soltou o vidro, e Skinner caiu para trás, tossindo, segurando a garganta com as duas mãos.

– Ainda restam algumas lições a aprender. Não me faça ensiná-las a você. Encontre Sarah Miller.

22

— Elliot acha que a garota está com a espada – murmurou Ahriman.

Vyvienne sentou-se na cama, com a luz da vela tremulando sobre seu corpo nu e seus cabelos rebeldes. – Elliot é um tolo – disse ela. – E, como todos os tolos, ele emprega tolos – tolos fracos, viciados e ignorantes. Um homem é tão forte quanto as ferramentas que utiliza... e você é um tolo por confiar nele – acrescentou ela, com uma ousadia incomum.

Ahriman a pegou pelo queixo, apertando, cravando os dedos na pele macia abaixo de seu olho. – Você está se esquecendo de quem é você – sussurrou ele.

A mulher tentou articular palavras, mas a pressão em seu maxilar era intensa.

– Mais importante, você se esquece de quem eu sou. O que sou.

Ela começou a engasgar e ele a soltou, empurrando-a para longe. – Elliot serve para o que precisamos.

– No momento – disse a mulher com a voz rouca, os dentes afiados e brancos, em contraste aos lábios escuros e cheios. – E quando terminar com ele, lembre-se, você o prometeu para mim.

– Ele é seu – concordou Ahriman.

A mulher levantou-se da cama e atravessou o quarto, até a janela panorâmica, e afastou as pesadas cortinas de veludo, deixando que uma luz fraca banhasse a escuridão do quarto forrado de lambril. Sob a luz avermelhada, seu corpo nu parecia feito de cera, como as velas grossas que pontilhavam o quarto, sua juba escura pendendo pelas costas sinuosas. Ela se virou, com os braços cruzados sob os seios, suspendendo-os. – O que vamos fazer quanto à garota?

Ahriman jogou as cobertas para o lado e girou as pernas para fora da cama. – Encontre-a.

– E depois? – perguntou ela. – A garota não faz parte da configuração. Não faz parte da Família.

– Eu sei disso. Mas quem pode saber que configurações estão se revolvendo, nesse momento? Porém, sabemos – *achamos* que sabemos – que a garota está com o objeto. Então, nem tudo está perdido.

A mulher atravessou o quarto e pressionou seu corpo junto a Ahriman, e o corpo fresco deste a deixou arrepiada. – Tenha cuidado. Não sabemos nada sobre a garota. Não conhecemos sua família, sua linhagem. Não sabemos quanto a velha disse a ela.

– Provavelmente, nada – Ahriman disse, rápido. – Judith Walker era uma manipuladora, uma usuária. No fim das contas, todos os Guardiões das Relíquias se tornaram usuários; não conseguem resistir ao atrativo do pequeno fragmento de poder que controlam, a habilidade de fazer com que homens e mulheres façam sua vontade. Judith usou a garota, e, ao fazê-lo, trouxe a destruição à família da jovem. Será que a garota percebeu isso? – perguntou-se ele baixinho.

– Provavelmente – assentiu, devagar. – Talvez ela tenha voltado até a mulher buscando respostas...

– E a velha Walker deve ter dito algo à garota – disse Vyvienne rapidamente, enquanto sua respiração aquecia o peito nu do homem. – Por que outro motivo Miller teria pegado a bolsa?

– Você está certa, como sempre. – O homem grande enlaçou-a com os braços, puxando-a para perto, sentindo o calor de seu corpo, a energia pulsante instigando-o. – Em breve saberemos – prometeu ele. – E a teremos.

– Não esteja tão certo. Você libertou forças extraordinárias simplesmente aproximando as Relíquias que já possuímos. Senti as reverberações pelo Astral, as distorções no tecido do Outro Mundo. Só Deus sabe o que você perturbou.

O homem conhecido como Ahriman riu. – Ela é uma criança, presa a uma situação complexa que jamais poderia compreender. Não representa perigo absolutamente algum para nós. O pessoal de Elliot logo a encontrará. – O sorriso dele se tornou malévolo. – Então, se você quiser, poderá brincar com ela.

23

No período após a Última Batalha, só havia escuridão.

Os que haviam sobrevivido – e eram muito poucos – se acovardaram na escuridão.

Famintos.

A carne da humanidade estava perto o bastante. Perto o bastante para se farejar, saborear no ar, mas não o suficiente para tocar, não o suficiente para se banquetear.

Eles haviam sido afastados, lacrados em suas prisões pelo Halga, pelo menino que não era menino, que era humano e mais que humano.

Os que sobreviveram não envelheciam, e, embora não tivessem conceito do tempo, tinham ciência de que um grande número de estações – centenas ou mais – haviam se passado.

Mas agora havia luz.

Um minúsculo pulso, um pulso de coração.

Em união, eles seguiram em direção à luz.

Pois onde havia luz, havia comida.

E eles estavam famintos.

24

Sarah estava chocada com o que via.

Vendo seu reflexo na água do lago escuro, ela não reconheceu a mulher de olhos ensandecidos que a olhava de volta. Quando tinha partido para o trabalho, um dia antes, havia passado cuidadosamente sua maquiagem MAC: base, rímel e brilho labial. Agora, a maquiagem se fora, lavada pelas lágrimas e pelo suor. Agora, suas sardas expostas estavam ligadas por sangue seco. Seus olhos estavam fundos, com borrões escuros embaixo, dando um efeito assombroso na pele clara. Seus cabelos, que antes estavam presos em um rabo de cavalo apertado, agora estavam frouxos e desgrenhados ao redor do rosto, espetados para todos os lados, e, quando ela passou a mão neles, flocos de sangue seco – sangue de Judith – se soltaram.

Sarah sabia que devia ir até a polícia. Quando viu o *skinhead*, a maldade em seus olhos, soube que ele não teria nenhum remorso em matá-la, então tinha entrado em pânico e corrido para salvar sua vida. Sem nenhuma sombra de dúvida, sabia que esse era o homem que matara Judith e esquartejara sua família.

Precisava ir até a polícia, conversar com a sargento loura e o inspetor rude. No entanto, havia algo que precisava fazer primeiro. Precisava cumprir sua promessa a Judith, atender o último desejo de uma mulher moribunda.

Novamente sentada no banco da praça, Sarah ergueu a bolsa no colo e começou a verificar atentamente o seu conteúdo. Colocou os itens ao seu lado, sobre o banco. Afastou a espada de ferro embrulhada no jornal, antes de examinar o restante: uma pasta de papelão cheia de folhas impressas, um envelope pardo cheio de recortes de jornais, e uma porção de cartas amarradas com uma fita roxa desbotada. Em algum lugar nessa bagunça, esperava encontrar o endereço de Owen. Sarah virou as cartas; cada uma delas tinha o endereço de remetente de Beatrice Clay. Os selos eram datados de muito tempo, até os anos 1950, e a última carta havia sido mandada há apenas alguns meses. A carteira de Judith estava no fundo da bolsa. Tinha vinte e duas libras e uns trocados, e seu cartão da Biblioteca Britânica.

Sarah estava ficando com muito frio. Embora os últimos dias tivessem sido bem quentes, as noites de outono rapidamente esfriavam. Agora, à medida que o sol baixava, o começo da noite ia esfriando, fazendo-a desejar ter algo mais aquecido para vestir. Ela precisava levar aquilo até Owen para que pudesse... para que pudesse fazer o quê? O que ela faria? Para onde iria?

Sentiu uma pontada de pânico e um grito começando a se formar no fundo da garganta. Não tinha para onde ir, e ninguém para procurar. Ela estava... estava...

Sarah se forçou a concentrar-se na bolsa. Qual era o endereço de Owen? Qual era seu sobrenome? Não conseguia encontrar nada com um endereço escrito. A idosa sentira dores profundas; talvez apenas tivesse imaginado que o endereço estivesse na bolsa. Sarah sacudiu a cabeça. Não. Judith estava lúcida, aterrorizada, mas lúcida. Sabia exatamente o que estava dizendo. E Sarah não podia nem imaginar a dor que ela devia estar sentindo quando transmitira a mensagem.

Começou a recolocar os itens na bolsa, rapidamente olhando o maço de cartas, se uma delas estava endereçada a alguém chamado Owen. As folhas datilografas na pasta pareciam anotações para um romance. Judith era escritora, portanto talvez fossem notas de pesquisa. Um envelope acolchoado... Ela o virou. Estava endereçado a Owen Walker, com o endereço de um *flat*, em Scarsdale Villas, perto da Earls Court Road.

SKINNER SEGUIU, dirigindo em silêncio resignado, contente pelos óculos espelhados que escondiam seus olhos vermelhos, ciente de que os outros três, na *van*, o observavam atentamente. A linha vermelha, onde o vidro da janela prendera seu pescoço, ainda era visível na pele. Todos tinham presenciado sua humilhação, e ele sabia que era essa a intenção de Elliot. O homenzinho simples gostava de causar dor: paixão máxima, como ele dizia. Os nós dos dedos de Skinner apertaram o volante da velha *van* Volkswagen. Ele não culpava Elliot; o sr. Elliot era intocável, e Skinner não tinha medo de admitir que morria de medo dele. Skinner culpava Sarah Miller. Ela era a raiz de sua humilhação. E ia pagar. Elliot queria Miller viva, mas não era muito exigente quanto ao seu estado.

– O que é, agora? – perguntou Larry McFeely, com a fala arrastada. Ele se virou no banco do passageiro, olhando para o *skinhead*.

Skinner engoliu com esforço, e a ação fez doer sua garganta machucada. – Nós acharemos Miller – resmungou ele, com a voz rouca. Engoliu e tentou novamente. – Acharemos Miller e a bolsa. E a levaremos até o sr. Elliot.

– A cretina pode estar em qualquer lugar – murmurou McFeely.

– Ela acabou de sair do hospital, está a pé. Não pode ter ido longe. O sr. Elliot sugeriu que a gente olhe os trens. Se ela voltar à cidade, irá pegar um trem na Bath Spa até Paddington.

– Ela pode ter pegado um ônibus, ou um táxi – disse McFeely, afastando seus cabelos compridos e oleosos dos olhos vidrados.

– Até onde sabemos, ela nunca esteve em Bath. Não vai saber dos ônibus. E não irá pegar um táxi, pois o motorista poderá se lembrar dela. – Skinner sacudiu rapidamente a cabeça, repetindo tudo o que Elliot dissera. – Ela vai pegar o trem.

McFeely deu de ombros, não convencido. Estava agitado e nervoso; tudo o que queria fazer agora era voltar ao *flat* e se largar, fumar haxixe e relaxar. A velha tinha sido dura de matar e, embora McFeely não tivesse problemas em matá-la, o silêncio dela era perturbador, quase ameaçador. Ele adorava ouvir os gritos, curtia... mas a velha não tinha gritado. Seus frios olhos cinzentos continuaram a encará-lo mesmo quando ele usou a faca nela.

O sinal de trânsito ficou vermelho e Skinner parou a *van*, fazendo os pneus traseiros cantarem ruidosamente. Girou em seu banco, para olhar os dois jovens de olhos vazios no banco de trás. Eles passavam um cachimbo de crack de um para o outro, alheios a tudo em volta, às lembranças do trabalho sanguinário que tinham feito à tarde, que já sumiam, se misturando aos sonhos de crack e cocaína. Em uma hora já teriam se esquecido de tudo.

Fantoches perfeitos.

Skinner arrancou o cachimbo, vendo os dois esticarem o braço para pegá-lo. Soltou o cachimbo de vidro no chão da *van* e o esmigalhou com o pé. Só sentia desprezo por viciados. Era um desperdício de vida. Nada de foco. E uma coisa que Skinner tinha era foco.

– Quero vocês dois dentro da estação, vigiando, em busca de Miller. Vocês se lembram como ela é, certo? – perguntou ele.

Eles olharam, inexpressivos.

– Meu Deus! Você leva o idiota Um com você – ele disse a McFeely. – Eu vou ficar de babá do idiota Dois. – O sinal abriu e ele seguiu em frente. – E não deixem a Miller passar por vocês. O sr. Elliot ficaria muito aborrecido.

– E nós não queremos isso. – McFeely mordeu o lado de dentro da bochecha, para evitar sorrir.

SARAH SEGUIU as placas dos trens. Caminhava lentamente, de cabeça baixa e segurando a bolsa junto ao peito, sentindo seu coração disparado junto ao metal sólido da espada. Parou uma vez e entrou em uma loja, ao ver dois policiais uniformizados passarem apressados. Sarah ignorou a ambulância e o carro de patrulha que passaram velozes, tocando as sirenes, provavelmente a caminho da casa de Judith Walker... Descobriu que não queria mais pensar na idosa, porque pensar nela trazia de volta as imagens da criatura penosa do porão. E subitamente havia lágrimas em seus olhos, o mundo se dissolvendo em desenhos com tons de arco-íris. Ela piscou para afastá-las, sentindo os filetes escorrerem pelas bochechas. Deu uma olhada acima, mas não tinha ninguém olhando, exceto um garotinho que segurava a mão da mãe. O menino sorriu para ela, com um dente faltando, acentuando sua juventude e inocência. Ela o invejava. O garotinho apontou para ela e sua mãe ergueu os olhos, cruzou o seu olhar com o de Sarah, depois rapidamente o desviou, com os olhos repletos de constrangimento, sem querer se envolver.

Sarah passou uma das mangas da roupa nos olhos, subitamente se dando conta de como devia estar sua aparência: descabelada, olhos vermelhos, roupa suja. Era apenas mais uma alma perdida, uma entre milhares que vagavam pelas ruas. Só que estava mais perdida que a maioria.

Através das lágrimas, ela avistou a placa da estação de trem e seguiu em sua direção. Tudo o que precisava fazer era entregar a bolsa ao sobrinho de Judith e estaria tudo acabado.

25

O inspetor Fowler estava hipnotizado pela marca ensanguentada no vidro. Os peritos fervilhavam por toda parte na cena do crime, mas ele não precisava de tecnologia moderna para saber que eles iriam encontrar as digitais de Sarah Miller, fragmentos de seus cabelos e fiapos de sua roupa com os restos do cadáver de Judith Walker.

– Passei a vida toda na corporação, mas nunca vi nada assim – admitiu Fowler, trêmulo. – Vi o trabalho manual do Estripador de Yorkshire; fiz parte do contingente de oficiais que foi observar o resultado das matanças de Ted Bundy. Vi esquartejamentos chineses e ataques da máfia, vi o trabalho manual das gangues jamaicanas, limpei cenas da bagunça de bombardeios do IRA... mas nunca vi nada como aquela pobre mulher. Como ela deve ter sofrido!

Victoria Heath virou a garrafa plástica de água e deu um longo gole, tentando lavar o gosto podre de sua boca. Ela era policial há apenas sete anos, mas durante esse tempo já vira de tudo. Era pouco mais velha que a garota Miller, no entanto elas estavam em lados opostos da lei. Da moralidade. Da humanidade. Pois quem tinha feito aquilo com Judith Walker era um psicopata declarado. – O que motivaria alguém a fazer aquilo? – perguntou ela baixinho. – É desumano.

– Exatamente – Tony respirou. – É desumano. Depois de um tempo, o assassino para de pensar em suas vítimas como pessoas. Já não é mais um ser humano vivente, é simplesmente um objeto. – O detetive estendeu o braço para encostar a mão no lado de dentro do para-brisa, sobre a marca de sangue no vidro. – E, uma vez que tomam gosto pela matança, não conseguem mais parar. As mortes vão ficando cada vez mais violentas, à medida que o assassino vai perdendo o controle.

– Mas Miller parecia tão... tão normal.

Fowler gemeu. – Ted Bundy também. Eu vi o resultado de uma de suas ondas de matança. Ele atacou quatro garotas que dormiam, na Florida State University: deu porretadas em duas delas, até matá-las, com um toco de madeira, e espancou as outras duas até ficarem praticamente irreconhecíveis. No espaço de uma hora, ele havia batido em outra garota, em um apartamento a algumas quadras de distância. No entanto, todos que o conheciam comentavam como ele era um cara legal.

– Exatamente como Miller – murmurou Victoria.

– Exatamente como Miller – concordou Fowler. – Pelo menos, esse deve ser um caso relativamente simples. Nós a pegamos com a mão na massa. – Fez uma careta pela ironia não intencional. – Isso não deveria ter acontecido – disse baixinho, saindo do carro. – Não deveríamos tê-la deixado sozinha no hospital.

– Não podíamos saber.

– Deveríamos saber – esbravejou Fowler. – Isso é culpa nossa. Cometemos um erro. E custou a vida dessa mulher. Mas vou me assegurar de que não aconteça de novo – acrescentou, severo.

– Isso parece uma ameaça.

– Uma promessa.

26

Sarah sabia que não estava sozinha.

O ar na estação de trem tinha um cheiro quente, azedo e metálico... o mesmo cheiro do sangue derramado. Sarah sentiu a ânsia chegando e engoliu com esforço; imagens de carne molhada surgiam diante de seus olhos, um anúncio da Tate Gallery na parede oposta se dissolvia em desenhos de carne crua.

Ela captara um relance de movimento, de canto de olho, e o ar frio de outono trazia o leve fedor de corpo mal lavado e sangue morno.

Quantos eram?

Não se atreveu a olhar, enquanto recuava na sombra.

Próximo trem em dois minutos.

A estação de trem estava quase deserta, com menos de meia dúzia de pessoas esperando na plataforma. Sarah, caminhando até a ponta oposta da plataforma, se distanciou do possível perigo. Deu uma olhada para trás, por cima do ombro, fingindo verificar o painel eletrônico de avisos... e avistou dois homens chegarem à plataforma. Um usava o cabelo cortado rente e estava vestido com um colete desbotado do Exército e calças de combate, e o segundo estava de jeans e uma camiseta dos Rolling Stones. Sarah reconheceu o cabelo do mais jovem: ela tinha visto a mesma cabeleira loura ensebada no dia em que Judith Walker tinha sido atacada, e novamente naquela manhã, em meio ao grupo que estava na casa. Os assassinos.

Próximo trem em um minuto.

Ela recuou novamente para a sombra de um arco e rezou para que eles não estivessem procurando por ela... mas sabia que estavam.

Trem chegando...

O trem surgiu à distância. Pareceu levar séculos para chegar à estação, e a qualquer momento Sarah esperava sentir uma mão em seu ombro, ou a puxá-la, ou empurrando-a nos trilhos, rumo à morte.

Ela permaneceu imóvel, mal respirando, e não se mexeu enquanto o trem entrava na estação e abria as portas, quase diretamente à sua frente. Uma miúda mulher malasiana desceu, puxando uma imensa sacola de compras. Algumas pessoas seguiram em direção ao trem: uma jovem empurrava um carrinho de criança à sua frente, depois o dobrou e o ergueu para embarcar. Uma idosa, com idade próxima à de Judith, subiu a bordo lentamente, apoiando-se em uma bengala. Um trabalhador cansado, de macacão manchado, entrou logo atrás dela.

Mantenham as portas livres.

No último instante, Sarah disparou em direção ao trem, mal passando pelas portas antes que elas se fechassem. Conseguiu dar uma última olhada na direção da plataforma, mas os dois jovens tinham desaparecido. Teriam deixado a estação ou estavam no trem? Ela sentou-se em um banco, olhando diretamente para a frente, o coração aos pulos, o peito arfando, um nó na barriga. Estava encharcada de suor azedo, e, quando esfregou a testa, a mão veio engordurada e manchada. Quando pegou a vovó olhando para ela, com expressão de aversão, imediatamente se levantou e se virou, olhando atenta o mapa na parede, acima da janela. Continuava olhando para a traseira do trem.

Será que os dois homens tinham embarcado? Será que, naquele momento, eles estavam vindo em direção a ela?

Virou-se de volta para o mapa, pois precisava calcular a rota mais curta até a Earls Court Road. Se fizesse baldeação em Paddington, na direção da District Line, seguiria diretamente a Earls Court. E, uma vez que entregasse a bolsa ao sobrinho de Judith Walker – pegou o envelope e checou novamente o nome e o endereço –, poderia afinal ir até a polícia. Poderia limpar seu nome e seguir com sua vida. Afundando de novo no assento, suspirou. Algumas horas; não deveria levar mais que algumas horas.

Então, tudo estaria acabado e ela estaria livre.

27

Eles a avistaram no instante em que pisaram na plataforma. Ela estava se escondendo nas sombras, de cabeça baixa, braços protetores enlaçando uma sacola volumosa, segurando-a junto ao peito.

Próximo trem em dois minutos.

– Chame o Skinner – Larry McFeely vociferou. Ele afastou as mechas de seus cabelos compridos dos olhos e conduziu o companheiro de olhos vidrados em direção à escada. – Chame o Skinner. Diga-lhe que encontramos a garota. – Ele viu a garota encolhida na sombra e ficou imaginando se eles teriam sido vistos. Larry roía a unha do polegar, tentando formular um plano, arrependido pela droga que tinha fumado mais cedo. Ficara relaxado, claro, porém nesse momento simplesmente não conseguia pensar direito. Será que deveria derrubar Miller agora, e talvez causar uma cena, ou esperar até que Skinner chegasse? Mas, se esperasse, o *skinhead* provavelmente levaria todo o crédito.

McFeely ainda estava indeciso quando o trem chegou, e imediatamente achou que a garota daria um tempo na sombra, depois embarcaria no último instante. Ainda não havia sinal de Skinner: onde diabos ele teria se metido?

Trem chegando...

McFeely disparou para entrar no trem, depois ficou dando um tempo na porta, observando atentamente para ver Miller entrar.

Mantenham as portas livres.

Ele estava prestes a descer do trem quando a mulher saiu rapidamente da sombra e pulou a bordo. Quando as portas se fecharam e o trem partiu, Larry tinha se virado a tempo de ver Skinner e os outros virem correndo pela estação. Larry deu um sorriso ao ver suas expressões, mas o sorriso desapareceu quando se deu conta de que não sabia para onde o trem estava indo... E, quando enfiou as mãos nos bolsos, descobriu que tinha exatamente uma libra e cinquenta centavos, o que não dava nem para pagar uma ligação telefônica, e certamente não era suficiente para voltar ao seu *flat*. Agora ele estava preso no trem com Miller. Endireitando-se, olhou adiante no trem, e um sorriso lento surgiu em seus lábios no momento em que uma ideia se formou em seu cérebro estonteado. Estava sozinho no trem com Miller... o que significava que ela era sua e o *skinhead* psicopata não poderia tentar roubar sua recompensa.

Abrindo caminho por entre a aglomeração, em direção à porta que ligava os vagões, ficou imaginando quanto Elliot pagaria pela devolução da garota.

28

Mais tarde, testemunhas chocadas descreveriam o incidente com termos quase idênticos.

Martha Hill, que estava voltando de Londres depois de uma visita aos netos, relatou que um jovem louro tinha entrado pela porta que ligava os vagões e abordado a garota de cabelos desgrenhados, com aparência suja, que estava sentada curvada, de braços cruzados. Os dois pareciam se conhecer. Martha Hill tivera a impressão de que o louro chamou a jovem pelo nome: Sarah. Ela os viu falando brevemente.

Jonas Gottlieb estava saindo de um turno de trinta e seis horas, e cochilava em seu banco, quando ouviu as portas deslizantes entre os vagões serem abertas e um jovem louro, de cabelos sujos e compridos, entrar. Ele se deslocara hesitante pelo vagão, embora o trem seguisse suavemente, e Gottlieb achou que ele estava bêbado ou doidão. Tinha parado diante de uma jovem que o encarava com olhos vermelhos e fundos. Jonas Gottlieb classificou ambos como viciados. Tinha ouvido o jovem louro chamar o nome da garota, e ficou observando enquanto eles papeavam.

SARAH TINHA pegado no sono. Seu breve descanso foi interrompido por pesadelos vívidos e violentos, nos quais ela estava enfrentando criaturas horrendas, com uma espada brilhante...

– Miller...

O som de seu nome a despertou instantaneamente, e ela ergueu os olhos para um homem magrinho, de cabelos louros e olhos enlouquecidos. Ele lambeu os lábios rachados e secos e sorriu, revelando dentes amarelados.

– Olá, Sarah – disse ele, simplesmente. Virou a mão, exibindo um bisturi na palma. – Importa-se se batermos um papinho? – sussurrou ele ao se sentar ao seu lado. – Se você se mexer, arranco seu olho. – Inclinou a lâmina, deixando que o reflexo de luz prateada pousasse no rosto de Sarah. – Você não vai precisar dos olhos no lugar para onde a estou levando.

– Deixe-me em paz, por favor, deixe-me em paz – Sarah sussurrou. Seu coração estava tão disparado que dava para sentir as costelas tremendo.

– Vamos descer na próxima estação e você virá comigo, quietinha, como uma boa garota. Agora me dê a bolsa, bem devagar.

Sarah não se mexeu.

– Você é surda? – O viciado sorriu. – Sabe, a vovó era teimosa... e você viu o que fizemos com ela, não viu? – Ele conteve uma risadinha. – Só que você não é uma franguinha tão feia; talvez a gente possa se divertir um pouquinho primeiro. Agora, me dê a droga da bolsa.

Subitamente, o pedaço de metal era um peso sólido em seu colo. Sarah podia quase imaginar que o sentia pulsar junto à sua barriga. Um arrepio a percorreu, uma sensação de dormência se espalhou por seu peito, contraindo seus pulmões, e deixou seu coração disparado. Ela enfiou a mão na bolsa e segurou o punho enferrujado, com os dedos naturalmente deslizando nos sulcos seculares.

– Não, não vou dar – sussurrou ela.

– Ah, vai sim – disse ele.

SOB JURAMENTO, Martha Hill alegou que a garota tinha puxado o que parecia ser um martelo de uma bolsa de compras que estava em seu colo e atingiu o jovem louro na lateral da cabeça.

Jonas Gottlieb tinha visto uma barra de ferro, possivelmente um pé de cabra.

A ESPADA Quebrada saiu da bolsa com um movimento suave e atingiu o viciado na têmpora. O barulho de osso partido foi claramente audível, acima do barulho do trem. O calor percorreu a extensão do braço de Sarah e ela sentiu uma onda súbita de força e ira. O rugir do vento preencheu sua cabeça, fragmentos de palavras sussurradas que quase não se ouviam.

O jovem cambaleou ao se levantar, balançando, revirando os olhos, abrindo e fechando a boca, embora não saísse som algum. Sarah saltou de pé, se preparou e o atingiu novamente, no rosto, estilhaçando o osso esquerdo do rosto, fraturando-lhe o crânio com a força do golpe. Um longo filete de sangue espirrou, manchando a janela e o teto. Embora ele estivesse quase inconsciente, o instinto animal levou o jovem a andar para trás, cambaleando de novo, cegamente empunhando a lâmina. Sarah o seguiu, empunhando firme a Espada Quebrada suja de sangue, segurando com tanta força que os nós de seus dedos doíam, o metal enferrujado machucava sua mão. Sabia o que tinha de fazer.

Ele estava se virando e caindo quando o golpe final o pegou por trás do pescoço, na base do crânio, quebrando sua espinha, lançando-o de cabeça na janela. Com um último golpe, Sarah desceu a espada em Larry McFeely.

E o decapitou.

AS TESTEMUNHAS, horrorizadas, descreveram que a jovem tinha puxado calmamente o alarme de emergência, fazendo com que o trem parasse com uma freada ruidosa. Ela usou a manivela da porta para abri-la e pular no trilho. As testemunhas estimavam que, desde o momento em que o jovem louro sentara ao lado da garota e falara com ela até a hora em que ela saltou do trem, provavelmente dois minutos haviam se passado.

AS VOZES estrondosas diminuíram, depois pararam, ficando apenas o silêncio e a constatação: ela o matara.

Sarah lambeu os lábios secos, sentindo o gosto metálico de sangue. Mordera o lábio com força, partindo a pele. Tinha matado o homem sem piedade. E o que a incomodava, mais que qualquer coisa, era o fato de que isso não a aborrecia. Percebeu que matá-lo era a coisa certa a fazer.

Enquanto corria pelo trilho, com o cascalho triturado sob os pés, Sarah enfiou a Espada Quebrada de volta na bolsa. Não notou que, apesar de estar respingada de vermelho, não havia sangue algum no metal.

29

Sangue.

Fresco e salgado, quente e carnoso. Fazia muito tempo que não saboreava sangue. E o sangue é a vida.

As lembranças se revolviam...

Lembranças de uma época em que os feiticeiros seguiam tradições milenares e cravavam o pedaço de metal inanimado em inúmeros corpos de escravos. E no instante de suas mortes, no momento excruciante de dor, havia uma centelha de conscientização.

Aquilo desenvolvera a consciência.

A consciência havia regressado...

Os feiticeiros acharam que estavam imbuindo vida no artefato; no entanto, enganavam-se. Estavam apenas abrindo um portal. O primeiro sacrifício de sangue enviara reverberações em direção ao Outro Mundo, evocando, evocando, evocando... e o convite havia sido aceito. Uma presença tão antiga quanto o universo havia penetrado no recém-elaborado objeto, uma presença faminta. Nos tempos que se seguiram, ela tinha se banqueteado com carne e sangue, e almas de sobra. Esse era um tempo de Caos, quando os homens eram regidos pela espada, quando a justiça era feita no fio da lâmina, e a consciência que habitava a espada se rejubilava quando alimentada, e aquele que empunhava a arma experimentava um pequeno fragmento desse júbilo estranho. E aquilo era viciante.

Séculos se passaram e tudo mudou. A presença contida na espada se viu limitada, presa a algo muito mais forte que sua própria vontade.

Ainda era usada como instrumento de morte, ainda se refestelava de carne e almas. No entanto, se nutria pouco das mortes; essa energia era direcionada a outros lugares. Agora, ela sorvia as almas dos homens e mulheres de conhecimento e inteligência; tragava os que veneravam deuses estranhos, em terras sinistras. Os que empunhavam a arma também haviam mudado: mãos retorcidas e primitivas deram lugar a luvas de couro e punhos de ferro, ferro frio, protegendo-as do êxtase do sangue.

Então, ela foi quebrada.

OS DOIS homens que lutavam no campo chamuscado se consideravam cavaleiros em lados opostos de uma batalha secular. Lutavam por causas nas quais eles próprios não acreditavam. Lutavam, pois isso se esperava deles, que não conheciam outro ofício.

Tampouco sabiam que lutavam com armas reivindicadas por entidades mais antigas que a raça humana. Enquanto os homens golpeavam, as lâminas metálicas tiniam e faiscavam, sendo representadas em um lugar conhecido pela humanidade como Outro Mundo.

E porque a espada havia sido alimentada com sangue inocente – doce e límpido – e o inebriante elixir das virgens, porque o guerreiro era o despojador de mulheres, que tinha prazer no estupro e no esquartejamento, ele foi vitorioso. Deixando seu oponente de joelhos, sua arma diabolicamente abençoada quebrara a outra arma, partindo-a em dois pedaços.

Então ela perdera a consciência, permitindo-se adormecer...

O mesmo golpe ceifador que decepara a cabeça do cavaleiro ajoelhado. A espada bradara a vitória, e o cavaleiro armado emergiu triunfante. E gerações posteriores o chamariam de Arthur e batizariam a espada demoníaca de Excalibur.

E a Espada Quebrada seria esquecida. Mas ela se chamava Dyrnwyn.

E agora, depois de séculos de fome, ela se alimentara.

A Espada Quebrada havia despertado.

30

Sarah pegou novamente o envelope e verificou o endereço antes de entrar na rua transversal à Earls Court Road. Estava no escuro, ensaiando nervosamente a apresentação. – Sr. Walker, sei que é muito tarde e o senhor não me conhece, mas... – Sacudiu a cabeça. Não, isso seria esquisito demais. Deveria ser mais amistosa, mais pessoal. – Oi, Owen, sua tia Judith me mandou... – Concordou rapidamente, tranquilizando-se. Sim, precisava mencionar o nome de Judith para atrair-lhe a atenção...

Parou, notando que um jovem casal, no lado oposto da rua, a observava atentamente, e percebeu que estava falando em voz alta, balançando a cabeça. – Devo estar parecendo uma maluca – murmurou ela, chegando ao condomínio, procurando pelo apartamento de Owen.

Sarah passou o dedo pela campainha na porta pintada de bege. Em contraste com a tinta suave, o sangue incrustado sob suas unhas, antes perfeitamente cuidadas, se destacava fortemente. Todas as campainhas tinham nomes nos cartões brancos posicionados abaixo. Dois eram médicos, o restante só tinha iniciais... No entanto, não havia nenhum Walker. Ela enfiou a mão na bolsa e verificou novamente o envelope, depois recuou para olhar o número na porta. Era o mesmo.

A porta do corredor subitamente foi aberta e por ela saiu uma mulher alta, asiática, com um uniforme por baixo do casaco. A enfermeira resfolegou levemente quando viu a mulher em pé, à sua frente.

Sarah deu um sorriso hesitante. – Desculpe se eu a assustei. Tenho um pacote para o sr. Owen Walker. – Mostrou o envelope à enfermeira. – Achei que ele morasse neste endereço.

– Ele mora. Mas o porão inun... – a enfermeira tinha começado a falar, mas parou, olhando a jovem de cima a baixo. Recuou para dentro do *hall*, fechando ligeiramente a porta, obviamente pronta para fechá-la de vez. – Ele trabalha em horários estranhos. Tenho certeza de que está dormindo; portanto, se quiser deixar o pacote comigo, farei com que ele o receba.

– Lamento, preciso entregá-lo em mãos.

– Não me dará trabalho algum – disse a enfermeira rapidamente.

– Obrigada, mas prometi à sua tia que entregaria a ele.

– Judith? – O rosto defensivo da mulher se desmanchou em uma expressão de ternura.

– Sim. Judith Walker. Ela me pediu para entregar isso a Owen.

A enfermeira relaxou um pouquinho. – Faz tempo que não a vejo. Ela me prometeu um livro autografado, para o meu filho. Como vai ela?

– Bem – Sarah mentiu.

– O apartamento de Owen é virando o corredor, descendo a escada, não tem como errar. – Ela apontou o caminho, antes de dizer: – Diga a Judith que Rika ainda está esperando pelo livro.

– Eu direi – disse Sarah, tristonha, desviando-se.

Havia uma campainha na porta do subsolo, que ficava oculta embaixo da escada. O nome gasto no pedaço de papel embaixo do botão dizia WALKER. Sarah passou os dedos pelos cabelos embaraçados e alisou a roupa manchada antes de apertar o botão. O som da campainha ressoou dentro do apartamento. Instantes depois, a cortina cor de chocolate, à sua direita, mostrou movimento. Ela notou que as janelas eram gradeadas. Através da abertura nas cortinas, pensou ver um rosto masculino, cabelos encaracolados, olhos sonolentos. Ergueu novamente o envelope, mostrando o endereço. – Tenho um pacote para o sr. Owen Walker.

O rosto sumiu da janela.

Passos seguiram pelo corredor, a madeira do piso rangeu, depois ela ouviu o tilintar de uma corrente. A porta se abriu, mas somente na extensão da corrente do trinco.

–Você é Owen Walker?

– Quem quer saber? – disse a voz masculina, áspera.

– Eu quero. Tenho um pacote – disse Sarah, frustrada pela cautela do homem.

–Você sabe que horas são?

– Sim.

– Meio tarde para uma entrega.

– Eu sei.

– Pode me dar – disse o homem, impaciente.

– Olhe, eu só posso entregar isto a Owen Walker, a ninguém mais – disse Sarah, estreitando os olhos para identificar alguns detalhes na silhueta que espiava por trás da porta. Alto, talvez um metro e oitenta e cinco. – Eu prometi – acrescentou ela, meio sem jeito.

– Eu sou Owen Walker – disse ele, com sotaque americano. Boston, talvez.

– Pode me dar alguma prova?

– O quê?

– Prova. Pode me dar alguma prova? A sra. Walker me fez prometer que eu entregaria isso ao seu sobrinho e ninguém mais.

– Judith? A tia Judith? – A porta foi fechada, a corrente tilintou, e então a porta foi reaberta.

– A tia Judith me deu isto, para lhe dar.

Um jovem saiu da sombra, seus cabelos negros despenteados reluzindo sob a luz do luar. Era bonito, com jeito de garoto, e estava com um moletom azul-marinho de Yale. Sarah imaginou que ele fosse apenas alguns anos mais velho que ela. Seus olhos se estreitaram quando ele observou a aparência desgrenhada de Sarah, suas feições pálidas, e as olheiras profundas sob seus olhos. Estendeu a mão educadamente, para cumprimentá-la.

– Eu sou Owen... – Seu aperto de mão era forte, a pele macia e fresca.

– Ela me disse para lhe dar isto e dizer... dizer... – Sarah subitamente parou, e sua energia se esvaiu, deixando suas pernas moles, suor frio na testa, e a língua grossa na boca.

–Você está bem?

Sarah tentou lamber os lábios secos, mas a língua parecia enorme e inchada. – Estou bem – murmurou ela, esticando o braço para segurar a parede. – Só um pouquinho fraca. Acabei de sair do hospital – murmurou. Havia pontos vermelhos em sua visão, explodindo em estrelinhas. Ela balançou e teria caído se Owen não a pegasse, segurando-a nos braços.

– Ei. Vá com calma. Apenas vá com calma. – Ele a carregou para dentro do pequeno *hall*, virou à direita, adentrando a pequena sala de estar, e delicadamente a sentou em uma poltrona gasta ao lado da lareira.

SARAH OLHOU para cima, para o rosto preocupado de Owen. Tentou se forçar a levantar, mas ele pousou a mão em seu ombro, pressionando-a de volta para a poltrona. – Apenas vá com calma. Que bom ver que você está de volta, entre os vivos – disse ele, alegremente, antes de sumir cozinha adentro. Ela ouviu a torneira aberta, depois Owen voltou com um copo de água. Sarah deu um gole.

– Devagar. Vá com calma – avisou Owen –, ou terá dor de estômago. – Cruzando os braços sobre o peito largo, ele a observou atentamente. – Você desmaiou, provavelmente de exaustão. Sei que não é muito gentil dizer isso a uma dama, mas sua aparência não está muito boa.

– Obrigada – sussurrou Sarah. Ela se sentia completamente desorientada e, se virasse a cabeça depressa demais, o mundo girava.

–Você disse que estava no hospital. Por quê?

Sarah começou a sacudir a cabeça e parou, no momento em que o mundo se inclinou e balançou. – Sob observação... choque... eu não sei.

–Você não sabe por que estava no hospital? – perguntou o homem, incrédulo. – Está tomando medicação? – perguntou ele.

– Não. Nada. Não estou tomando remédios – disse ela, subitamente percebendo o que ele estava dizendo.

– Em que hospital você estava?

– Crawley... acho.

– Você acha?

Sarah sacudiu a cabeça. – Não tenho certeza. Tudo parece um pouquinho... Os acontecimentos dos últimos dias estão confusos.

– Quando teve alta?

– Hoje.

– Ninguém foi buscá-la?

– Eu me dei alta.

Owen se agachou, olhando para Sarah, observando-lhe o rosto com seus olhos cor de esmeralda. – Acho que você deveria ir ao hospital mais próximo, ou até voltar ao Crawley, e ver se eles podem readmiti-la. Eu poderia ligar para alguém – acrescentou.

– Estou bem – Sarah disse rapidamente. – Só queria lhe entregar a bolsa.

– A bolsa? – Owen esticou o braço e, gemendo, arrastou a sacola pesada em sua direção, surpreso pelo peso. Tirou o envelope e olhou rapidamente, antes de olhar de volta para Sarah, estreitando os olhos. – Onde pegou isso?

– Eu lhe disse: sua tia me deu. Ela me disse, me fez prometer que eu a entregaria em suas mãos. E me disse para dizer que... me disse para dizer... – Sarah sentiu o ardor na garganta, a acidez amarga no estômago. Seus olhos se encheram de lágrimas e a sala ficou embaçada e fragmentada. Ela se levantou subitamente e Owen logo ficou de pé, para ajudá-la. Estendendo um braço, Sarah recuou, alarmada. – Ela me disse para dizer que lamentava, lamentava muito – disse, apressada.

– Lamentava?

Sarah assentiu rapidamente. – Lamentava muito. – Então, ela se virou e cambaleou, saindo da sala. Owen ficou observando, atônito, enquanto ela saía apressada pela porta, passando correndo pela janela e sumindo noite adentro.

31

Robert Elliot deu uma bofetada no rosto de Skinner, e o som ecoou na garagem subterrânea. O anel de brasão em seu dedo indicador bateu no osso do rosto do *skinhead*, abrindo um corte profundo. Por um instante, a ira cintilou nos olhos escuros do *skinhead* e ele fechou os punhos. Elliot riu da reação. – Toque em mim, e eu o mato. – Então, deu-lhe deliberadamente as costas, deixando que o *skinhead* tocasse levemente o ferimento com a manga, enquanto ele caminhava de volta ao carro.

– Não foi culpa minha – disse Skinner, queixoso. – Eu nem sequer estava no trem. Larry provavelmente estava fora de si, entorpecido com alguma coisa...

Elliot pegou a chave e apontou o controle remoto para o BMW preto. As luzes piscaram e as trancas da porta se abriram. – Eu disse a *você* para encontrar a garota. Eu disse a *você* para trazê-la de volta... eu disse a *você... você... você*.

– Lamento, sr. Elliot, vou encontrá-la.

O homenzinho abriu a porta do carro e entrou. – Sei que vai, porque, se não encontrar, nossa parceria vai acabar – vociferou Elliot, fechando a porta. – E, acredite, você não quer que eu perca o interesse em você, quer? – Sem esperar resposta, Elliot subiu o vidro, e o BMW saiu, sem fazer som algum.

Skinner esperou até que o carro sumisse, depois sussurrou: – Foda--se. – Então, enfiou as mãos nos bolsos traseiros e saiu à procura de Sarah Miller. – Como vou encontrá-la? Não sei nem por onde começar. – Ele tinha de ficar esperto. Estava no tempo adicional com Elliot.

Já vira o que ele fazia com pessoas em quem perdera o interesse. E não tinha sido bonito.

A GAROTA tinha uma vida mágica.

Ela não apenas o iludira novamente, mas tinha matado um de seus homens.

Robert Elliot vagava pelas ruas de Londres, em seu BMW, tentando calcular como diria ao seu misterioso empregador que falhara – novamente – na tentativa de lhe trazer Sarah Miller.

Elliot sabia exatamente como McFeely tinha morrido. Ele não tinha escorregado e caído, cortando a garganta no vidro quebrado, como Skinner relatara. Elliot tinha usado um contato na polícia para obter o relato sobre a morte de McFeely. Segundo os relatos das testemunhas, Miller tinha decapitado o garoto com algo cuja descrição variava de barra de ferro a martelo.

Elliot sabia que tinha sido a espada. E sabia que seu chefe não ficaria nada feliz com isso.

Finalmente fez uma ligação de um telefone público, na New Cavendish Street – um dos poucos que ainda restavam em Londres. Havia dirigido por meia hora, tentando pensar em uma boa desculpa, decidindo por fim que a honestidade seria a política mais segura.

Dessa vez, a ligação foi atendida ao primeiro toque. Como sempre, ninguém respondeu no outro lado da linha.

– Sou eu – disse ele, sucinto.

– E a garota? – perguntou a voz, áspera e arrogante.

– Ainda não a encontramos; ela escapou de nós, no trem. Um dos meus homens estava com ela, mas houve algum tipo de acidente; parece que Miller o matou.

– Matou? – A pergunta ficou no ar.

Elliot respirou fundo. – Acredito que ela tenha usado a espada.

O telefone foi batido com tanta força que doeu em seu ouvido.

32

— Más notícias? – perguntou Vyvienne. Ela se ergueu na cama e se ajoelhou atrás do homem nu, enlaçando os braços ao redor do peito dele, pressionando os seios sobre seus ombros.

– A espada experimentou sangue – Ahriman gritou, em um misto de raiva e medo. – Experimentou sangue... mas não o sangue de seu Guardião. – Afastando-a, ele se levantou, caminhou ao outro lado do quarto, depois se virou de volta, de frente para a mulher. – Sabe o que isso significa?

– Outra Relíquia se tornou ativa? – insinuou ela. – Mas você tem despertado os artefatos com o sangue e a dor dos Guardiões...

– Sim, dos Guardiões. Mas Miller matou com a espada, permitiu que o objeto sentisse o gosto de sangue não relicário. – A voz de Ahriman estava embargada de emoção, seu sotaque culto momentaneamente derrapara. Ele percebeu que estava tremendo. – Você faz ideia das consequências?

Ela sacudiu a cabeça e sua longa cabeleira escura lhe caiu sobre os olhos.

– O poder da Relíquia estava adormecido há séculos. O sangue dos Guardiões das Relíquias desperta o artefato e simultaneamente o abranda, deixando-o repleto de poder. Mas Miller lhe deu uma alma para beber. Agora que ele despertou, vai começar a se renovar... não somente nesse mundo, mas no Outro Mundo também. Mesmo agora, sua energia provavelmente está reverberando pelo Astral. – Parou de súbito, depois se inclinou à frente para pegar o queixo da jovem, erguendo-lhe o rosto. – Você poderia encontrá-la? Conseguiria seguir uma perturbação no Astral?

– Provavelmente... – disse ela, parecendo hesitante.

– Então faça isso. Faça-o agora! – Os lábios carnudos se curvaram em um sorriso. – Se você conseguir encontrá-la, poderemos rastreá-la até a garota.

A mulher sorriu, sensual. –Vou precisar da sua força, se devo sair me aventurando...

ELLIOT HAVIA dirigido a esmo, por uma hora, percorrendo com o carro preto luxuoso, silenciosamente, as ruas londrinas. Sentia-se amedrontado: a situação estava fugindo ao controle e talvez fosse hora de sair da cidade.

O telefone vibrou junto ao seu peito. Assustado, Elliot apertou o freio e alguém buzinou atrás dele. Ninguém tinha esse número particular. Era um telefone barato, com um *chip* que ele só usava para fazer ligações. A telinha retangular mostrava número restrito. Tocou uma dúzia de vezes antes que ele finalmente atendesse. Ele imediatamente reconheceu a voz rouca e sentiu uma pontada de medo. Como o homem tinha conseguido esse número?

– Judith Walker tem um sobrinho, um tal de Owen Walker. O garoto mora sozinho, em um apartamento em Scarsdale Villas. Miller já esteve lá, e lhe deu a espada.

Elliot disparou: – Mas como você...

– Eu sei. – Ouviu-se uma risada rouca. – Sei tudo, sr. Elliot. Tudo. Lembre-se disso.

33

— Pareceria um caso aberto e fechado – disse Victoria Heath, cansada, fazendo barulho com seus saltos à medida que caminhava pelo piso do necrotério. Passava das dez, e ela estava de pé havia mais de dezesseis horas.

– Há um *porém* em sua voz.... – disse Tony Fowler.

– Não acredito que ela teve tempo. É quase impossível.

– Concordo.

– Concorda?

– Claro. – Tony Fowler apalpou os bolsos e achou o lenço embebido em café que ele mantinha para as visitas ao necrotério. – Acho que Miller teve ajuda. Um amigo ou amigos que começaram os trabalhos.

– E você acha que esse cadáver é de um desses amigos?

– Aposto meu dinheiro nisso. As testemunhas do trem disseram que eles se conheciam. Talvez esse amigo estivesse tentando chantagear Miller... e Miller o matou.

– Mas por quê? Nada disso faz sentido.

Tony Fowler sorriu, amargo. – Depois de um tempo, você vai perceber que tem muito trabalho na polícia que faz pouquíssimo sentido: as mortes, os assaltos, estupros, roubos. Às vezes há um padrão; no entanto, geralmente é apenas um caos.

Victoria Heath sacudiu a cabeça. – Não quero acreditar nisso.

– Quando você já estiver na corporação há algum tempo, como eu – disse Folwer, abrindo as portas pesadas –, vai querer.

– A VÍTIMA é um homem branco, de vinte e poucos anos, vinte e dois, talvez vinte e três, um metro e oitenta e três, sessenta e três quilos... pouco peso para essa altura – acrescentou o legista, dando uma olhada para os dois policiais.

Fowler estava olhando o legista, evitando deliberadamente o corpo nu na bancada de metal; Heath encarava fixamente o cadáver decapitado.

– A vítima apresenta marcas perfurantes extensas ao longo de ambos os braços, indicando uso sistemático de drogas...

– Mac – disse Fowler, subitamente –, nós dois tivemos um dia incrivelmente longo. Precisamos ficar aqui, enquanto você faz todo o procedimento de praxe? Apenas nos dê os pontos de destaque, sim? Nos termos de um leigo.

– Claro. – Gavin Mackintosh sorriu. Estendeu a mão e desligou o microfone. O escocês imenso prosseguiu, informalmente. – O que temos aqui é um viciado destruído. Ele vem se autoaplicando há dois, talvez três anos.

Ele então virou os braços, mostrando as marcas, algumas já cicatrizadas, com pontos escuros, outras ainda recentes, com cascas. – Quando ele ficou sem veias para se aplicar em um dos braços, passou ao outro. E, se você verificar entre os dedos dos pés, verá que ele tentou injetar ali também. Como mencionei, ele estava abaixo do peso, amarelado, tinha hepatite, talvez fosse até HIV positivo.

– Não quero seu histórico médico. Quero saber como ele morreu.

O escocês sorriu novamente. – Alguém decepou sua cabeça, foi assim que ele morreu.

– Isso foi o vidro da janela do trem... – disse a Sargento Heath, retraída.

Mackintosh sacudiu a cabeça. Ergueu a cabeça separada do corpo de uma bandeja de metal, em uma mesinha lateral, e a segurou. Victoria Heath sentiu o estômago se revirar.

– Ele foi atingido três vezes, aqui... aqui no rosto, e – Mackintosh virou a cabeça calmamente, quase como se fosse uma bola de basquete – aqui, na parte de trás do pescoço. Esses dois golpes foram desferidos por um objeto plano, cego; o terceiro golpe foi dado por uma arma cunhada. Esse golpe decepou a cabeça e o impulsionou à frente, na direção da janela. O vidro que caiu cortou a carne e os tendões do corpo, mas, nesse momento, o jovem já estava morto. Escavamos o ferimento e descobrimos farpas e fagulhas de metal oxidado. Ferrugem, na nossa língua. Na minha opinião, esse jovem foi morto por uma espada. Uma espada enferrujada.

– Uma espada! – Fowler esbravejou. – Nenhuma das testemunhas relatou ter visto uma espada.

– Disseram que foi uma barra de ferro – acrescentou Victoria.

– Uma espada *é* uma barra de ferro... com um fio – disse Mackintosh. – Os dois golpes aqui foram causados pelo lado chato da espada. O golpe mortal foi com o lado afiado da espada. Aposto a minha aposentadoria que sua arma do crime é uma espada enferrujada.

– Isso está ficando esquisito – sussurrou Victoria.

– Ainda nem chegamos à parte esquisita. – Mackintosh deslocou as mãos até o dorso do cadáver. – Olhem para nosso jovem amigo. Podem me dizer o que está faltando? Quero dizer, além de sua cabeça – acrescentou, sorrindo.

Tony Fowler olhou para o corpo e sacudiu a cabeça.

Victoria Heath engoliu com esforço e se obrigou a olhar para o corpo. – Sangue – disse ela, finalmente. – Achei que haveria mais sangue.

– Bravo. Há aproximadamente quatro litros de sangue no corpo humano. Em um ferimento traumático como esse, era de esperar que ele perdesse um bocado de sangue, até que o coração parasse de bater e a circulação cessasse. Mas ainda restaria sangue no cadáver.

– O vagão do trem parecia um abatedouro – comentou Tony.

– Um pouquinho de sangue rende muito. – Mackintosh espetou o dedo no cadáver sobre a mesa. – Estimamos que ele tenha perdido aproximadamente um litro no vagão. No entanto, nosso amigo aqui não tem sangue no corpo. Nenhum – disse ele. – É como se tivesse sido sugado até secar.

34

Dessa vez, Elliot não iria correr riscos.

Embora seu empregador não o tivesse ameaçado explicitamente, Elliot *ouvira* a ameaça implícita em sua voz, compreendera-a, e soube que dessa vez não poderia se dar ao luxo de falhar. Ainda não sabia como o homem tinha conseguido seu número e como sabia que Miller dera a espada ao sobrinho de Judith Walker. Tinha a sensação de que chegara a hora de começar a pensar em umas férias distantes. A Austrália era agradável nessa época do ano.

Ele havia dirigido até Scarsdale Villas, na *van* de Skinner: Elliot não correria o risco de alguém avistar seu carro nas redondezas do que poderia se transformar na cena de um crime. Estava usando calças do Exército e tênis baratos, e calçara um par de luvas cirúrgicas antes de entrar na *van*. Mesmo que algo desse errado e ele fosse visto, tinha um álibi sólido: estava jogando cartas com seus amigos, em Chelsea; três cidadãos sólidos jurariam diante do fato de que ele havia embolsado o bolão daquela noite, oferecendo uma garrafa de Bourbon de dezessete anos para comemorar.

Robert Elliot era um homem que não acreditava em correr riscos.

As únicas pessoas que sabiam que ele estava ali eram seus companheiros, Skinner e um jovem mulato de olhos vazios chamado Karl, que Elliot desconfiava ser escravo ou amante de Skinner, talvez as duas coisas. Se fosse necessário, Elliot descartaria ambos, sem hesitar: um pacto suicida entre amantes. A polícia nem sequer investigaria.

– Está em boa forma, sr. Elliot – disse Skinner, observando os lábios do homenzinho se curvarem em um sorriso.

– Esta deve ser uma noite divertida – murmurou ele, dando uma olhada nas casas enfileiradas, checando os números.

Era uma rua tranquila; eles não poderiam deixar o garoto gritar. – Entre logo e mantenha-no sob controle – ordenou ele, enquanto seguiam pela rua calmamente, sem chamar a atenção. – Queremos a bolsa que Miller deu a ele, e a espada. Depois, vamos ver que outra informação conseguimos tirar dele.

– Como sabe que Miller esteve aqui, sr. Elliot? – perguntou Skinner.

Robert Elliot sorriu. – Tenho as minhas fontes.

35

Owen Walker estava na porta, recostado no batente, bebericando o chá Eearl Grey que tinha acabado de fazer, olhando a sacola que a estranha de olhos arregalados lhe dera. Ainda estava no chão, onde ela a deixara. Ele ficara tentado a entrar em contato com a polícia, mas descartou a ideia como ridícula. O que lhes diria? Que uma garota exausta lhe trouxe uma mensagem de sua tia? Ele havia tentado ligar para a tia Judith, mas o telefone estava ocupado, o que era estranho, por ser tão tarde. Mas ele sabia que a tia com frequência trabalhava noite adentro. Uma olhada superficial no conteúdo da sacola revelou que ela estava cheia de papéis manuscritos e algumas cartas antigas. Por que sua tia lhe mandaria uma sacola de papéis? E por que ela não usou o correio comum? Tudo parecia um tanto secreto. Talvez sua tia estivesse ficando maluca. Ela passava os dias e as noites vivendo em um mundo de fantasia; era só uma questão de tempo até que perdesse o contato com a realidade.

Owen pousou sua xícara na mesa e afundou na poltrona perto da lareira, sentindo uma pontada de culpa. Quando foi a última vez que visitara a tia?

Esticou o braço para pegar o telefone e apertou o botão de rediscagem. Imediatamente surgiu o som de ocupado. Ele franziu o rosto. Pela chance improvável de estar ligando para o número errado, verificou em seu BlackBerry, depois ligou novamente. Ainda estava ocupado.

Deu uma olhada no relógio, tamborilando o telefone em seu lábio inferior. Dez e quarenta e cinco. Ligou de novo. Ainda ocupado, mas agora ele começou a achar que estava enguiçado. Ela tinha um telefone celular, mas ele sabia que não adiantava tentar: ela raramente ligava o aparelho.

Owen olhou novamente o relógio. Ligaria de manhã e, se ainda estivesse ocupado, pegaria o primeiro trem para Bath.

Estava estendendo o braço para pegar a sacola da tia quando ouviu passos na escada que descia ao apartamento, no subsolo. Uma sombra passou por sua janela, depois uma segunda, e uma terceira.

Owen Walker olhou através da cortina. Três homens estava em pé, do lado de fora de sua janela. Um *skinhead*, um homem mais jovem, de cabelos curtos, e um baixinho corpulento. Ele viu o corpulento esticar o braço para apertar a campainha e notou o anel com brasão em seu dedo mindinho... e então percebeu que o desenho estava desfocado e compreendeu o efeito – já assistira a episódios suficientes de *Law & Order*. O baixinho estava usando luvas cirúrgicas cor da pele.

A campainha tocou.

Owen deu um solavanco se afastando da janela, mas só depois que o baixinho tinha se virado, olhado diretamente para ele e sorrido. Ele tirou do bolso um alicate. A expressão em seu rosto era aterrorizante.

Com o coração disparado, Owen buscou sua jaqueta. Tinha de pegar o telefone.

E, o tempo todo, a campainha tocava continuamente.

ELLIOT MANTEVE o dedo na campainha, enquanto Skinner trabalhava na fechadura. A maioria das pessoas nunca esperava ser roubada, jamais achava que seu lar seria atacado ou que seria assaltada. Esse tipo de coisa sempre acontecia com outra pessoa, então, quando acontecia, elas estavam totalmente despreparadas. Nesse momento, o sr. Walker provavelmente estava petrificado de medo. A campainha ininterrupta deixaria seus nervos no limite. Talvez ele estivesse à procura de uma arma, uma faca de cozinha, ou de um mexedor de lareira; Elliot esperava que sim. Ele sempre fazia questão de usar suas armas contra eles.

Skinner gemeu de satisfação quando a fechadura estalou e se abriu.

E os três homens entraram no *hall*.

– EU LIGUEI para a polícia. – Owen tentou desacelerar a respiração ofegante e pensar com clareza. Seu coração batia com tanta força no peito que seu corpo inteiro estava vibrando. A adrenalina o percorria, fazendo seus dedos tremerem, e ele estava tendo dificuldade para ligar o telefone. Apertou o número da polícia. Só precisaria segurar os invasores até que a polícia chegasse. – Eles estão a caminho.

Ele pegou a beirada da mesa e a empurrou de encontro à porta, depois prendeu o mexedor da lareira. Não havia como fugir pelos fundos; o apartamento de subsolo dava para um pequeno jardim murado. Não havia como sair pelas janelas gradeadas, e ele sabia que a idosa que morava no apartamento diretamente acima do seu era meio surda, portanto, mesmo que gritasse pedindo ajuda, ninguém ouviria.

Houve movimento no *hall*, as tábuas do piso rangeram, mas nenhum outro som, e isso era ainda mais assustador.

Subitamente a porta da sala se moveu, batendo contra a mesa que ele havia empurrado e encostado a ela. Então a porta foi forçada, deslocando a mesa alguns palmos. Segurando o mexedor em uma das mãos, enquanto tentava segurar o telefone com a outra, Owen Walker o bateu na janela, estilhaçando o vidro, e cacos bateram em sua testa, arranharam seu rosto. Pressionando a boca na abertura, começou a gritar – Socorro!... Eu preciso de ajuda!...

– Alô, emergência, como posso ajudá-lo?...

Como o coração estrondando, Owen gritou ao telefone: – É um arrombamento. Meu endereço é Scarsdale Vi...

A luva de borracha fedorenta pressionou sua boca, enquanto outras mãos o agarraram pelos ombros e o arrastaram, chutando e relutando, afastando-o da janela. O telefone caiu no chão, a tampa se abriu e a bateria caiu no tapete, cortando a ligação.

– Você não deveria ter gritado – disse o baixinho forte. Ele aproximou tanto o rosto que Owen sentiu seus cabelos roçarem em sua pele. Owen se retraiu do contato, afastando o rosto do hálito adocicado de menta do homem. Ele foi socado em uma cadeira, e dois jovens – o *skinhead* e seu companheiro de cabelos curtos – pressionaram seus ombros, assegurando que ele não pudesse se mexer.

– Não, você não deveria ter gritado – repetiu o homem. – Nem deveria ter ligado para a polícia – acrescentou ele, esmagando o BlackBerry com o calcanhar. Afastado, ele observava inexpressivo, enquanto os colegas amarravam e amordaçavam Owen. O pano que eles enfiaram em sua boca rasgou a pele fina dos dois lados de sua boca, e o jovem ficou relutando para não vomitar. Se o fizesse, poderia facilmente se asfixiar com o próprio vômito.

O homenzinho de olhos frios parou para pegar o mexedor no chão. – E para que você usaria isso, hein? Para acender o fogo? – Sob o reflexo das luzes da rua, seus lábios molhados brilharam. Ele os lambeu subitamente, em um movimento rápido, depois se inclinou à frente para segurar o maxilar de Owen com dedos de ferro, apertando a pele das bochechas. – Eu até gostaria de acender o fogo com um garoto bonito como você. Realmente gostaria. Nós poderíamos... nos divertir juntos. – Ele se permitiu deslizar a mão pelo pescoço de Owen, descendo até a virilha. – Mas tempo é um luxo que eu não tenho. Então, serei breve. Diga-me o que quero saber e nós o deixaremos em paz. Se mentir para mim, vou machucá-lo. Muito. Está me entendendo?... Está? – subitamente rosnou.

Owen assentiu. Não tinha certeza se sua mensagem tinha sido captada pela polícia. Mesmo que eles não tivessem pegado o endereço, conseguiriam rastrear a ligação de seu celular... ou teriam ouvido o pânico em sua voz... Ele tinha de ganhar tempo... tinha de...

– Uma mulher chamada Sarah Miller veio visitá-lo hoje. O que ela lhe deu? – O baixinho bruscamente arrancou a mordaça. Owen se retraiu no momento em que o sangue minou em seus lábios secos. – Se você gritar eu vou quebrar seus dedos – disse o homem, erguendo o alicate, abrindo-o e fechando-o bem perto dos olhos de Owen.

– Miller? Eu não... – ele começou a dizer.

O homenzinho começou a sacudir a cabeça. – Não me diga que não sabe. Isso vai me aborrecer. Você não vai querer me ver aborrecido, vai? – Segurando a cabeça de Owen, ele a moveu de um lado para o outro. – Que bom. Bem, eu sei que ela esteve aqui. Sei que ela lhe deu uma bolsa. Quero saber o que ela lhe disse, onde ela está, e o que você fez com a bolsa.

Owen focou na dor de seus lábios machucados e continuou olhando diretamente nos olhos de seu torturador. Sabia de que bolsa o baixinho estava falando: ela estava no chão, quase diretamente atrás de Elliot, onde devia ter caído da cadeira. Tudo o que Owen precisava fazer era abaixar a cabeça, e estaria olhando diretamente para ela.

– Uma jovem veio aqui, algumas horas atrás – disse ele rapidamente. – Ela carregava uma bolsa. Alegou que tinha vindo a mando da minha tia Judith. Mas, quando falei com minha tia, ela disse que nunca tinha ouvido falar dela.

O homenzinho atingiu Owen rapidamente, com precisão, usando o dedo com o anel, acertando seu queixo. Uma marca vermelho-arroxeada surgiu imediatamente. – Eu lhe disse para não mentir para mim. Você não poderia ter falado com a sua tia. – O sorriso do baixinho estava fixo, sua testa brilhava de suor. – Porque ela está morta. Meus colegas aqui a mataram. Lentamente. Ah, bem lentamente. Acho que ela foi dura de matar.

– Morta? Não.

– Ah, sim. – O *skinhead* em pé, atrás de Owen, deu uma risadinha, um som molhado de pigarro. – Morta. Bem morta.

O baixinho voltou a apertar os dedos no maxilar de Owen, forçando sua cabeça para trás. – Eu quero a bolsa e o que há dentro dela. Quero saber se a garota lhe disse onde ficaria.

– Eu não sei – Owen começou a dizer.

– Acho que sabe. – O homenzinho enfiou novamente a mordaça na boca de Owen, prendeu o lóbulo de sua orelha com o alicate e o apertou. A dor foi inacreditável. Owen se contorceu na cadeira, gemendo com a mordaça. – Responda-me, ou vou arrancar a sua orelha. – Ele tirou a mordaça.

– Você pode ir se fo...

O baixinho segurou o pescoço de Owen com as duas mãos, apertando. Subitamente Owen não conseguia respirar e os gritos morriam em seu peito.

– Responda! – exigiu o homem, soltando-o.

Atrás dele um dos jovens riu, um som agudo e feminino.

–Vou lhe contar tudo o que sei – Owen resfolegou, sabendo que a polícia não chegaria a tempo.

36

O mendigo de um olho só se encolheu junto ao portal e observou a jovem sair das sombras. Ela ia atravessando a rua, depois parou, indecisa, antes de disparar de volta, pelo mesmo caminho, regressando à sombra.

O mendigo sentou-se, e o saco de papel em seu colo caiu no chão com uma batida seca, rolando pelo meio-fio, o vidro tilintando. O mendigo observava, tentando se lembrar se ainda restava algo na garrafa. Sua memória não era mais tão boa. Uma silhueta surgiu na sombra e o mendigo recuou, mas era apenas a jovem novamente. O pé dela bateu na garrafa embrulhada no papel, lançando-a mais longe.

– Quem é você, e o que está fazendo aqui? – a jovem sussurrou, alarmada.

O mendigo sacudiu a cabeça rapidamente, mantendo o rosto abaixado, sem olhá-la nos olhos, enquanto a luz da rua lançava um brilho amarelado e insalubre. A bandagem grossa sobre seu olho esquerdo estava imunda. – Não sou ninguém. Só estava cochilando aqui...

– Há quanto tempo está aqui?

O mendigo franziu o rosto, tentando discernir o tempo. – Um bocado – ele acabou dizendo, depois sacudiu rapidamente a cabeça. – Um bom tempo.

–Viu alguns homens passando por aqui, há alguns instantes?

O mendigo assentiu novamente. Ele os vira e logo reconhecera o que eram, e seu instinto de sobrevivência nas ruas o conduziu de volta ao escuro. Estreitou o único olho para a jovem de olhos arregalados. Será que ela estava com eles? Ele achava que não...

– Para onde eles foram?

O mendigo apontou com as unhas compridas e imundas. – Por ali... por ali.

Sarah Miller se endireitou e olhou na direção do apartamento de Owen Walker. Algo frio e amargo se instalou em seu estômago: ela tinha levado os assassinos direto até Owen.

Eles iam matá-lo, e ela seria responsável por isso.

37

Pressionada junto à fria parede de pedras, Sarah conseguia ouvir enquanto eles o torturavam.

Um deles estava falando. Um homem de voz vil, palavras amargas, cheias de ódio e diversão. Então houve um resfolegar engasgado, agudo, seguido pelo som de alguém rindo.

Eles o estavam torturando pelo mesmo motivo que haviam matado sua tia. Pela bolsa. Pela espada.

Ela arriscou uma olhada rápida para dentro, pela janela quebrada. Um homem estava bloqueando a sua visão, perto o suficiente para ela tocá-lo, mas acima de seu ombro ela podia ver claramente o *skinhead*, em pé, ao fundo. Não conseguia ver Owen, nem o homem com a voz vil, mas dava para ouvir as perguntas e os golpes.

A porta da frente foi aberta com seu leve empurrão.

Agora os sons estavam mais claros, assim como o choro sufocado de Owen, o riso do *skinhead* e a voz amarga do pequeno homem.

– ... Sarah Miller.

Chocada, ela parou, ouvindo seu nome ser mencionado. Como eles a conheciam? A menos que... a menos que... A ficha caiu como uma onda gélida: esses eram os mesmos homens que haviam ligado para o seu escritório, os mesmos que tinham esquartejado a sua família.

Movida por pura ira, Sarah já os estava seguindo, sem sequer ter consciência disso. Foi como se o tempo tivesse desacelerado, mostrando uma série de imagens congeladas:

... o homenzinho se virando em sua direção, com o alicate nas mãos.

... um dos jovens saltando em sua direção.

... o choque do reconhecimento no rosto de Owen Walker.

Então, o baixinho a golpeou no peito, com a ponta do alicate. A dor lhe tirou o fôlego e ela desabou no chão, tentando respirar. Bateu em uma cadeira e caiu de lado, e a bota com biqueira de aço, que vinha na direção de sua cabeça, atingiu o seu ombro, anestesiando o braço inteiro, girando-a em um meio círculo, rolando-a até uma bolsa conhecida da Tesco.

–VIVA – GRITOU Elliot. – Eu a quero viva. – Ele sorriu. Subitamente, tudo daria certo. Ele podia entregar Sarah Miller ao seu empregador e tudo ficaria bem outra vez. Observou o *skinhead* atacar Miller novamente, acertando-lhe no alto da coxa, com sua bota de bico metálico. O jovem estava se movendo para dar outro chute selvagem quando Sarah rolou para o lado, tirando um embrulho de papel de dentro da sacola que estava no chão, espalhando os papéis pela sala.

A bolsa.

Elliot ergueu o braço para avisá-lo, mas, a essa altura, Sarah tinha se erguido sobre um dos joelhos, segurando firme o jornal com as duas mãos. Ela se lançou à frente, acertando o *skinhead* na virilha. Antes mesmo que ele visse o jornal ficar vermelho de sangue, Elliot já sabia o que o jornal ocultava.

A ESPADA Quebrada perfurou a pele macia, destruindo o tecido, os músculos e os frágeis órgãos internos. O sangue jorrava, fervilhando no local em que encharcava o jornal, chiando ao tocar o metal. Sarah deu um solavanco para cima, com a arma antiquíssima, e a borda enferrujada da espada, dura e cega, caprichosamente dilacerou a carne, destripando o jovem.

Em algum lugar, o chamado longínquo da corneta da caça, em algum lugar, um leve tilintar de metal com metal, a canção da espada.

Sarah deu um puxão, liberando a espada. O jovem balançou pálido, com os olhos arregalados do choque, a boca aberta, as duas mãos sobre o ferimento aberto na boca de seu estômago. Dando um passo à frente, ainda segurando a espada com as duas mãos, a mulher desceu o metal, com um movimento cortante, acertando-o abaixo do maxilar. Surpreendentemente, houve pouco sangue quando a cabeça saiu rolando para longe do corpo.

Os caçadores estavam próximos, suas cornetas gritavam, o latido dos cães era mais ruidoso.

Sarah Miller saltou por cima do corpo esquartejado e ergueu a espada acima de sua cabeça, com as duas mãos. A espada bateu na lâmpada, lançando a sala à escuridão, e centelhas de fogo se revolveram pela extensão da lâmina.

Elliot e Skinner se viraram e saíram correndo pela rua ao surgir a luz de um carro de polícia, que chegou a banhar os dois homens de azul e branco. Eles saltaram por cima do carro e saíram em disparada noite adentro, com o carro em sua captura, e ela soube que eles logo voltariam. Sarah se virou para Owen. – Eu preciso sair daqui. Você pode me levar? – Ela ergueu Owen, confuso, colocando-o de pé.

– Você o matou. Você o matou – disse Owen baixinho. – Você o apunhalou, depois decepou sua cabeça. Você matou um homem.

– Na verdade, foram dois. Eu explico depois. Estamos correndo um perigo tremendo.

Owen se sentia enjoado e a dor de cabeça era tão intensa que ele sabia que, caso se mexesse, vomitaria. – Ficará tudo bem. Eu vou dizer à polícia que você fez isso para me salvar. Foi por isso que você voltou, não foi?

Sarah assentiu, sentindo a cabeça latejar com o movimento. – Eu não poderia abandoná-lo com eles. Eu vi o que eles fizeram com a minha família... e com Judith.

– Esses homens estavam falando da minha tia, dizendo... dizendo... – Ele subitamente se lembrou do que eles estavam dizendo. – Eles disseram que ela está morta – sussurrou ele, com voz rouca.

Sarah estendeu a mão e apertou a mão de Owen. Ela estava tentando respirar pela boca; o fedor no apartamento, do cadáver, era esmagador, uma mistura de excremento, urina e sangue. – Sua tia está morta,

Owen. Esses homens a mataram. Eles a mataram por causa da bolsa com a espada que eu lhe dei. Ela não a entregou a eles, não disse onde estava. Ela foi forte, muito forte, até o fim. Ela me pediu para entregar a bolsa e a espada a você, e me pediu para lhe dizer que lamentava.

– Lamentava?

– Acho que ela sabia que isso só lhe traria problemas. – Sarah olhou fixamente para ele. – Acho que você deve pegar a bolsa e a espada e escondê-las em algum lugar seguro. Depois, acho que deve fazer exatamente a mesma coisa. Essa gente já matou; eles mataram a minha família, mataram sua tia Judith, estavam preparados para matá-lo hoje. Vá para longe. Esconda-se, até que essa gente esteja presa. Precisamos ir. Agora.

– Mas por quê?

– Eu não sei – disse ela, cansada. – Tem algo a ver com a espada.

– Que espada?

Ela ergueu o metal em sua mão. Boa parte da ferrugem tinha descamado, revelando o metal brilhante por baixo. – Essa é Dyrnwyn.

Owen estendeu o braço e tocou o metal com a ponta do dedo. Surgiu uma faísca entre os dois, e ele deu um puxão na mão. – Mas, minutos atrás, quando você o apunhalou... eu podia jurar que a espada estava inteira.

Sarah sacudiu a cabeça. – A espada está quebrada. – Subitamente virou a cabeça, e o movimento fez a sala girar. – Você está ouvindo alguma coisa?

– Nada. O que é?

– Eu achei... achei ter ouvido cornetas. Cornetas de caça.

38

A reação só veio quando eles já estavam bem distantes do apartamento, com Skinner dirigindo bruscamente, segurando o volante com tanta força que os nós de seus dedos estavam esbranquiçados. Subitamente, o *skinhead* encostou na lateral da estrada, abriu a porta, pôs a cabeça para fora e vomitou.

Elliot engoliu com força e olhou para o lado, passando uma das mangas nos olhos lacrimosos e no nariz.

Skinner bateu a porta. Respirava ofegante e bateu no volante. – Eu vou matá-la. Vou trucidar aquela mulher. – Eles tinham escapado dos policiais, mas o *skinhead* sabia que teria de abandonar sua amada *van*. Tinha certeza de que os policiais a haviam visto. E se virou para Elliot. – Quem diabos é essa mulher? Achei que ela não fosse ninguém, nada. Você me disse que ela não era ninguém – falou, em tom acusador.

– Ela não é ninguém – disse Elliot, cansado.

– Essa ninguém matou dois dos meus. Ela matou Karl!

– Eu sei. Eu sei. Encontre um telefone público. Preciso ligar para uma pessoa.

– Você tem celular, use – Skinner vociferou. – Essa merda é tudo culpa sua – acrescentou ele.

Elliot apertou a garganta de Skinner, pressionando-a com os dedos finos, e suas unhas compridas e cuidadas deixaram marcas na pele clara. Antes que Skinner pudesse reagir, o baixinho pegou o alicate e apertou lentamente a ponta da língua do *skinhead*. – Jamais volte a falar comigo dessa maneira! E apertou o alicate para dar ênfase. – Agora, seja um bom garoto e faça o que lhe digo.

VYVIENNE ESTIVERA no Astral, no Outro Mundo, quando o *skinhead* foi morto.

Com a facilidade da longa prática, ela interpretou os pontos e as linhas de cores vibrantes. Pôde visualizar o que estava acontecendo e localizar exatamente onde eles estavam. As cores gritavam para ela: o azul-cobalto do terror do garoto contrastava fortemente com o verde-floresta e com o azul-noite de Elliot e de seus dois capangas. A mulher notou que a avidez de Elliot por sangue era temperada pelo amarelo da excitação sexual. Então surgiu a garota, inundando as cores com seus próprios tons: branco-frio, tingido de vermelho e preto. Terror. Raiva. Depois, a dor.

Então, subitamente, outra cor inundou o Outro Mundo. Uma luz amarela-brilhante reluziu, engolindo todas as outras cores, em um lampejo de energia resplandecente.

A espada havia experimentado sangue.

Novamente.

Pulsações antiquíssimas e incrivelmente poderosas de luz dourada tremularam pelo Astral, arremessando Vyvienne para trás. Por um instante, ela tinha visto diretamente o Mundo Encarnado, abaixo. E tinha visto Sarah Miller erguer o pedaço quebrado da espada e golpear o garoto.

Vyvienne acordou gritando, abanando as mãos para o fogo amarelo que a varria, uivando sem palavras à medida que a espada mergulhava na carne do garoto e devorava seu sangue e sua alma.

Ahriman abraçou-a, protetor, tranquilizando-a, deixando que ela sorvesse um pouco de sua força. Com a cabeça dela pressionada no seu peito, ele puxou o lençol para cobrir seu corpo nu, para que ela não visse as bolhas que começavam a surgir em sua pele.

– O que você viu? – perguntou ele, afagando-lhe as têmporas.

– A Espada Quebrada. Ela matou novamente. Bebeu sangue. Energia. Vida. Uma força tão grande... – murmurou, sonolenta. – Que poder.

– Onde está? – perguntou Ahriman.

– Que poder – murmurou Vyvienne, e adormeceu.

No quarto, o telefone começou a tocar.

– ENTÃO VOCÊ falhou novamente comigo, Elliot. E também perdeu um de seus homens.

– Mas como... – Não havia meio algum de seu empregador saber. Nenhum. A menos, é claro, que ele tivesse alguém observando a casa.

– Você se esquece, sr. Elliot, que eu sei tudo o que há para saber a seu respeito. Sei o que você faz e com quem faz. Sei aonde você vai, quem você vê... Eu sei tudo. Agora, diga-me que está com a espada.

Elliot franziu o rosto. Se seu patrão sabia tudo, então por que não sabia onde estava a espada? Ou isso era uma armadilha, para ver quanto ele revelaria? – Não estou com a espada – admitiu. – Sarah Miller dilacerou um dos meus homens, depois nos atacou. Nós mal conseguimos sair vivos.

– Ela ainda está no apartamento do americano?

– Até onde eu sei, sim.

– Então volte lá e pegue os dois. Eu os quero vivos. Não necessariamente ilesos, mas os quero vivos. E me traga aquela espada. Não falhe comigo outra vez, sr. Elliot, ou haverá graves consequências – acrescentou ele antes de desligar.

– PRECISAMOS VOLTAR – disse ele a Skinner, entrando na *van*.

– Nem ferrando que eu vou voltar!

Elliot ignorou-o. De debaixo do banco, tirou uma corrente e a soltou no colo de Skinner. Depois pegou uma marreta. Sob o reflexo das luzes da rua, seu sorriso era fantasmagórico. – Tudo o que temos a fazer é entregá-los vivos. Não importa em que condições.

O *skinhead* sorriu e assentiu, compreendendo. Sem dizer uma palavra, Elliot manobrou a *van*.

Ele iria gostar de quebrar as rótulas de Sarah Miller.

39

— Para onde você vai?

Owen sacudiu a cabeça. – Não sei.

O casal estava na sombra, observando qualquer movimento na rua tranquila. Com exceção de um mendigo imundo, de cabelos grisalhos, encolhido em uma soleira, a rua parecia deserta.

Owen pegou a chave do carro e atravessou a rua até o Honda Civic de sete anos, mal estacionado. Sarah apressou-se atrás dele, segurando a bolsa de Judith em uma das mãos, a Espada Quebrada na outra. Owen já estava com o carro ligado quando ela entrou.

Do lado de dentro, eles suspiraram juntos, aliviados.

– Deixe-me na delegacia mais próxima – disse Sarah, cansada.

– Tem certeza de que não vai mudar de ideia?

– Não faz sentido ficar fugindo. Quanto mais eu fugir, mas convencidos eles ficarão de que sou culpada. – Ela subitamente parou. – E sou.

– Legítima defesa – retrucou Owen.

– Não tenho certeza se a polícia verá assim.

Sarah olhou pela janela. Tanta coisa havia acontecido nos dois últimos dias, tantas coisas incompreensíveis. Ela ficou imaginando se algum dia conseguiria se livrar do fedor da morte. Sentia o cheiro permanentemente impregnado em sua roupa, embebido em sua pele, uma mistura nojenta de gás e excremento, o odor metálico de sangue e outro cheiro indefinível: o fedor do medo.

Ela tinha matado um homem.

O segundo naquele dia.

Ergueu o naco enferrujado de metal e o virou, nas mãos manchadas de vermelho. Presumia que a mancha em suas mãos fosse de ferrugem; no entanto, desconfiava do contrário. Uma parte dela, nos recônditos de sua mente, acreditava que a espada estava sorvendo sangue.

– Sarah?

Dyrnwyn, a Espada Quebrada.

– Sarah?

Ela se lembrou do peso em suas mãos, do equilíbrio perfeito quando golpeou, como se a espada fosse uma extensão natural de seu braço. No instante em que a espada mergulhou no corpo do garoto e se alimentou dele, ela tinha se sentido... *saciada*. E se lembrava da onda de calor que percorreu o seu corpo.

– Sarah?

Ela percebeu que Owen estava falando. – Ainda acho que tenho de ir como você até a polícia. Quando eu explicar as circunstâncias...

Sarah se virou e segurou o rosto dele com as duas mãos, e seus dedos deixaram marcas vermelhas na pele morena. – Ouça. A polícia já desconfia que eu matei minha própria família. Eles sabem que estive na casa de sua tia esta tarde. Tenho certeza de que eles acham que também a matei – acrescentou, amarga. – Agora, eles têm um corpo no trem e outro aqui. Vão me trancafiar para sempre, e eu não vou arrastar você para dentro disso. Você nem me conhece. – Os olhos dela estavam cheios de lágrimas, e ela estava tendo dificuldade para respirar.

Owen cuidadosamente afastou as mãos dela de seu rosto. Apertou seus dedos, até que doeram, e ela assimilou a dor. –Vou com você até a polícia – ele disse firmemente. – Eles vão acreditar em mim.

– Como? – perguntou ela.

– Farei com que acreditem. Vou dizer a verdade.

– Que verdade? – Ela riu, trêmula.

Seguiram no carro em silêncio, por alguns minutos. No sinal, Owen virou-se para ela e perguntou sério: – Você não está interessada nos homens que estão por trás disso? Os homens que me atacaram esta noite... – a voz dele subitamente falhou. – Os homens que mataram a minha tia. Não está interessada em vê-los levados à justiça?

Sarah olhava diretamente em frente, recusando-se a verter mais lágrimas. – Esses homens mataram toda a minha família. Eu quero vê-los apodrecer, quero justiça... mas sei que não há nada que eu possa fazer. Essa gente matou e vai matar novamente, e tenho certeza de que estão nos caçando agora.

– Mas por quê?

Sarah Miller ergueu os restos da espada em seu colo. – Por isto.

– Uma antiguidade quebrada?

Sarah sacudiu a cabeça. – Mais que isso. Muito mais.

– Mas o que é?

– Ainda não tenho certeza – murmurou ela. Então, sacudiu a cabeça. – É antiga... não, é mais antiga que isso, é milenar. E mortal.

40

Skinner debruçou-se no volante. – Lá estão eles. No Civic vermelho.

– Estou vendo – murmurou Elliot. O carro estava saindo da Scarsdale Villas, pegando a Earls Court Road. – Droga – disse ele baixinho. – Eu estava torcendo para pegá-los em casa, ou em alguma rua tranquila, onde seus gritos não atraíssem muita atenção.

– O que faço? – perguntou Skinner.

– Siga-os. Nós atacaremos na primeira oportunidade. – Ele ergueu a marreta e deixou a cabeça da ferramenta bater na palma da outra mão. *Vivos*, dissera seu patrão, *mas não necessariamente ilesos*.

– ACHO QUE tem uma *van* nos seguindo.

Sarah resistiu à tentação de olhar para trás. – Como sabe?

– Estamos indo a trinta. Todo mundo está indo a pelo menos cinquenta, mas a *van* está na mesma velocidade que a gente.

– Vire em algumas ruas. Veja se eles nos seguem – sugeriu Sarah. Os dedos dela enlaçaram o cabo da espada, haurindo força do metal oxidado.

Sem sinalizar, Owen imediatamente virou à esquerda. O carro entre eles e a *van* parou repentinamente, cantando os pneus, e o motorista assustado simultaneamente apertou a buzina. No final da rua, Owen virou à direita, depois novamente à direita. Depois virou à esquerda, voltando à Earls Court Road.

– Nós os perdemos – Sarah respirou.

Quando eles reingressaram no tráfego, a *van* entrou após dois carros atrás deles.

– Não, não os perdemos – disse Owen.

– ELE NOS viu! – esbravejou Skinner.

Elliot assentiu. – Encoste nele. Force-o para fora da rua.

– No meio da cidade?

– Ande! – Elliot estava apostando que ninguém iria querer se envolver. Com a revolução do celular, uma apatia coletiva se desenvolvera, sugerindo que as pessoas só se envolvessem ligando para a polícia. Podiam ostentar terem feito a coisa certa, sem culpa, sem se envolver fisicamente, seguramente abrigados em seus carros.

Ninguém se atreveria a correr o risco.

Sarah Miller tinha corrido o risco e olhe o que lhe acontecera.

Eles tinham alguns minutos até que alguém ligasse para a polícia, e mais alguns minutos antes que a polícia realmente chegasse à cena. Tempo de sobra para cuidar do negócio. E se algum benfeitor quisesse se envolver, bem, Elliot o incentivaria a se afastar. E bateu a marreta na mão.

VANS BRANCAS incomodavam Sarah desde que ela havia assistido a *O silêncio dos inocentes*. Jamais se podia confiar no motorista de uma *van* branca com o espaço de carga oculto. Enquanto a *van* encostava ao lado deles, Sarah ficou imaginando se seu destino seria acabar jogada na traseira da *van*.

Morrer no escuro.

Ela teve um vislumbre do perfil do passageiro, então o homem se virou e olhou para baixo, na direção do carrinho. Houve um único instante de reconhecimento antes que a porta da *van* fosse aberta e o homem de rosto mordaz se debruçasse para fora, empunhando um martelo na mão esquerda. – Owen! – Sarah gritou.

O martelo destruiu o para-brisa, fazendo rachaduras como teias de aranha, lançando uma chuva de cacos de vidro nos bancos da frente.

Owen gritou, dando um puxão no volante e lançando o Civic na direção da *van*, entortando a lataria, antes que o carro mais leve desse um solavanco. Ele bateu na *van* novamente, lançando fagulhas em Elliot, que estava se segurando à porta pelo cinto de segurança.

– Continue dirigindo! Continue dirigindo! – Sarah gritou ao estilhaçar o para-brisa com a Espada Quebrada, abrindo um buraco no vidro.

A *van* branca colidiu com o Civic e Sarah ficou vendo o homem que lhe agredira com o alicate se debruçar para fora, e bater o martelo no teto, rompendo o metal. Um terceiro golpe quebrou completamente a janela do motorista, e cacos cristalinos voaram no rosto pálido de Owen.

– Freie – Sarah gritou –, freie!

Owen afundou o pé no freio e os pneus do Civic rangeram e pararam. Houve uma colisão súbita com um carro entrando na traseira do Civic, seguida por uma batida menor, com outro carro parando. E outro. Um efeito dominó. A *van* passou direto, antes que seu motorista percebesse o que havia acontecido. Ele levou uns vinte metros para pisar no freio, levantando fumaça branca dos pneus da *van*. As luzes brancas de ré se acenderam.

Owen girou o volante, atravessando a rua, buzinas berrando, metal e vidro esmagados, enquanto os motoristas freavam, a maioria tarde demais.

– Você é bom – Sarah resfolegou.

– Muitas horas jogando Xbox com os meus sobrinhos. – Owen sorriu ao passar voando pelo Volkswagen que dava ré, seguindo pela Kensington High Street.

A *van* branca tentou segui-los. Ela subiu na calçada, espantando os pedestres, e voltou à rua.

Virando-se em seu banco, Sarah observou a *van* disparar à frente, mas, até que eles virassem na Kensington High Street, já tinham dispersado a *van*. – Abandone o carro – disse Sarah, determinada.

Owen limpou o rosto com as costas de uma das mãos, que ficou suja do sangue nas bochechas e na testa. Dava para sentir os cacos de vidro no rosto. – Esqueça. Não vou deixar o carro. Economizei dois anos inteiros para comprá-lo.

Sarah captou um pequeno movimento atrás deles. E se virou no banco para olhar pelo vidro traseiro, vendo a *van* avançar um sinal atrás deles. – Eles voltaram.

– Estou vendo.

– Então dirija mais depressa – ordenou Sarah.

– Isso é o mais rápido que conseguimos andar.

Instantes depois, a *van* veio a mil e mergulhou na traseira do Civic, deixando o para-choque em frangalhos.

Owen gemeu, com o cinto de segurança apertando seu peito e sua barriga, sentindo a retração dos músculos de suas costas, sabendo que sofrera uma leve contusão. Estava segurando o volante com tanta força que sentia as unhas cravadas na pele das palmas das mãos.

Onde estava a polícia?

A *van* bateu no carro outra vez, arremessando-o ao outro lado da rua. O para-choque traseiro bateu em um poste e, no momento em que a estaca metálica cedeu, a luz fluorescente explodiu, causando uma chuva de centelhas.

Owen rapidamente deu ré no carro e voltou à rua. Passou por um sinal vermelho, com a *van* na sua cola. Um Mercedes que atravessava o sinal verde colidiu com a *van*, na altura da roda traseira, fazendo com que o pesado veículo girasse noventa graus. O motorista do Mercedes, um homem de meia-idade, ficou olhando chocado a *van* seguir caminho, deixando um monte de metal e vidro quebrado no meio da rua. Ele teve a presença de espírito de anotar a placa, de dentro do carro, antes de ligar para a polícia.

– LÁ ESTÁ! – Skinner apontou.

O Civic estava estacionado na entrada da Derry Street, faróis acesos, pisca-pisca direito ligado. Ambas as portas abertas.

Elliot saltou da *van*, antes mesmo que ela parasse. E disparou, passando pelo carro, abaixando-se para olhar o lado de dentro. Estava vazio.

Nada de Sarah Miller.

Nada de bolsa.

Nada de espada.

Segurando a marreta com as duas mãos, ele se apressou descendo a rua estreita. Skinner passou dirigindo devagar. A rua estreita desembocava numa praça, a Kensington Square. Skinner parou e saiu da *van*, segurando a corrente com a mão fechada. Esperou, enquanto Elliot voltava correndo. – Eles podem ter ido para qualquer lugar – murmurou o *skinhead*.

Elliot ergueu o martelo e, por um momento, Skinner achou que ele ia atingi-lo.

– O que vamos fazer?

Elliot não sabia. Seu patrão ficaria lívido.

–Você pode dizer ao seu chefe que fizemos o possível. Não é culpa nossa que eles tenham fugido.

– Então, de quem é a culpa? – vociferou Elliot.

O *skinhead* olhou-o, inexpressivo. Depois deu de ombros. – O que vai dizer a ele?

– Nada. Absolutamente nada. – Elliot jogou a marreta para dentro da *van* e entrou. Tinha um bolada de dinheiro em seu apartamento e uma porção de passaportes. Se partisse agora, poderia estar bem longe antes que o empregador de voz gélida soubesse o que havia acontecido ali, naquela noite.

ANDANDO DEPRESSA e juntinhos, como dois pombinhos apaixonados, tarde da noite, Owen e Sarah tentavam esconder o terror enquanto desciam apressadamente os degraus da estação do metrô da Kensington High Street para pegar um dos últimos trens da noite.

SEXTA-FEIRA, 30 DE OUTUBRO

41

— Temos algum documento do cadáver?

– Ele era um *skinhead*. Descobriram isso... quando acharam sua cabeça – acrescentou Victoria Heath.

Tony Fowler atravessou a Earls Court Road sem se dar o trabalho de sinalizar, deixando buzinas fazendo barulho em seu rastro. Estava de mal humor. Eram sete da manhã e ele e sua parceira estavam quase sem energia. – Quando foi que a ligação entrou? – Os corpos começavam a se acumular, e não havia nem sinal de Miller.

– Por volta da meia-noite. Foi uma ligação incompleta para a emergência. A telefonista não recebeu todos os detalhes, mas o identificador da chamada conseguiu obter o endereço completo. Uma unidade foi até lá investigar e saiu em perseguição a alguns homens que deixavam o prédio. – A sargento Heath inclinou-se à frente e apontou à direita. – É por ali.

– O Halloween é só amanhã, e todo mundo já está maluco.

– Para dizer a verdade, ontem foi uma noite bem movimentada – prosseguiu a sargento Heath, dando uma olhada em seu caderno. – O Chelsea perdeu de dois a zero para o Villa, e houve muitos fãs desapontados. Dezessete apreensões. Depois houve um engavetamento na Earls Court Road, o que causou o fechamento de uma parte da rodovia. Eram quase duas e meia quando a unidade regressou. Eles falaram com a pessoa que deu queixa, a proprietária, uma senhora que mora no apartamento acima daquele do subsolo. Ela esteve conversando com um dos inquilinos, que disse que ela encontrara um estranho nos degraus de entrada perguntando pelo homem do apartamento. A senhora não deu muita importância, até ouvir os gritos...

– E, a essa altura, já era tarde demais. – Fowler suspirou. – Droga, quando será que essa gente vai aprender? Eles têm de ligar para a gente logo, não ficar esperando.

– O problema é que, quando eles nos telefonam, demoramos quase duas horas e meia para chegar lá – Victoria lembrou. – A ligação veio do telefone celular de Owen Walker, o universitário que aluga o apartamento.

– Walker? Alguma relação com Judith Walker?

– O garoto é americano, mas nós estamos checando. Ele trabalha para uma empresa local de consultoria. Mora aqui há três anos. – Ela estreitou os olhos, esforçando-se para ler sua própria escrita tremida. Estava em sua terceira xícara de café, e havia copiado as anotações de um colega que estivera na cena do crime.

– E depois, o que aconteceu?

– Quando os policiais chegaram ao apartamento, encontraram a janela da sala quebrada. Apontaram uma lanterna pelo buraco e viram um par de pernas no chão. Abriram a porta e, lá dentro, descobriram o corpo de um homem não identificado. Ele tinha sido destripado e decapitado por um objeto cortante. Possivelmente uma espada – acrescentou ela, com um sorriso amargo.

– Uma espada?

– Uma espada.

– Eu não acredito nessa droga – sussurrou Fowler, encostando o carro junto ao meio-fio, atrás do carro do legista. – Alguma ligação com Sarah Miller?

– Cedo demais para dizer. Namorado, talvez?

– Algum sinal da tal Miller?

– Nenhum.

GAVIN MACKINTOSH estava tirando as luvas de borracha quando os dois policiais entraram no apartamento. O rosto do escocês estava cansado, com olheiras profundas. – O que há de errado nessa cena? – perguntou ele.

Tony Fowler deu um passo ao lado do cadáver, abrindo o zíper do saco para olhar os ferimentos arrepiantes. Depois ficou ali, olhando ao redor da sala. – Nada de sangue – disse ele finalmente.

O escocês assentiu. – Sob circunstâncias normais, eu apostaria dinheiro que nosso amigo não foi morto nesta sala, que foi assassinado em outro local e seu corpo foi trazido para cá. No entanto, essas não são circunstâncias normais. Acho que não há muita dúvida de que ele lutou e morreu aqui.

– Mas onde está o sangue? – murmurou Victoria Heath.

– Exatamente! – concordou Mackintosh. – Onde está o sangue? Ele foi destripado como um peixe e sangrado. Este lugar deveria estar nadando em sangue. Sua garganta foi cortada quando ele ainda estava vivo. O sangue bombeado das artérias, sob pressão, teria esguichado pelas paredes e pelo teto. – Todas as cabeças olharam para cima. – Então, qual é a ligação entre esse cara e o corpo que eu olhei, mais cedo?

– A espada – disse Tony Fowler.

– A espada. – Mackintosh sorriu, abatido. – Ambos foram mortos pela mesma arma.

– O mesmo assassino? – murmurou Victoria.

– Seria a presunção lógica. – O escocês assentiu. – Que bom que não sou policial.

O NOME da proprietária era Diane Gale, e, embora ela estivesse com pena do jovem do apartamento subterrâneo, que aparentemente havia sido sequestrado ou assassinado, talvez ambos, por um maníaco homicida, estava gostando de seus quinze minutos de fama. Também estava mantendo o controle do que falava; afinal, certamente algum dos tabloides estaria preparado para pagar um bom dinheiro pela história, e ela não podia entregar tudo por nada.

– Já dei meu depoimento aos policiais – disse ela, fazendo pose com seu quimono colorido, quando o homem de aparência cansada e a mulher de pinta masculina apareceram em sua porta, ambos mostrando crachás de policiais.

– Isso só vai levar um minuto, sra. Gale – disse Tony Fowler calmamente, ignorando-a e entrando no *hall*.

– Na verdade, é senhorita – flertou ela.

– Senhorita – Tony se corrigiu. – Eu sou o detetive Fowler e esta é minha parceira, Sargento Heath. Primeiro, eu gostaria de lhe agradecer por sua assistência inestimável. Se mais gente fosse assim, nosso trabalho seria muito mais fácil. – Ele conseguiu fazer com que as palavras parecessem sinceras.

Eles seguiram a atraente septuagenária até uma salinha, onde a presença predominante era a de um piano enorme. Na parede dos fundos havia uma televisão nova, de tela plana. Dentuços apresentadores matinais listavam as histórias e os desastres em destaque na noite anterior, em chamadas de quinze segundos. A srta. Gale desligou a televisão quando surgiu a sorridente garota da meteorologia.

– Srta. Gale, o que pode nos dizer sobre o jovem que morava lá embaixo? – disse Tony Fowler imediatamente.

– Ele era americano. Muito querido. Bem bonito. Francamente, eu gostaria que ele fosse vinte anos mais velho e eu fosse dez anos mais jovem. Uma pena. Ainda assim, ele sempre pagou o aluguel em dia.

– Ele tinha amigas... ou amigos? – Victoria Heath logo perguntou.

– Bem, é claro. Ele era deslumbrante; sempre havia jovens indo e vindo. Os jovens gostam de receber. Mas havia alguém especial, se entende o que quero dizer.

– Algum deles era *skinhead*?

Ela pareceu chocada. – Certamente que não. Não há *skinheads* neste estabelecimento.

Heath e Fowler se entreolharam.

– Owen raspava a cabeça?

– Certamente não fazia isso. Tinha uma bela cabeleira.

– E quanto à família? – perguntou Victoria.

– Somente uma tia. Os pais dele são falecidos. Uma pena. Preparei um jantar para ele no Dia de Ação de Graças, no ano passado. É uma tradição americana, e ele ficou bem choroso quando falou sobre eles. – Ela respirou fundo. – Parece que...

– A tia dele é inglesa? – interrompeu Tony.

– Sim, sim, claro, ela mora...

– Sabe o nome da tia dele? – interrompeu Victoria. – Nós vamos precisar entrar em contato com ela.

– Claro. Ela é uma escritora muito conhecida, de livros infantis. Tenho todos os livros de sua série *Castelos Sombrios*. Venham, vou lhes mostrar, estão autografados e tudo o mais. – Diane Gale esticou o braço até a estante e tirou um livro de capa alegremente ilustrada. Sorriu abertamente ao estender o livro para que os dois policiais pudessem ler a assinatura. Mas o sorriso sumiu de seu rosto quando eles se viraram e partiram apressados.

UM POLICIAL à paisana parou os detetives nos degraus. – Com licença, mas há um policial recruta com quem acho que devem falar.

O detetive e a sargento seguiram o policial até um dos carros, onde um jovem policial de rosto avermelhado estava em pé, inquieto, mudando o peso de um pé para o outro. – Este é o policial Napier, da delegacia local.

– O que podemos fazer pelo senhor, chefe?

– Eu estava a caminho deste endereço, para falar com o proprietário de um Honda Civic vermelho, registro número...

Fowler ergueu a mão. – Qual é o assunto? – interrompeu ele.

– O carro, registrado por um sr. Owen Walker, foi encontrado abandonado na esquina da Kensington High Street com a Derry Street. A julgar pelos danos do veículo, acreditamos que esse sr. Walker estava envolvido no engavetamento. Inicialmente, achamos que ele talvez tivesse apenas se evadido do local, mas constatamos a existência de manchas de sangue no estofamento. Achamos que ele pode estar ferido.

Fowler segurou o outro oficial pelo ombro. – Chame o Mackintosh. Diga-lhe para nos encontrar aqui. Você – pegou o recruta pelo braço –, leve-nos até lá, imediatamente.

– É a Miller, não é? – perguntou a Sargento Heath.

– Tem de ser. Ela provavelmente raptou o garoto e estava dirigindo o carro dele quando ele relutou, o carro ficou fora de controle e bateu.

Victoria Heath concordou, mas não fazia sentido: Sarah Miller era miúda, um metro e sessenta e dois, já Owen Walker, segundo a descrição que tinham, era um americano atlético de um metro e oitenta e três. Não fazia sentido algum.

Fowler esbravejou. – Entre em contato com a central. Diga-lhes que façam esse acréscimo à folha corrida de Miller. Ela não pode ser abordada. Utilizem máxima cautela.

– Onde será que Owen Walker está agora? – sussurrou Victoria Heath.

Fowler gemeu. – Morto. Se não estiver morto, neste momento ela provavelmente deve estar a torturá-lo.

42

O aroma delicioso de café coado e torradas o despertou de sonhos turbulentos. Owen virou-se para o lado e com esforço sentou-se na cama. Afastou os cabelos dos olhos e gemeu alto no momento em que sua mão tocou o rosto machucado. Todo o lado direito de seu rosto estava quente e parecia inchado ao toque, e ele sentia as pontas afiadas do vidro por baixo da pele.

Então, não tinha sido um sonho.

A caçada automobilística o perseguiu em seus sonhos, só que, agora, o homem de olhos frios com o martelo não batia no para-brisa, nem arrebentava o teto do carro; ele o atingia diretamente com o martelo e os golpes partiam os ossos e rasgavam a pele.

Owen mal se lembrava do trajeto de metrô até Notting Hill Gate. Fizera a jornada recostado em Sarah, anestesiado pelos acontecimentos da noite, com o rosto ferido abrigado no ombro dela, para esconder os cortes. Ele havia levado Sarah para o apartamento de uma amiga, em Notting Hill, perto da Portobello Road. Joyce era uma das várias mulheres com quem estava saindo. Ela estava passando uma semana fora e dera a chave a Owen para que ele pudesse alimentar os gatos.

Uma sombra pairou junto à porta e seu coração se apertou, pois isso lhe lembrava as figuras sombrias da noite anterior.

Sarah bateu à porta com o pé, antes de entrar no quarto. Ela tinha acabado de tomar banho e seus longos cabelos ruivos estavam escorridos; seus olhos, que pareciam mortos e sem vida no dia anterior, agora estavam mais brilhosos. A toalha rosa estava presa ao seu corpo bem-torneado e Owen desviou os olhos, constrangido. Ela se sentou na beirada da cama e esperou até que ele tivesse arrumado os travesseiros e puxado o lençol até a cintura para colocar uma bandeja em seu colo.

– Faz muito tempo que não tomo café na cama. – Ele tentou sorrir, mas isso lhe repuxou a pele do rosto. Com as mãos enlaçadas ao redor da xícara de café, Owen deu um gole devagar, sentindo o líquido escaldante na língua. Ele suspirou e recostou-se no travesseiro.

– Como se sente? – perguntou Sarah.

– Como pareço me sentir?

Ela deu um breve sorriso e seu rosto subitamente pareceu de menina. – Uma droga.

– É exatamente como me sinto.

Ela se inclinou à frente para examinar a pele sensível de sua bochecha. – Eu limpei da melhor forma que pude – disse ela –, mas ainda deve ter vidro aí.

Owen sacudiu a cabeça. – Não me lembro de você ter feito isso. – Subitamente ergueu a coberta e olhou embaixo dela. Estava nu. Um rubor tomou seu rosto e imediatamente se refletiu no rosto de Sarah.

– Havia vidro por toda a sua roupa... – ela começou a dizer. Então sorriu, envergonhada. – E depois de tudo o que aconteceu ontem à noite, eu não estava em condições de fazer nada, nem olhar.

Owen assentiu. – Não tive a chance de lhe agradecer, ontem à noite...

– Você pode me agradecer tomando seu café da manhã. Não faça uma garota comer sozinha. É falta de educação.

Sarah mordeu o canto da torrada e olhou para ele, vendo-o apropriadamente pela primeira vez. Ela reconheceu os traços da tia em suas feições, a mesma determinação em seus olhos verdes, no maxilar forte.

– De quem é este apartamento? – perguntou, cautelosa, notando a decoração feminina de bom gosto, ciente de que o silêncio se alongava entre eles.

– Uma... amiga – disse ele, incerto do motivo para querer esconder o fato de que já dormira com Joyce várias vezes. – Ela é da minha classe de estatística e está passando uma semana fora. – Um gato cinzento e muito velho pulou na cama, de olhos fixos na leiteira. – Prometi dar comida a Rômulo e Remo.[1] O que posso dizer, sou um molenga com bichos.

– Adoro gatos – murmurou ela, depois espirrou. – Mas eles não me adoram.

Owen despejou um pouquinho de leite no pires e o colocou na cama. Instantaneamente um segundo gato, mais magro e malhado, pulou na cama. Ambos se abaixaram para tomar o leite. – Acha que estaremos seguros aqui? – perguntou sem olhar para ela, gentilmente afagando o gato.

– Não sei – disse ela. – Depende de quanto essa gente é organizada. Talvez eles chequem seus amigos. Mas nós provavelmente temos alguns dias.

–Você ainda vai à polícia?

–Vou.

– Então, eu ainda vou com você.

Sarah começou a sacudir a cabeça.

– Isso não está aberto a discussão – disse Owen, firmemente. Ele terminou o café. – Quero tomar um banho e tentar limpar meu rosto primeiro.

Sarah pegou a bandeja e a carregou até a pequena cozinha. Havia uma pequena foto colada na geladeira. Mostrava Owen e uma bela asiática em pé, diante da London Eye. Seus braços estavam ao redor um do outro, de um jeito nada platônico.

– Eu gostaria de ser próxima assim dos meus amigos – Sarah murmurou para Rômulo, que a seguira, torcendo para ganhar mais comida. Ela se virou para a pequena televisão da cozinha. Depois de assistir ao noticiário por alguns minutos, relaxou um pouquinho, percebendo que não houvera menção ao homem que ela havia matado. Mostraram fotos do engavetamento na Kensington High Street, meia dúzia de carros espalhados pela rua, o rosto do repórter banhado de azul e

1. Segundo a mitologia romana, Rômulo e Remo eram irmãos gêmeos, e Rômulo foi o fundador de Roma e seu primeiro rei. (N. E.)

vermelho, as luzes dos veículos de emergência. Embora houvesse vários feridos, ninguém havia morrido.

Quando terminou de lavar a louça, ela ouviu Owen sair da cama e entrar no banheiro. Instantes depois o chuveiro foi aberto.

Sarah voltou até a sala e sentou-se em uma poltrona. Ela enfiou a mão na bolsa aos seus pés e tirou a Espada Quebrada.

Trombetas de caça. Ao longe.

Chamando.

Sarah piscou. Por um instante, a espada tinha ficado inteira, um filete brilhante de metal prateado, depois a luz solar a percorreu e fez seus olhos lacrimejarem. Quando ela conseguiu voltar a enxergar, a espada nada mais era que uma barra enferrujada. Alguém havia matado para possuir esse pedaço de metal. Judith Walker tinha morrido em terrível agonia para proteger seu segredo. Talvez houvesse ouro maciço sob a ferrugem, um falcão maltês da era moderna. Ela cutucou a ferrugem com a unha e lascas do ferro oxidado, cor de sangue, salpicaram seu colo, mas nenhum metal brilhante surgiu.

No entanto, a espada era especial.

Na noite anterior, ao cravar a espada no *skinhead*, ela sentira... O que tinha sentido? Por um breve instante se sentira poderosa, seu terror se dissipou e ela se sentiu... *viva*. E antes, ao golpear o jovem no trem, ela reagira instintivamente, erguendo a barra metálica para acertá-lo na lateral da cabeça. No instante em que o jovem colidiu com a janela, Sarah sentira... O que tinha sentido? Como poderia explicar aquela sensação? Arrependimento... horror... medo...

Não, ela se sentira *contente*.

Abrigando a espada nos braços, Sarah Miller recostou-se na poltrona e fechou os olhos; o único som no apartamento era o barulho distante do chuveiro, no banheiro. Parecia chuva.

Era como a chuva...

43

Está chovendo.

– Está sempre chovendo neste país maldito.

– Lugar abandonado por Deus.

Uma sombra caiu sobre eles. – Nenhum lugar é abandonado por Deus.

Os dois homens se curvaram, voltando a suas tarefas, e o garoto de cabelos negros passou por eles. Recusavam-se a olhar em seus olhos frios e vazios, e ambos disfarçadamente tocaram seus amuletos e talismãs costurados dentro da roupa. O garoto olhou por cima do ombro, curvando os lábios em um sorriso malicioso, como se soubesse o que eles estavam fazendo.

Em pé na proa, o homem grisalho de barba branca pousou o braço no ombro do sobrinho e apontou na direção de penhascos alvos, ao longe. – Estaremos lá antes do cair da noite.

A chuva caía sobre as ondas, chicoteando as velas de couro, respingando sobre o deque de madeira. – Estamos longe de casa, tio?

– Bem longe, Yeshu'a. Faremos acampamento na praia, abaixo dos penhascos.

O garoto encostou os cotovelos na balaustrada e debruçou-se à frente, olhando curiosamente na direção da terra que se aproximava. – Tio, os marujos acham que nós estamos perigosamente próximos da beira do mundo, e o egípcio está prevendo que, se fôssemos navegar mais um dia a oeste, cairíamos no precipício.

– O egípcio, apesar de seu conhecimento, é um tolo. Se navegássemos mais um dia encontraríamos, a Oeste e ao Norte, outras terras, uma terra verdejante maravilhosa, habitada por tribos de guerreiros selvagens. É uma terra rica em ouro e seu povo é habilidoso no trabalho com metais.

– Nós vamos viajar para lá, tio?

– Desta vez, não. – O homem mais velho puxou o capuz de lã sobre a cabeça quando o vento mudou, trazendo a chuva para o seu rosto. – Vamos barganhar por estanho, passar dez dias reabastecendo nossos suprimentos, e depois voltar para casa.

O garoto, Yeshu'a, virou o rosto para a chuva, fechando os olhos e abrindo a boca para captar a água gelada. – Tem gosto de terra fria e ervas amargas – disse sem abrir os olhos. Então, ele virou a cabeça e seus olhos escuros se abriram e se fixaram no tio. – O que irá barganhar pelo estanho?

– Quantas perguntas! Bem, não serão as mercadorias habituais. Esse é um povo de artesãos e artífices. Eles só gostam de coisas interessantes e incomuns. – Ele gesticulou na direção do centro quadrado do barco, onde um sortimento de itens permanecia coberto por uma antiga lona de couro. – Um dos motivos para que eles barganhem comigo, quando se recusam a negociar com outros, é porque sempre levo algo incomum. Às vezes, acho que eles são como crianças, desejando apenas os brinquedos novos.

Subitamente ele parou, percebendo que estava sozinho. O garoto tinha se afastado, seguindo com passos determinados pela extensão da embarcação, rumo às mercadorias cobertas. O marinheiro mestre sacudiu a cabeça e virou-se à terra que se aproximava. Yeshu'a era filho de sua sobrinha-neta, um garoto estranho que era esquisito desde o nascimento. Tinha a aparência e o comportamento de uma pessoa muito além da sua idade, preferindo a companhia de adultos à de crianças; no entanto, sua presença deixava muitos adultos nervosos. Ele era dado a sair vagando sozinho, às vezes durante dias, e embora estivesse na idade de aprender um ofício, não demonstrava nenhum interesse.

Josea torcia para que essa viagem à beira do mundo pudesse despertar o interesse do menino. Se despertasse, ele o assumiria como aprendiz, lhe ensinaria os segredos do mar e mostraria as maravilhas do mundo: as terras de Yellow Fold, no Leste longínquo, as raças peludas das montanhas, os homens com cabelos cor de fogo e pele cor de giz. Isso seria suficiente para captar a imaginação de qualquer homem.

Tinha captado a imaginação de Josea, quando era menino.

Joshua, pai de Josea, o levara ao mar pela primeira vez quando ele também era criança. Havia sido uma jornada breve, Norte e Oeste, com inúmeras ilhas do Mar Grego. Joshua lhe mostrara as cidades abaixo das ondas, as ruas perfeitas, estradas pavimentadas, casas nobres, palácios reluzentes e estátuas ornamentadas. Ele o regalara com histórias da civilização perdida que um dia ali havia prosperado e lhe dera um punhal, achado por um mergulhador em uma das casas submersas sob as ondas. Ele lhe dissera que havia outras civilizações, outras raças, outros mistérios e tesouros a serem encontrados.

Josea ainda portava a faca, uma criação extraordinária de metal e cobre com uma lâmina longa e ornamentada, entalhada com um desenho em espiral que não vira novamente até chegar às Terras do Latão. Quando esta viagem estivesse completa, ele levaria o menino até o Mar Grego. Juntos, explorariam muitas ilhas, buscariam tesouros nas areias douradas... e talvez Josea conseguisse convencer o garoto a segui-lo.

Josea se virou para olhar novamente os penhascos. Agora eles estavam mais próximos e já havia fogueiras queimando no alto, alertando para a chegada da embarcação. Aquela era uma vida dura, mas não uma vida ruim, e não era mais difícil do que a vida de um artesão, um lavrador, ou um pastor. Olhando por cima do ombro, observou o sobrinho examinando as mercadorias de barganha, depois se virou para os penhascos que se aproximavam. Tudo o que ele tinha a fazer era direcionar a curiosidade do menino.

Os longos dedos de Yeshu'a percorriam os pacotes embrulhados em couro. Isolando a mente dos incontáveis pensamentos e emoções que o envolviam, concentrando-se no ruído infinito do mar para limpar a cabeça, ele pegou um pacote e desamarrou o laço de couro que o prendia. A cor flamejou em contraste com o ar cinzento matinal. Yeshu'a sorriu, um raro e maravilhoso sorriso. Era uma capa, uma capa feita de plumas profundamente vermelhas, e o desenho formado pela disposição das plumas maravilhosamente colocadas dava a impressão de uma imagem ornada atrás da capa.

Por impulso, o menino a colocou sobre os ombros, envolvendo-se em suas plumas deliciosamente delicadas. Então seu sorriso sumiu e seus lábios formaram uma careta. Uma onda de terror o engoliu. Ele estava preso em uma rede, lutando inutilmente, debatendo-se com esforço desesperado para se libertar... e cercado por milhares de pássaros. Pássaros de penas vermelhas, grasnando, aterrorizados. E, espiando através dos arbustos, havia homens de pele escura e rostos pintados, empunhando lanças.

O menino tirou a capa e a jogou no deque.

– Yeshu'a!

O menino se virou, com os olhos vagos e inexpressivos. Seu tio o encarava. – Pegue isso e embrulhe, antes que a água do mar a destrua. Isso me custou uma fortuna.

Yeshu'a relutantemente voltou a tocar na capa e enrolou o couro ao seu redor. Teve um breve vislumbre dos pássaros, mas ardorosamente afastava os pensamentos da cabeça. Conforme ele remexia nos itens, seus dedos finos tocaram em um metal frio.

Quando desembrulhou a capa de couro, descobriu a espada. Ele a tocou, e o calor fluiu pela extensão de seu braço...

44

Sarah Miller acordou assustada, convencida de que estava em um barco, com um menino e seu tio. Ela estava segurando uma espada reluzente, de três palmos, o cabo forrado de couro vermelho, a lâmina cinzelada com um trabalho em espiral. Mas, quando olhou para as mãos, ficou quase desapontada ao descobrir que estava segurando apenas um pedaço enferrujado de metal. Erguendo as mãos, ela descobriu que um pouco da ferrugem tinha se desgrudado e coberto suas mãos suadas de vermelho, da cor de sangue vivo.

Sarah ergueu os olhos e viu Owen em pé, à sua frente, envolto em vapor. Seus cabelos úmidos já estavam encaracolando, e seu peito largo estava coberto de gotículas de água. Seu dorso musculoso estava embrulhado em uma toalha cor de pêssego. – Pensei ter ouvido você gritar.

– Eu cochilei. Tive um sonho – começou ela, depois parou, percebendo que Owen estava olhando para suas mãos vermelhas.

– Você devia lavá-las – disse ele baixinho. – As pessoas podem ter uma impressão errada.

Ela olhou para as mãos manchadas e sorriu, melancólica. – Estou bem certa de que elas já estão com a impressão errada.

45

Robert Elliot vinha se preparando para um dia como esse havia muito tempo.

Tinha dinheiro guardado em uma dúzia de contas, em vários nomes e bancos ao redor do mundo. Possuía passaportes legítimos de quatro nacionalidades. Estava preparado para o que precisava fazer.

Estava preparado para desaparecer.

O homenzinho tirou a mala de couro do armário e a jogou na cama. Ela era mantida permanentemente arrumada.

Ele não tinha ilusão quanto ao seu empregador vir procurá-lo. Nem tinha ilusões quanto às habilidades do homem. Embora Elliot e seus empregados fossem responsáveis pela morte de cinco dos idosos, homens e mulheres, ele desconfiava de que havia outros, dos quais a voz ao telefone cuidara pessoalmente. Apenas na semana anterior tinha lido algo no jornal sobre um velho excêntrico e rico, encontrado morto em sua piscina. "Morreu em agonia", dizia o relato. Elliot sabia que essa era a assinatura de seu chefe: desde o início, ele tinha sido muito específico quanto ao fato de que os idosos tivessem de sofrer.

A primeira ligação viera dois meses antes, às três horas da manhã. Elliot estava chegando das boates do West End quando o telefone tocou. A secretária eletrônica atendeu e a voz falou. – Atenda o telefone, sr. Elliot, eu sei que está aí. Está usando um terno Armani, cor de carvão, uma camisa de seda azul, gravata azul-noite e um lenço combinando, sapatos Dubarry e meias pretas de seda...

Ele havia atendido o telefone sabendo que tinha problemas: estava sendo vigiado. – Há um envelope na primeira gaveta de sua escrivaninha. Abra-o e depois conversamos. – A linha foi desligada.

Robert Elliot tinha sentido a primeira pontada de medo.

Seu apartamento deveria ser impenetrável: a pessoa que ligou estava demonstrando seu poder, seu acesso à sua vida. O envelope continha uma única folha de papel e exibia o nome e endereço de um homem que morava em Brixton. Thomas Sexton. Elliot nunca tinha ouvido falar nele.

O telefone tocou novamente e a pessoa explicou que Sexton tinha um artefato, uma antiga pedra plana: uma pedra circular com um furo no meio. Ele queria essa pedra. E Elliot deveria matar Thomas Sexton de maneira particularmente sangrenta. A voz foi bem específica – o peito do homem deveria ser aberto, seu coração e seus pulmões removidos; depois, a pedra deveria ser colocada na cavidade ensanguentada e deixada ali até que estivesse completamente coberta de sangue. Elliot desligou sem dizer uma palavra e tirou o fio do telefone da parede.

A primeira encomenda foi um pacote. Quando abriu o plástico que o envolvia, Elliot se retraiu com o fedor nojento que preencheu o ambiente: era o braço esquerdo, completo, com a tatuagem do escorpião preto, de um jovem que ele havia sido forçado a matar três meses antes. Junto ao braço havia fotografias em alta resolução, ampliadas, mostrando Elliot cavando a cova em New Forest, jogando o corpo nu lá dentro, cobrindo-a novamente e depois voltando ao carro.

Todas as fotos eram datadas.

Duas horas depois, um serviço de encomendas trouxe um envelope para Elliot, contendo uma única folha de papel. Ela listava todas as suas contas e saldos.

Um milhão de libras tinha acabado de ser depositado em sua conta de poupança. Quando o telefone tocou, nas primeiras horas da madrugada, ele soube que não tinha escolha a não ser obedecer ao homem. Ele havia descarregado suas frustrações em Thomas Sexton. O homem tinha sido duro de matar.

Elliot percebeu que sempre soubera que esse dia chegaria – o dia em que ele falharia e seu empregador se voltaria contra ele. Ele ainda não sabia como Miller e o garoto tinham conseguido escapar. O fato era que tinha perdido os dois.

Tinha perdido a espada.

Abrindo o cofre da parede, Robert Elliot tirou seus passaportes e olhou-os rapidamente. Ele colocou dois passaportes na pasta cor de vinho, o inglês e o americano, e o passaporte irlandês no bolso. Naquele dia ele seria Rónán Eagan, vendedor de computadores. Precisaria de um passaporte para voar até a República da Irlanda e, uma vez lá, poderia voar para qualquer lugar do mundo. Elliot deu uma olhada em seu relógio: uma hora até Heathrow, depois mais uma até Dublin. Ele poderia estar na Irlanda antes do meio-dia, e nos Estados Unidos antes de anoitecer.

Então, estaria seguro.

46

Skinner terminou de beber o que restava da lata, amassou-a e jogou-a em um canto. Fechando os olhos bem apertados, desejou chorar, mas não tinha lágrimas. No entanto, conseguia sentir a emoção borbulhando dentro de si, pungente e amarga. Então, lentamente, quase de forma imperceptível, ele se encolheu no colchão imundo em posição fetal, virando o rosto para a parede descascada, e pensou em Karl. Ele ainda via Miller irrompendo na sala, Karl dando-lhe um ou dois bons golpes, depois o lampejo do metal enferrujado nas mãos da mulher. Então o som, aquele som horrendo e repulsivo da espada sendo cravada na carne. Por um instante, um momento apenas, imaginou ter visto a espada de metal reluzir nas mãos de Miller. Quando Karl cambaleou e caiu, e ela o atingiu novamente, Skinner realmente viu a espada inteira, no momento em que a cabeça de Karl foi decepada do corpo.

O *skinhead* engoliu a bile.

Karl... querido, Karl, morto; ele adorava aquele garoto, verdadeiramente adorava. Eles tiveram ótimos momentos juntos. Mas Skinner não conseguia se lembrar desses momentos. Tudo o que conseguia ver agora era seu amante caindo no chão, sua cabeça rolando na direção oposta. Ele nem poderia pedir o corpo.

Cruzando os braços ao redor de si, Skinner cerrou os dentes. Isso era culpa de Elliot e de Miller, principalmente daquela cretina da Sarah Miller. E, por Cristo, os dois iriam pagar.

No chão, ao lado do colchão imundo, o telefone celular começou a tocar, vibrando junto ao piso de madeira.

Skinner o ignorou e ele parou.

Depois, começou outra vez.

Ele pegou e olhou o visor – número restrito. Provavelmente era Elliot. Por um instante pensou em atender, mas isso talvez trouxesse o psicopata até seu apartamento e ele não queria isso. Seus dedos apertaram as teclas com tanta força que podia quebrá-las. – O quê?!

–Você é Nick Jacobs, mas geralmente é chamado de Skinner, então é assim que irei chamá-lo. – A voz era profunda e dominadora.

– Que droga é essa?

– Sou o empregador de Robert Elliot. Seu ex-empregador.

Skinner se endireitou. – Você é o cara para quem ele está sempre ligando?

– Sou. – Houve um longo silêncio, interrompido somente pela estática da ligação. – Diga-me, Skinner, o que aconteceu esta noite?

– Miller e o cara fugiram. Karl foi morto – ele acrescentou, amargo.

– E você era próximo de Karl?

– Era. Foi culpa de Elliot. Nunca deveríamos ter entrado lá. Deveríamos ter pegado a cretina na rua.

– Eu concordo. É culpa de Elliot que Karl esteja morto.Você deveria se vingar.

Skinner se endireitou. – Eu farei isso.

– Sabia que o sr. Elliot está planejando fugir do país?

– Quando?

– Em uma hora. Se vai pegá-lo, terá de ser rápido.

– Não tenho seu endereço. Ele nunca me deu.

– O sr. Elliot é um homem muito cauteloso. – Houve uma pausa e então a voz perguntou: – Gostaria do endereço dele?

– Sim, senhor. Eu gostaria.

– Bom. Muito bom, Skinner. Acredito que nós vamos nos dar muito bem. Preciso lembrá-lo de que agora você trabalha para mim.

– Sim, senhor.

– Depois que eu lhe der o endereço e as instruções, vou lhe dar um número telefônico. Você pode entrar em contato comigo a qualquer hora.

– Sim, senhor.

– E, Skinner...

– Sim, senhor?

– Diga a ele que fugir foi um erro. Faça-o sofrer.

– Ah, pode contar com isso – disse Skinner, sinistramente.

47

Robert Elliot atravessou o estacionamento, seus sapatos estalavam no piso. Ele assoviava uma música do musical *Wicked*. Mal podia esperar para assisti-lo na Broadway. Elliot achava que a maioria dos musicais americanos eram diluídos até chegarem a West End, e queria ver garotos americanos dançando e cantando apropriadamente, com seus figurinos apertados. Talvez ele se reinventasse como produtor e fizesse pessoalmente os testes dos novos talentos que quisessem deixar sua marca na Great White Way. Abriria um pequeno escritório na Broadway e seduziria clientes potenciais. Apenas homens.

Elliot sorriu ao se aproximar de seu carro, imaginando o seu futuro. Envolvido em seus sonhos, mal notou que o ar estava pesado, com cheiro de gasolina e monóxido de carbono. Como não planejava voltar, iria dirigindo o BMW até o aeroporto. Ele detestava ter de deixar o carro, mas compraria outro na América. Um Hummer. Preto.

O cheiro de gasolina estava mais forte nesse lado da garagem, forte o suficiente fazer seus olhos lacrimejarem. Ele usou o controle remoto para abrir as portas do carro, de longe. Caminhou até o carro, abriu a porta e sentou-se no banco de couro.

– Merda!

O interior do carro estava fedendo a gasolina. Então Elliot percebeu que a umidade estava encharcando suas calças e as costas. Ele tocou no banco do passageiro... e pôs sua mão em uma poça líquida. Não precisou levar a mão ao rosto para perceber que era gasolina.

Uma silhueta se moveu ao longo do carro, então a janela do passageiro explodiu para dentro, cacos de vidro choveram ao redor de

Elliot, caindo em seus cabelos e espetando seu rosto. – Skinner? – sussurrou ele.

– Seu ex-patrão mandou dizer que fugir foi um erro. – Os dentes quebrados e amarelos de Skinner reluziram sob a luz de um fósforo comprido de cozinha.

Então o fósforo caiu lentamente, lentamente, sobre o banco de couro.

– ESTÁ ACONTECENDO. – No outro lado do país, a mulher nua estava esparramada nos lençóis de seda, gemendo de êxtase quando o carro irrompeu em chamas. A agonia de Elliot era um vago e distante desconforto, nada mais. Se ela enfatizasse sua consciência, poderia experimentar a dor de Elliot. – Ele está queimando. Está sentindo uma dor excruciante.

Na planície do Astral do Outro Mundo, ela olhou para baixo, para o carro incendiando, observando a silhueta se contorcendo ali dentro. Ondas de cor – o terror e o tormento do homem – subiam em espirais de fumaça. Ela absorvia as cores, tragando as emoções.

– Lembre-se, não deixe que ele morra rapidamente, acorrente seu espírito ao corpo pelo maior tempo possível. Deixe-o sofrer.

– Ele está sofrendo.

– Bom. Agora mostre isso a ele.

Vyvienne abriu os olhos e olhou para o homem ao pé da cama, envolto em uma capa vermelha de plumas de pássaros. Ele abriu os braços, estendo a capa. – Deixe que ele me veja.

EM MEIO às ondas escaldantes de pura agonia, Robert Elliot viu o homem-pássaro altivo à sua frente, com sua capa vermelho-carmim. Ele abriu a boca para gritar e vomitou labaredas no vidro borbulhante. O para-brisa derreteu, abrindo um buraco no vidro, retorcendo-se para fora. A dor era grande demais, e ele fechou os olhos momentos antes de perdê-los.

Sua última impressão foi o cheiro da carne queimada, e, a essa altura, já não havia mais dor.

48

Gavin Mackintosh sentiu o cheiro de algo podre.

Bonito, carismático e sagaz, com seu leve sotaque escocês que se tornara *sexy* por meio de Sean Connery, ele era uma figura habitual em programas de entrevistas na televisão e no rádio. Nos doze anos em que era patologista, colecionava uma imensa variedade de histórias divertidas sobre o seu emprego. Invariavelmente, alguém perguntava do que ele menos gostava nessa ocupação ímpar, e ele sempre respondia que era dos cheiros. Sempre riam, mas era verdade. A mistura de carne em decomposição e gases apodrecidos de determinados cadáveres era algo indescritível. No entanto, verdade seja dita, depois de um ano no trabalho ele mal notava os cheiros. Era como se o seu sentido olfativo se fechasse quando entrava no prédio.

Mas Mackintosh estava farejando algo podre naquele momento.

Mac estava saindo mais cedo para um compromisso de almoço, com uma charmosa editora de revista, quando sentiu um leve cheiro suspeito. Algo agridoce, como fruta podre grudenta com caldo e moscas. Ele voltou pelos corredores ladrilhados, com a cabeça jogada para trás, as narinas tremulando. Já trabalhava há tanto tempo nesse prédio que o conhecia intimamente, suas peculiaridades, seus odores, as portas com folga e as janelas que vibravam, que davam ao prédio fama de assombrado. Havia mofo em um dos subsolos, um canto apodrecido em outro, mas ali... ali só deveria haver o cheiro forte de desinfetante, talvez um leve odor de decomposição, ou o leve toque de sangue metálico.

Mackintosh jogou sua pasta e o paletó sobre a escrivaninha do escritório externo e empurrou as portas duplas que davam para o necrotério.

Ele acendeu a luz. Todos estavam fora, no almoço, e o prédio estava quase inteiramente silencioso; somente o zunido distante do ar-condicionado perturbava o silêncio estagnado. O cheiro ali estava mais forte.

Agora ele reconhecia: era cheiro de decomposição adiantada. Aquele estado de decomposição em que a carne podre tinha a consistência de sabão e despencava dos ossos. Mas não havia nada nesse estado ali... a menos que algo tivesse chegado e ele não tivesse sido informado.

Mac perambulou pelas geladeiras numeradas, tremulando as narinas, identificando os cadáveres pelo odor antes de ler a etiqueta na porta.

Carne ensanguentada: acidente de trânsito.

Algas rançosas e sal: afogamento.

Carne queimada e gasolina: um suicídio em um carro, que tinha acabado de chegar. A vítima havia encharcado o carro com gasolina, se trancara dentro e posto fogo.

Ao prosseguir pela sala, Mac piscou e seus olhos subitamente lacrimejaram.

Homem não identificado, 44. Homem não identificado, 45.

Os jovens decapitados que tinham sido golpeados pela maníaca da espada. Nenhum dos dois havia sido identificado. Mac puxou a gaveta 44, o jovem do trem, e se retraiu, segurando o nariz com força. O cheiro era esmagador. Um odor carnoso de decomposição adiantada. No entanto, não deveria ser... Ele puxou o lençol... e o legista durão se virou e vomitou.

O corpo era uma massa de minhocas brancas. Grande parte da carne se fora e os ossos já começavam a apresentar o branco-amarelado da idade. A carne que ainda restava estava negra e rija.

Fechando os olhos, Mackintosh empurrou a gaveta para fechá-la e puxou o número 45, o corpo decapitado no apartamento perto da Earls Court Road. O cheiro ali era ainda mais intenso, e o lençol que cobria o corpo estava quase plano na bandeja metálica, somente as curvas do crânio e as costelas demarcavam o lençol branco, que agora estava manchado de amarelo e preto. Havia fios de líquido pegajoso pingando nos ladrilhos do chão. Mac cambaleou para trás e saiu do necrotério.

Os corpos, de apenas algumas horas, pareciam cadáveres de anos.

49

— É uma carta da tia Judith.

As lágrimas aumentaram os brilhantes olhos verdes de Owen enquanto ele segurava o papel fino coberto por uma letra miúda.

Sarah abaixou-se no chão, de frente para Owen. Rômulo imediatamente subiu em suas pernas e ela começou a afagar seu pelo liso.

– Você leu? – perguntou Owen, de forma quase acusadora.

Sarah sacudiu a cabeça. – Eu olhei a sacola em busca de seu endereço. Só isso. Não li nada.

Owen respirou fundo e começou a ler lentamente, esforçando-se para decifrar a escrita difícil, aparentemente apressada.

Meu querido Owen,

Se você estiver lendo isso, então há uma grande possibilidade de que eu esteja morta. Você não deve ficar pesaroso por mim, meu menino. Tudo morre, mas somente para renascer. Rezo para que este bilhete esteja acompanhado da espada. Ela pode não parecer nada além de um pedaço de metal enferrujado, mas tenho de lhe pedir que a trate com a reverência de uma relíquia sagrada. A espada é Dyrnwyn, a Espada Quebrada. É mais antiga que a própria terra e faz parte das Relíquias, os treze objetos sagrados que são a Soberania das terras da Grã-Bretanha. Quando eu era criança, a espada me foi confiada e me tornei um dos treze Guardiões das Relíquias.

Agora, eu passo essa Guarda a você.

Essa não é uma tarefa que transmito com facilidade, mas você é da minha linhagem consanguínea. Guarde bem a espada e em breve você será capaz de exercer um fragmento de seu terrível poder.

Owen olhou para cima com os olhos ardendo. Subitamente amassou o papel e o jogou de lado. Ele desviou o olhar, forçando-se a não chorar.

Sarah inclinou-se à frente e pegou a carta, sem dizer uma palavra. Ela a desdobrou.

– Eu sabia que ela estava mentalmente doente – disse Owen, chorando –, mas ela não deixava que ninguém a ajudasse. Morava sozinha, não me deixava levá-la para uma casa de repouso. Alguns anos atrás, ela caiu e teve de fazer uma cirurgia no quadril. Ficou incapacitada por dois dias, até que alguém a encontrasse. Dois dias! Ela escreveu livros infantis que ganharam todos os tipos de prêmios. Mas, durante os últimos anos, seus livros foram ficando mais selvagens... sinistros. – Owen assentiu em direção à folha nas mãos de Sarah. – Obviamente ela estava mergulhando cada vez mais em seu mundo de fantasia.

– Os homens que a esfolaram viva, que a torturaram e mataram, não eram nenhuma fantasia – Sarah disse baixinho. – Os homens que invadiram seu apartamento não eram fantasia.

Owen parou e ficou olhando para ela. – Você está dizendo que acredita nela?

– Os homens que mataram a minha família não eram fantasia. – Sarah abaixou a cabeça e alisou o papel amassado, depois o virou para ler o que estava escrito atrás da folha.

Passei grande parte da minha vida pesquisando as Relíquias, suas formas, identidades e poderes. Muito do que aprendi ou conjecturei está contido nesses cadernos. A forma como me tornei um dos Guardiões também está contida no caderno menor, separado.

É meu diário.

Nos últimos meses, meu trabalho ganhou uma urgência maior. Descobri que os Guardiões das Relíquias estão sendo mortos; mortos de forma horrível e cruel, sistematicamente. Era – éramos – treze; não tenho certeza de quantos estão vivos agora, e só Deus sabe quantos ainda estarão vivos até que você leia isto. Listei os nomes e sobrenomes deles que eu tinha. Estou convencida de que os Guardiões estão sendo mortos por suas Relíquias.

Que alguém está recolhendo as Relíquias.

Meu querido Owen, isso nunca pode acontecer. As Relíquias jamais podem ser reunidas.

Jamais.

Eu lamento, lamento muito que esse fardo tenha sido passado a você. De pai para filho, de mãe para filha, as Relíquias têm sido transmitidas através das gerações, mas, se a linhagem de sangue acaba, o Guardião deve redistribuí-la a um novo Guardião. Você é meu parente mais próximo. Você é tudo o que tenho.

Não falhe comigo.

– Não está assinado – disse Sarah. Ela olhou para Owen. – E então? – perguntou.

– E então? O que quer dizer? Artefatos antiquíssimos. Guardiões de Relíquias? É como algo de um de seus romances.

Sarah ergueu o envelope acolchoado do chão e despejou tudo sobre o tapete violeta, entre eles. Havia um caderno gasto e batido, com "Judith Walker" escrito em letras grandes e infantis na capa marrom, um livrinho de endereços com borda dourada e um livro grosso de recortes. Um pedaço de papel saía para fora do livro de recortes.

Aposentada e boa samaritana assassinada

A polícia de Londres está investigando o brutal assassinato de Beatrice Clay (74), e de sua vizinha, Viola Jillian (23), que foi em seu socorro. Os investigadores da polícia acreditam que a sra. Clay, viúva, incomodou os ladrões que entraram em seu apartamento, tarde da noite, que a amarraram à cama e amordaçaram com a fronha de seu travesseiro. A sra. Clay morreu por asfixia. A polícia desconfia que a srta. Jillian, que morava no apartamento de cima, ouviu um barulho e veio investigar. Ao lutar com um dos ladrões, a srta. Jillian foi fatalmente esfaqueada.

Sarah abriu o livro e empurrou o recorte para dentro. As páginas estavam cobertas com caprichosos recortes de jornais, recortados com tesoura de bordas onduladas.

Aposentada Atropelada por Trem

Um legista deu o veredicto da morte acidental da srta. Georgina Rifkin (78), com residência na casa de repouso Stella Maris, em Ipswich. A srta. Rifkin foi atingida pelo trem intermunicipal das seis e meia. O legista descartou como "maliciosos" os relatos da imprensa, dizendo que ela havia sido amarrada aos trilhos.

Assassinato no Submundo do Crime

A polícia teme um aumento das mortes no submundo do crime, com a execução do idealizador criminoso Thomas Sexton (76), hoje, em um dos assassinatos mais sangrentos de gangues já vistos em Brixton. Sexton, cujas ligações com o crime organizado eram conhecidas da polícia, foi morto no que o porta-voz policial descreveu como "uma maneira particularmente brutal". Esse repórter descobriu que Sexton foi destripado com uma faca ou espada afiada.

Sarah fechou o livro com uma batida. Pegou o diário e o virou nas mãos antes de abri-lo. Na contracapa interna havia uma lista de nomes. Alguns deles saltavam aos olhos: Bea... Georgie... Tommy...

Ela fechou o diário, depois pegou o caderninho de endereços e o abriu. Folheando as páginas, viu que a maior parte do caderno estava vazia, havia pouco mais de uma dúzia de nomes nas páginas finas, todas escritas a caneta-tinteiro, com a tinta já desbotada e roxa. Bea Clay... Georgie Rifkin... Tommy Sexton...

– Você deveria ver isso – disse ela, com a voz embargada.

– Não quero.

– Olhe! – ela subitamente esbravejou, empurrando o livro de recortes na direção do rosto dele. – Olhe isso. – Sarah sentia a raiva borbulhando dentro de si, uma raiva ardente. – Olhe esses nomes, aqui e aqui e aqui. E agora olhe o diário da sua tia. E agora olhe o livro de endereços. Aqui. E aqui. E aqui.

A raiva passou tão rápido quanto havia chegado, deixando-a exausta. – Você não está vendo, Owen? Judith conhecia todas essas pessoas. Todas elas estão mortas. – Agachada no chão, ela estendeu os braços e segurou o rosto de Owen nas mãos. – Se ela não estava sonhando, nem fantasiando... então o que é, Owen? O que é, então?

Owen Walker olhou nos olhos dela. – Ela estava maluca.

Sarah ficou olhando para ele, sem dizer nada.

– Ela estava maluca – insistiu Owen, tentando convencer a si mesmo. Os olhos dele caíram sobre os papéis no chão. – Ela estava maluca – sussurrou, embora parte da convicção tivesse sumido de sua voz. Então, ele pegou o diário da tia, abriu-o aleatoriamente e começou a ler em voz alta.

Segunda-feira.

O mendigo Ambrose voltou à vila hoje. Bea e eu o vimos se esconder na floresta. Nós sabemos que ele nos viu, mas ele não saía. Ficou no meio das árvores, olhando para a gente com seu único olho. Todo mundo diz que ele é inofensivo, mas não tenho tanta certeza. Ele me assusta, e Bea me disse que também tem medo dele. Bea também disse que tem tido uns sonhos muito esquisitos com ele; fico pensando se devo lhe contar que também andei sonhando com ele.

Terça-feira.

Sonhei com Ambrose ontem à noite. Sonhos muito estranhos, só que, dessa vez, todos os outros também estavam nos sonhos. Nós estávamos no meio da floresta. Ambrose era o único que estava apropriadamente vestido, estava usando um tipo de robe longo.

Nós nos reunimos em um semicírculo ao redor de Ambrose, que estava em pé, ao lado de um toco cortado de árvore. Em cima do toco havia uma porção de objetos estranhos. Canecas, pratos, facas, um tabuleiro de xadrez, uma bela capa vermelha. Um a um, nós caminhávamos até Ambrose e ele dava a cada um de nós um dos belos objetos. Eu fui a última, e só tinha sobrado um pedaço de metal enferrujado. Os outros tinham recebido coisas melhores: ele deu à Georgie a bela capa vermelha, Sophie ganhou uma lança e Donnie ganhou uma faca. Até Bea ganhou algo bonito. Eu não queria pegar o metal enferrujado, era horrível, mas Ambrose insistiu, e ele se aproximou tanto que pude ver as veias em seu único olho.

"Esse é o mais precioso dos meus tesouros, guarde-o bem."

Owen fechou o livro com uma batida. Sarah estava virando a espada nas mãos, distraidamente afagando a lâmina quebrada com as costas dos dedos.

– Continue – disse ela, baixinho.

Owen sacudiu a cabeça. – Não quero. Parece... pessoal demais. – Ele esticou o braço para pegar o livro de recortes e silenciosamente leu o catálogo de morte e sofrimento. Quando terminou, olhou para Sarah, que tinha pegado o diário e estava lendo a escrita arredondada e infantil.

– Minha tia conhecia todas essas pessoas? – disse ele.

– Desde a infância. – Ela deu uma batidinha no diário com a espada. – Ouça isto. Eles foram evacuados todos juntos. Treze crianças, de todas as partes do sul da Inglaterra. As crianças foram reunidas em uma fazenda em Gales, onde todas elas conheceram um mendigo chamado Ambrose. Ambrose lhes deu os objetos conhecidos como Relíquias. Isto está quase no fim do diário.

Aconteceu. Foi quase exatamente como no meu sonho, eu achei que poderia ter sido um sonho. Mas agora sei que realmente aconteceu. Mas ainda não tenho certeza de quando parei de sonhar e tudo começou a se tornar real.

Sonhei que acordei no meio da noite e desci da cama, e saí noite adentro. Alguns dos outros já estavam lá, e o restante vinha de onde estava, lá na vila. Quando os treze estávamos reunidos, o sr. Ambrose apareceu. Ele não disse nada e nós o seguimos ao coração da floresta. Às vezes, eu achava que era uma mulher velha, velha, usando roupas esfarrapadas, depois eu era um homem baixinho, tremendo de frio, depois era um cavaleiro montado a cavalo, depois uma dama vestindo um traje fabuloso, depois um velho com as mãos retorcidas de artrose. Havia mais, porém os sonhos escapavam, eram rápidos demais para eu poder acompanhar. Finalmente, eu era apenas eu mesma, mas minha camisola rosa tinha desaparecido e eu estava nua, assim como as outras meninas e os meninos, mas nenhum de nós se importava. Embora fosse outubro, não sentíamos o ar frio. Estávamos ao redor do sr. Ambrose, em semicírculo, e ele nos chamava à frente, um a um, para pegarmos os pequenos objetos que nos dera. Fui a última, só que dessa vez eu não recusara a espada. O sr. Ambrose pareceu surpreso. – Achei que você não quisesse isto!

– Esta é Dyrnwyn, a Espada Quebrada – eu disse, e ergui o objeto.

O sr. Ambrose pareceu satisfeito. – Você é verdadeiramente um dos Guardiões das Relíquias. O sangue antigo flui em suas veias, certamente diluído, mas está aí. Você e os outros são todos descendentes dos primeiros Guardiões das Relíquias, e somente vocês treze são dignos o suficiente para manter os objetos sagrados.

Então, ele sussurrou as palavras especiais em meu ouvido e me disse que, sempre que eu estivesse com problemas, podia segurar a espada, com as duas mãos, e fazer um chamado triplo a Dyrnwyn.

Eu lhe perguntei o que era triplo, e ele disse que era três vezes.

Sarah fechou o livro, colocou-o no chão e ergueu a espada com as duas mãos. – Dyrnwyn – disse ela, fortemente.

– Sarah... o que está fazendo?

– Dyrnwyn.

– Sarah! – a voz de Owen estava alta e alarmada.

– Dyrnwyn!

Nenhum som rompeu o silêncio que se instalou a seguir.

50

Além do mundo físico existem reinos jamais sonhados pela vasta maioria da humanidade. Esses são os Mundos Fantasmas, às vezes conhecidos como plano Astral, ou simplesmente Astral.

Muitas religiões e crenças aceitam que o espírito humano, a alma, viaja no Astral enquanto o corpo físico dorme e se renova. Essas expressões de fé também concordam que os espíritos dos mortos recentes se demoram no Astral, antes de seguir em sua jornada final rumo à Luz.

Emoções poderosas do mundo dos viventes, o Mundo dos Encarnados, ecoam no Astral, pequenos pulsos de cor na paisagem cinzenta. Palavras de poder, tanto preces como pragas, quando lançadas com emoção, podem penetrar no Astral. Lugares de adoração especial, santuários sagrados e artefatos reverenciados deixam sua marca no Astral.

E, em todos os mundos, predadores caçam no Mundo Fantasma.

– DYRNWYN... DYRNWYN... Dyrnwyn...

Um cone sólido de luz irrompeu em meio às nuvens, lançando-se às alturas do Mundo Fantasma. Ele rugia cada vez mais alto, penetrando nos reinos acessíveis somente a poucos. Os espíritos dormentes da humanidade vagavam por níveis inferiores, enquanto as almas superiores e mais desenvolvidas tinham acesso aos níveis intermediários. Somente os que haviam dedicado a vida à aquisição de conhecimento arcano podiam entrar nos níveis mais altos.

A paisagem cinza se acendeu como um farol latejante no nada, banhando e afastando a sombra, calando as luzes das emoções humanas e os sonhos que pontilhavam o Astral cinzento.

Então, o cone tomou forma, filetes de luz fluíam, dando forma e substância à criação, com ângulos se formando, linhas surgindo, o facho de luz se erguendo de níveis mais baixos, ascendendo até um ponto mais alto do Astral.

A imagem de uma espada se formou.

Ela pulsou e latejou no Mundo Fantasma por alguns instantes, depois piscou e deixou de existir. O cinza, agora mais escuro, voltou, deixando as luzes claras da consciência humana pontilhando o Astral.

Mas a súbita erupção de poder tinha atraído a atenção daqueles dentro e fora do Astral. Tal poder – rústico, despido e incontrolável – não era testemunhado há gerações, e os que algum dia tatearam esse poder, revolvendo-o e modulando-o para seus próprios fins, os que foram chamados de grandes, ou bons, ou maus, não caminhavam no mundo há quase dois mil anos.

Os curiosos se reuniram: caçadores e caça. Luzes e pontos de fogo, cores vivas e primárias, pigmentos sólidos e escuros, brancos espelhados, pretos reflexivos disparavam pela paisagem do Astral em direção à última localização da espada.

No Mundo Encarnado, os que tinham o poder de ver e viajar no Astral se retraíram do poder cegante e ensurdecedor, enquanto os que eram sensíveis, porém destreinados, despertavam de pesadelos aterrorizantes.

– DYRNWYN... DYRNWYN... Dyrnwyn...

E, em uma rua ordinária de Londres, um velho ouviu as palavras e despertou.

51

— Dyrnwyn... Dyrnwyn... Dyrnwyn...

Os olhos frios e cinzentos de Vyvienne se abriram em um estalo. Ela estava recostada em uma antiga parede de pedras, olhando na direção das montanhas de Gales. Chovia ao longe, nuvens pesadas pendiam no horizonte, e raios de sol oblíquos davam à cena uma característica quase bela. Mas o vento gélido roubava todo o charme do dia de outono.

Ela sentia o pulso do poder rústico enquanto as palavras ecoavam como clarões que atravessavam o Astral. A espada estava sendo despertada, e as reverberações de energia borbulhavam sob a superfície da paisagem cinza, explodindo em um banho de poder cegante.

Ela sempre fora vidente. Profeta.

Vyvienne tinha vivido toda uma vida em seus vinte e um anos.

Nascida em uma família de bruxas da era moderna, sempre soubera que era especial, diferente dos garotinhos e garotinhas cujos egos eram envolvidos em necessidades materiais. Ela não se satisfazia com prazeres meramente corpóreos. Queria mais. E quando se concentrava, Vyvienne conseguia visitar o plano Astral, o Outro Mundo.

Vyvienne tinha ciência de que a maioria da humanidade não compreendia o universo além de sua limitada experiência. As pessoas se atinham às realidades tangíveis da grama e das árvores, dos mares e do céu.

Isso porque o reino Astral é acessível a apenas alguns raros. Vyvienne era uma dessas pessoas. Para ela, isso era real como o mundo físico.

VYVIENNE VIROU-SE e se apressou de volta em direção à casa, piscando com força. Focou nos arredores – no frio do ar de outono, nas folhas secas sob seus pés, no toque de fumaça de lenha –, qualquer coisa que mantivesse sua mente afastada das imagens que agitavam as margens de sua consciência. Ela queria desesperadamente examinar essas imagens, mas precisava estar em algum lugar protegido e seguro, porque quando você olha para o Outro Mundo... às vezes ele olha para você.

Quando tinha dez anos, Vyvienne havia caminhado pelos níveis inferiores do Astral; aos treze anos, quando abriu mão de sua virgindade para Ahriman Saurin, suas habilidades foram afiadas pelas técnicas e rituais de séculos. Enfatizando suas habilidades naturais com o poder antigo do sexo, Ahriman a incentivara a buscar os artefatos, a ler suas assinaturas dormentes no Astral e a traçá-los até sua fonte. E, quando ela havia se entregado a Ahriman, aos dezesseis anos, juntos embarcaram no Grande Trabalho: recuperar as Treze Relíquias. Ele havia levado cinco anos para treiná-la apropriadamente; apesar disso, uma vez que ela reconheceu o formato Astral inicial no primeiro objeto que eles buscavam, o restante veio rapidamente. Uma vez que tinham a primeira Relíquia, o restante veio até eles. Homens e mulheres morriam, mas a humanidade nascia para morrer, e pelo menos eles morriam com propósito; tinham dado seu sangue para deflagrar os objetos antigos.

Agora, faltava apenas um pequeno punhado das Relíquias.

E uma delas era Dyrnwyn, a Espada de Rhydderch.

VYVIENNE ENCONTROU Ahriman na sala escura, sentado em uma cadeira de madeira entalhada, olhando a vila em direção às montanhas. Ele estava nu, salvo a capa vermelha, Relíquia conhecida como Capa Carmim. Seus olhos negros estavam inexpressivos quando se virou para ela. – O que aconteceu?

– Ela chamou a espada pelo nome. Ela a despertou. – Vyvienne respirou fundo, estremecendo. – Isso apareceu no Astral.

Ahriman se levantou e abriu os braços, abrigando a mulher trêmula.

– Que poder! Você nunca sentiu um poder assim – sussurrou ela.

– Um fragmento do que nós eventualmente controlaremos.

– Mas nós não podemos prosseguir sem a espada...

Ele lhe deu uns tapas rápidos, as mãos imensas lançando sua cabeça de um lado ao outro. Seu corpo reagiu ao toque cruel, ansiando por mais.

– Isso sou eu que decido – ele a lembrou. Segurando-a com o braço estendido, Ahriman começou a lhe desabotoar o casaco. – Prepare-se: é hora de procurar o próximo objeto relicário.

–Você tem certeza...

Ele lhe deu outro tapa. – Não me questione. Jamais. Lembre-se de quem sou. *O que* sou.

52

Victoria Heath riu do lenço. – Não achei que você fosse tão delicado.

O detetive Fowler se afastou dos destroços queimados do carro com um lenço sujo pressionado sobre a boca. A garagem subterrânea ainda estava tomada de fumaça espessa, o rosto de Fowler estava borrado, e pontos pretos cobriam o colarinho engomado de sua camisa.

– Não sou. Mas o cheiro de gasolina me faz vomitar. Nem é preciso perguntar o que aconteceu aqui – acrescentou ele. – Alguém encharcou o carro e jogou um fósforo dentro. – Olhou diretamente para a sargento e começou a sorrir. – Tenho a impressão de que você está prestes a fazer um velho muito feliz.

A sargento Heath assentiu. – Conseguimos um jogo de digitais no carro. Esse pedaço de carne queimada é Robert Elliot, também conhecido como Roger Easton, Richard Edgerton, Ron Edwards e mais uma dúzia de nomes diferentes. Cafetão barato, traficante, avião e receptor. Dono de algumas boates de sadomasoquismo, duas espeluncas de *shows* eróticos e um cinema pornô. De vez em quando, ele importava um pouquinho de cocaína, alguma heroína. Esteve preso quando era adolescente por matar o pai a porretadas. Nos últimos anos temos andado na cola dele, esperando pelo momento certo de pegá-lo.

– Alguém já pegou – disse Tony Fowler, taciturno.

– O sr. Elliot cortava pelos dois lados e gostava de sexo com um pouquinho de dor. De maneira geral, preferia meninos. Um cara chamado Nick Jacobs, mais conhecido como Skinner, possivelmente porque ostentava um estilo *skinhead*, era um namorado de longa data.

Skinner, por sua vez, estava envolvido com outro jovem *skinhead* chamado Karl Lang.

Fowler parou. O nome lhe era familiar.

– O sr. Lang era o corpo decapitado que tiramos do apartamento de Owen Walker hoje de manhã.

Fowler ficou olhando para ela, pasmo.

O sorriso de Victoria aumentou. – E ainda fica melhor. Elliot fornecia bagulho para um tal de Lawrence McFeely.

– McFeely era o corpo do trem – disse Fowler.

– O próprio.

– Jesus Cristo, o que está acontecendo aqui?

– E só para completar o seu dia – acrescentou Victoria Heath –, Mac disse que os dois corpos, Lang e McFeely, derreteram.

– Derreteram?

– Estão em estado avançado de putrefação, ele disse ser esse o termo técnico. Derreteram, foi o que ele quis dizer.

– Sarah Miller é a chave, você sabe disso.

A mulher assentiu. – E quanto a Owen Walker? Ele está morto?

Tony Fowler sacudiu a cabeça. – Estou inclinado a achar que não. Miller gosta de deixar seus corpos por aí. Acho que, se o sr. Walker estivesse morto, já teria aparecido. Você me arranjou uma lista dos amigos dele?

– A maioria é gente da universidade – disse a sargento, passando-lhe uma folha de papel. – Conversei com todos eles, exceto essa mulher aqui, que está viajando por uns dias.

– Owen a conhece? – Fowler perguntou secamente.

– Intimamente, segundo seus amigos. Aparentemente, saem de vez em quando, embora ele seja meio *playboy*, pelo que ouvi. Não tem compromisso, ninguém especial em sua vida. – Ela parou subitamente. – Você não acha...

– É um fiapo de possibilidade. É tudo o que tenho para me agarrar.

53

— Dyrnwyn... Dyrnwyn... Dyrnwyn...

Sentindo-se profundamente tola, Sarah baixou a espada. Achou que ainda ouviria o eco de sua voz no apartamento, e seu braço estava tremendo pelo esforço de segurar a espada no alto, embora não pesasse muito.

Owen a encarava sério, com os olhos verdes arregalados, antes de subitamente sorrir. – Você parece uma idiota.

– Obrigada. – Ela sorriu. – Eu me sinto uma idiota.

– O que exatamente esperava, raios e trovões? – ele riu.

– Sim. Não. Talvez. – Ela deu uma risadinha pela forma que aquilo devia parecer, antes de acrescentar, envergonhada: – É que parecia a coisa certa a fazer.

As trombetas de caça estavam mais ruidosas, mais claras.

– Acho que devemos alertar as pessoas desta lista – disse ela, subitamente.

Ela deu uma batidinha no livro, com a espada, e fragmentos da ferrugem caíram sobre a página. – Digamos que haja alguma verdade no que sua tia diz...

– Dizia – Owen a corrigiu.

– Dizia – Sarah ecoou. – Tem de ser mais que coincidência que algumas das pessoas desta lista tinham aparecido mortas.

– Eram pessoas velhas – Owen lembrou. – Pessoas velhas morrem.

– Tinham setenta e poucos anos. Isso não é mais considerado velho. Além disso, não morreram de causas naturais – disse ela, abrindo o livro de recortes, o diário e o caderninho de endereços no chão. – Todos os artigos que Judith recortou apontavam para mortes incomuns. Não naturais. – Ela deu uma batidinha em cada um com a espada. – Judith Walker passou um tempo com essas pessoas durante a guerra. A todas elas foram confiadas essas Treze Relíquias, sejam lá o que forem. Agora, alguém está matando cada um dos Guardiões para se apossar dos artefatos. – Ela deu uma olhada para Owen. – Concorda?

– Certamente, é o que parece – murmurou ele. Passou a mão na capa traseira do diário, e as fagulhas de ferrugem mancharam como sangue a superfície empoeirada. – Mas por que elas foram mortas com tanta brutalidade?

– Eu não sei. – Ela tocou o diário com a ponta quebrada da espada. – Quantas dessas pessoas ainda estarão vivas?

Owen estendeu a mão e pegou o telefone na mesinha de centro. Pegou o caderno de endereços e o abriu no primeiro nome. – Só há um meio de descobrir.

NOVENTA MINUTOS e vinte e duas ligações depois, Owen pousou o telefone e olhou para o rosto preocupado de Sarah. – Incluindo a tia Judith, oito pessoas estão mortas e quatro estão desaparecidas. Com desaparecidos quero dizer que não consigo rastreá-los, e ninguém sabe para onde foram. A única senhora que está na lista e com quem eu de fato consegui falar não mora muito longe daqui.

Sara levantou-se imediatamente. – Precisamos ir até lá.

Owen ergueu os olhos. – E aí?

– Bem, temos de dizer a ela o que sabemos.

– Você está maluca!

– Se ela é um dos Guardiões das Relíquias, então não vamos dizer nada que ela já não saiba. Se não é, então ela provavelmente vai pensar que somos apenas uns garotos perturbados.

Owen olhou para a jovem de rosto branco. – Você acredita nisso tudo, não é?

Ela respirou fundo antes de responder. – Não quero acreditar... mas, sim, acredito. Você não?

– Não tenho certeza. – Owen sorriu para ela. – Estamos em perigo?

Sarah retribuiu o sorriso, subitamente ciente do tremor na barriga. Ela lambeu os lábios secos. – Acho que estamos em um perigo terrível.

O sorriso de Owen se alargou. – Você não precisava me dizer a verdade.

SARAH ESTAVA vestindo uns jeans emprestados quando Owen irrompeu no quarto. A expressão de seu rosto impediu que ela reclamasse. – A polícia acabou de encostar na frente do prédio.

Passando por Owen, Sarah seguiu até a janela. – Onde? – perguntou, olhando para baixo.

– O carro azul; é um carro civil.

Sarah olhou atentamente, enquanto os ocupantes saíam do carro: uma loura machona e um homem de rosto rude. – Merda. São eles.

– Você os conhece? – perguntou ele, surpreso.

– São os dois policiais que me interrogaram no hospital. Eles apareceram novamente na casa de sua tia. Precisamos sair daqui. Agora.

Sarah voltou para a sala e começou a guardar os papéis de Judith Walker na bolsa. Quando pegou a espada, fuligem de ferrugem caiu, revelando um pedacinho do metal por baixo. Sem tempo para examinar, ela a enfiou dentro da sacola.

Owen abriu uma fresta da porta e saiu para o corredor estreito. Vozes ecoavam abaixo, ele ouviu o nome da amiga ser mencionado e uma voz de homem perguntando qual era o número do apartamento.

– Estamos encurralados – disse. – Não há como sair.

Sarah passou por ele. – Lá em cima – sussurrou ela. – Rápido.

Eles se apressaram até o fim do corredor, depois se agacharam na escada que levava ao terceiro piso, rezando para que nenhuma das portas no outro andar fosse aberta.

Passos suaves subiram os degraus e os policiais surgiram no lado de fora do apartamento. Sarah falou pertinho do ouvido de Owen: – É o detetive Fowler e a mulher é a sargento Heath.

Eles ficaram observando. O homem arranjou uma chave e cuidadosamente a inseriu na fechadura. Então, segurando a chave com as duas mãos, ele a virou com imenso cuidado, para que não fizesse nenhum som. Em seguida, o detetive abriu lentamente a porta e o casal entrou.

– Agora! – Sarah sussurrou. Segurando a mão de Owen, ela o puxou escada abaixo e eles sorrateiramente passaram pela porta.

Deu para ouvir as vozes lá dentro, a mulher falando. – Dormiram na cama e tem louça de dois no escorredor. A chaleira ainda está quente.

– Vamos, eles não podem estar longe.

Os olhos de Sarah se arregalaram de pânico e ela olhou em volta, desesperada... Então Owen puxou a porta, fechando-a, e girou a chave, deixando-a na fechadura. Até que eles chegassem à porta do *hall*, os policiais ainda esmurravam a porta.

– E agora? – Owen perguntou quando viraram o corredor. – Todos os policiais do país estarão atrás de nós. Eles decididamente acharão que nós somos culpados.

– Não tem nada de nós. Apenas eu. E eu sou culpada. Depois de mim, você é apenas uma vítima inocente. – Sarah sacudiu a cabeça. – Não sei o que fazer. Deixe-me pensar. Só preciso pensar por um segundo. – Ela enfiou a mão na bolsa para arrumar a espada, que estava apontando para fora. Uma pequena centelha de estática disparou do metal sobre os dedos dela.

E subitamente ela se sentiu confiante.

Endireitando a postura, apontou para a rua. – Primeiro, nós vamos comprar uma muda de roupa para nós dois. Tenho certeza de que os policiais nos viram da janela, então sabem como estamos vestidos. – Ela passou os dedos pelos cabelos ruivos, compridos e embaraçados. – E eu vou cortar o cabelo. Depois, iremos até Brigid Davis. Precisamos alertá-la.

– Vamos torcer para que não seja tarde demais – murmurou Owen.

54

Alguém – alguma coisa – o acordara.

O revolver inicial era a parte mais difícil, o instante em que as lembranças voltavam, inundando-o como se fosse um dique rompido, e um fluxo de histórias fragmentadas jorrava para dentro de sua psique. Levantando-se, cutucou a garrafa de vinho vazia embrulhada em papel que estava junto aos seus pés, depois se afastou de seu mais recente abrigo, perto de Eearls Court.

Tentou se lembrar de quem era. Seu nome... sua identidade.

Ele era... Nomes se revolviam em sua cabeça e subitamente ele parou, tentando destrinchar sua forma, elaborar uma palavra. Mas as palavras não vinham e ele prosseguiu, sem rumo, contente em permitir que seu instinto controlasse suas ações, os mesmos instintos que lhe levaram tantos problemas... e que geralmente o tiravam deles. Tinha passado várias vidas contando com os mesmos instintos.

Mudando de foco, ele olhou em volta, tentando determinar onde estava. Os prédios eram estranhos, idênticos, sem características.

E as pessoas: eram bem diversificadas.

Olhava o rosto das pessoas sem nome, passando por ele, parecendo se mover com muita rapidez. Tantas raças, brancos e pretos, e todas as tonalidades entre um e outro, tantos trajes e roupas. Todos falando línguas diferentes. Inglês, francês, alemão, espanhol, chinês e polonês.

O mendigo olhou para baixo, para seu próprio corpo, fazendo uma careta quando descobriu que estava vestido de farrapos: sapatos grandes demais para seus pés se mantinham inteiros com fita adesiva, uma corda frágil ao redor da cintura segurava as calças sujas. Ele esfregou a mão no rosto. O bigode branco a pinicou.

Bom Deus, como tinha terminado assim?

Seguiu vagando, parando para encarar a si mesmo na vitrine de uma loja. Os manequins bem-vestidos lá dentro pareciam debochar dele, quando lentamente ergueu e abaixou os braços, garantindo que a imagem imunda que via era, de fato, ele. Era um vagabundo, um degenerado, e o tapa-olho no lado esquerdo lhe dava uma aparência malévola.

Ele era...

Estava tão perto.

Quase captara o próprio nome. Quase. Também sabia, instintivamente, que o conhecimento traria dor. E seu corpo idoso se retraiu da dor; houvera tanto sofrimento em sua vida. Tantas mortes...

Mortes.

Houvera uma morte.

Teria sido a morte que o despertara?

Imagens piscaram em sua visão periférica, depois, com uma velocidade esmagadora, as pessoas e os lugares ao seu redor foram sumindo, tornando-se insubstanciais, a paisagem evaporou no cinza, salpicada com pequenas luzes piscantes.

E ele viu os demônios se reunindo.

Formas sombrias com olhos vermelhos e rostos ferozes. Eles estavam se juntando, todos se deslocando para o mesmo ponto de enfoque, no Outro Mundo. Ele piscou e as imagens desbotaram, deixando-o de volta na rua movimentada, abalado e trêmulo. Nunca duvidara de que as feras fossem reais.

Algo o chamara... algo poderoso, algo secular.

Enfiando as mãos em seus bolsos volumosos, tirou um frasquinho e deu uma bela golada. A bebida desceu rascante ao passar por seus lábios e escorrer por sua garganta, queimando todo o trajeto até chegar ao estômago, mas limpou o azedume de sua boca. Ele tremeu, afastou a garrafa dos lábios e rosqueou a tampa de volta. O mundo desbotou novamente, e agora ele observava letras caindo, elaborando formas, sons e palavras. Algumas delas ele entendia.

Ambrose.

Esse era seu nome. Ambrose. E, com o nome, vieram as lembranças de quem era.

De quem ele havia sido.

55

Skinner já tinha experimentado amantes homens e mulheres, e sempre parecia terminar com um homem. Levou um bom tempo para admitir que era homossexual; foi um processo difícil e confuso. Quando descobriu que também se sentia atraído por mulheres, ficou profundamente atordoado.

Então ele conheceu Robert Elliot. Elliot também gostava de homens e de mulheres, mas gostava de fazer sexo temperado com dor e dominação. O homenzinho pegara o garoto de dezesseis anos e o moldara, primeiro, apresentando-o ao mundo sombrio do sadomasoquismo, depois ensinando-o a desfrutar as sensações enfatizadas pela dor e pelo infinito prazer de provocar a dor. E Skinner, por sua vez, passara a lhe ensinar outros, tornando-se mestre e escravo, do mesmo modo que fora escravo de Elliot, o mestre. Mas agora Elliot se fora. E, pela primeira vez em sua vida, desde que fugira de seu pai brutal e da mãe negligente para vir para Londres, Skinner estava livre.

Ele ficou diante do carro em chamas, olhando o homenzinho se retorcer de agonia, de boca aberta, vazando fumaça, os olhos escorrendo derretidos por seu rosto, as labaredas azuis lambendo suas orelhas. Ainda não conseguia entender por que Elliot simplesmente não abriu a porta e pulou para fora. Se o tivesse feito, Skinner estaria pronto para ele. A voz ao telefone lhe dissera que não deixasse marcas no corpo, nada de ferimentos visíveis. Elliot lhe ensinara a fazer isso, como e onde atingir para causar dor sem deixar marca. Ele tinha trazido uma meia de náilon cheia de areia; um golpe na têmpora deixaria Elliot inconsciente, e o fogo queimaria o hematoma na carne. Mas, no fim, não precisara usá-la. E assistir a Elliot queimando o deixara excitado.

Agora ele estava deitado no colchão manchado, vendo a mulher se mexendo no banheiro, e o lampejo de carne nua sob a luz o excitava outra vez.

Não conseguia se lembrar de como ou onde a pegara. Tinha a vaga ideia de ter ido a uma boate, bebido para tirar o gosto de gasolina e o cheiro de porco bem passado da boca. Não se lembrava de ter voltado ao apartamento – embora isso não fosse tão incomum. Ele se ergueu no colchão e enlaçou os dedos, pondo-os atrás da cabeça, observando a porta do banheiro, imaginando se a mulher teria sido boa, se teria se lembrado de se precaver, percebendo que, se estava bêbado demais para lembrar onde a pegara, estava bêbado demais para usar alguma coisa.

A mulher saiu do banheiro e apagou a luz, antes que ele tivesse a chance de vê-la claramente. Seus olhos levaram alguns instantes para se ajustar à escuridão. As cortinas eram retângulos longos de luz; obviamente era o final da manhã, mas naquele dia ele era seu próprio chefe, encarregado de seu próprio destino. Não tinha nenhum lugar para ir, nem tarefas a cumprir, nada para fazer. Exceto a mulher, pensou ele, malicioso.

A mulher se moveu e foi até as cortinas, uma silhueta nua em contraste com a luz, virando-se lentamente, deixando que a visse de perfil. Ela inclinou a cabeça para trás e seus cabelos longos penderam até o início de suas costas.

Skinner sorriu. Agora ele sabia por que tinha escolhido essa mulher: ela tinha cabelos compridos. Sempre fora atraído por mulheres de cabelos compridos. Às vezes, quando pensava em sua mãe, se lembrava de que ela tinha cabelos compridos; não conseguia mais se lembrar de seu rosto, mas se lembrava dos cabelos.

Agachando-se, a mulher se movia lentamente, de forma sensual, atravessando o quarto pelo chão, depois caiu de joelhos na beira do colchão e rastejou até ele. Sorrindo, Skinner tirou o lençol para recebê-la.

Pressionando seus seios fartos junto aos pés dele, a moça deslizou, subindo por cima dele. Skinner lhe estava estendendo os braços quando ela pressionou os seios em seu rosto, encostando os mamilos em seus lábios.

Seu celular tocou.

E Skinner acordou.

Ele estava sentado no colchão, com as costas nuas junto à parede descascada, os braços atrás da cabeça, os cotovelos doendo, agulhas e alfinetes pinicando seus antebraços. Mover os braços era uma agonia, ele devia ter dormido nessa posição. Deixou os braços caírem no colo e a sensação foi voltando, seus músculos tremendo de câimbra. A dor era incrível... e prazerosa.

O telefone continuava tocando.

A campainha insistente estava dando nos nervos, pulsando junto com a dor de cabeça que começava a latejar por trás de seus olhos. Ele arrancou o telefone do chão, ouvindo o uivo de estática de uma ligação interurbana. – Sim?

– Estava gostando do sonho, sr. Jacobs?

Skinner ficou encarando o telefone, reconhecendo a voz. O empregador de Elliot, o homem que lhe dera o endereço dele. – O sonho? – disse, amortecido.

– Sim. Ela é uma amante particularmente talentosa. Você vai gostar dela em carne e osso, Skinner, eu juro. E seus cabelos são como seda. Ela consegue excitar um homem de mil maneiras, pode lhe dar muito prazer. Prazer inimaginável.

Houve uma longa pausa, enquanto Skinner tentava entender o sentido do que estava ouvindo. O homem estava insinuando que sabia o que Skinner estava sonhando?

–Você deve saber, Skinner, que há muito pouca coisa que eu não sei sobre você. O falecido e não lastimado sr. Elliot também sabia disso, mas preferiu ignorar. Não há nada que você possa fazer, nenhum lugar para onde possa ir para fugir de mim. E sabe por quê, Skinner? Porque você precisa dormir, e quando dorme, você sonha e ninguém pode fugir de seus sonhos. – Houve outra pausa e uma risada rouca. – Agora, por que você não acorda...

O telefone tocou.

E Skinner acordou.

Ele estava sentado no colchão, suas costas nuas junto à parede descascada, os braços atrás da cabeça, os cotovelos doendo, agulhas e alfinetes pinicando seus antebraços. Subitamente nauseado, confuso, com o coração disparado, ele agarrou o telefone do chão. A estática uivou na linha.

– Skinner – disse a voz masculina, continuando a conversa que ele tinha começado no sonho –, não quero que você cometa os mesmos erros que o sr. Elliot. Você não pode se esconder de mim. No entanto, se me obedecer, eu o recompensarei muito bem. Agora, quero que faça o seguinte...

56

Vyvienne abriu os olhos e sorriu para o homem moreno. – O pobre garoto está terrivelmente confuso. Ele ainda está olhando o telefone, imaginando se também é um sonho, esperando acordar. – O sorriso sumiu. – Por que você o está usando?

– Ele é uma ferramenta útil. E conhece os métodos de Elliot, sabe do que precisamos, já fez esse tipo de trabalho... Isso não o perturba. Mas, quando nós tivermos terminado, você pode ficar com ele. Skinner é jovem, forte, e aprendeu a gostar da dor. Você pode brincar com ele por um bom tempo.

Vyvienne sentou-se na cama e começou a trançar os cabelos grossos. Ela se espreguiçou como um gato, estendendo os membros esguios. – É bom que você saiba que o Astral está turbulento – disse, de forma casual, para Ahriman. – Quando Miller chamou a espada pelo nome, libertou sombras sinistras. Eu senti alguns ecos peculiares...

– Nós estamos em perigo aqui?

– Ainda não. No entanto, com tantas das Relíquias ao nosso redor, tenho certeza de que mesmo um pequeno vazamento desse poder deve estar percorrendo o Astral. Cedo ou tarde, alguém, ou algo, virá investigar.

– Eles virão depois – disse ele, confiante.

– Tem certeza? – ela perguntou.

Ahriman subitamente se inclinou à frente e segurou o pescocinho da mulher com as mãos grandes. – Não duvide de mim agora...

Vyvienne engasgou. – Eu não...

– Nós já temos dez das Relíquias. Sabemos que Miller está com a décima primeira, e a mulher, a tal Brigid Davis, tem a décima segunda. Teremos a localização da décima terceira em um dia. Mas – acrescentou ele, com a cautela habitual –, agora que a espada foi despertada, nós a queremos? Podemos controlá-la? Realmente precisamos dela?

Vyvienne tentou sacudir a cabeça, mas a mão que segurava seu pescoço apertou-o com força. – Eu... eu... acho – ela conseguiu sussurrar – que precisamos de todas elas.

– Miller manchou a espada. Ela a alimentou com sangue não santificado – retrucou ele. – E, com Judith Walker morta, nós não podemos despertá-la novamente. – Ahriman se afastou com aversão e ficou diante das janelas em arco, de braços cruzados, olhando para as montanhas.

Esfregando a garganta machucada, Vyvienne pegou uma foto de Owen Walker de uma pasta de arquivo, na mesinha de cabeceira. Tinha sido tirada em uma festa de Natal no ano anterior, e as bochechas do garoto estavam coradas, e a testa reluzia de suor. Vyvienne passou um instante examinando as feições fortes e masculinas do jovem. Colocou a foto de Sarah Miller, que Elliot roubara da casa dela, ao lado da de Walker. Eles formavam um belo casal. Os olhos azuis de Miller conscontrastavam com sua pele clara e seu rosto ganhava um efeito extraordinário pelas maçãs saltadas e seus lindos cabelos ruivos.

– E se... – Uma ideia lentamente se formou na cabeça de Vyvienne. Ela sorriu, ao formular os pensamentos. – E se Miller matasse o Guardião?

Ahriman se virou para olhá-la.

– Miller agora está com o parente mais próximo de Judith Walker – Vyvienne mencionou baixinho, deixando que ele juntasse os pedaços.

Enquanto isso, aproximou-se sedutoramente, parando atrás dele e enlaçando os braços ao redor de seu dorso, pressionando as palmas em seu peito. Ela podia sentir as batidas fortes de seu coração.

– Miller agora é quem controla a espada. No entanto, ela não sabe disso. Não faz ideia das forças que libertou. Mas se ela assassinasse o Guardião da Relíquia...

Seu mestre sorriu, seguindo sua linha de raciocínio. – Uma controladora não santificada, matando o Guardião da Relíquia – disse ele baixinho. – Isso tornaria a espada poderosa.

– Extremamente poderosa.

– Faça isso!

A mulher abriu os braços, lasciva. – Vou precisar de energia. Você precisa me suprir com seu poder.

Ahriman abriu-lhe a longa capa de seda, deixando-a cair no chão. Então, olhou sua bela esposa voltando à cama e se abrindo para ele. Em momentos assim, sentia uma ligeira preocupação com o poder que a mulher tinha sobre ele. Mas não seria sempre assim.

Em breve chegaria a hora do sacrifício final.

57

— Eu estava esperando por vocês.

A mulher miúda abriu a porta e deu um passo atrás. Sarah e Owen se entreolharam, sem entender. Eles tinham ensaiado a conversa de abertura com Brigid Davis, tentando arranjar um jeito de conseguir passar da porta sem que a idosa chamasse a polícia. Mas a porta foi aberta ao primeiro toque e a mulher sorria como se os conhecesse.

Brigid Davis vivia em um dos blocos sem face que haviam sido construídos na periferia de Londres, no fim dos anos 1960 e começo dos anos 1970. O jovem casal passara quase uma hora vagando pelo complexo de prédios, tentando achar a velhinha, mas todos os blocos grafitados tinham nomes – Victory House, Trafalgar House, Agincourt House – e Judith Walker não tinha registrado o nome do prédio de Brigid em seu livro de endereços. A maioria das caixas de correio nos corredores com cheiro azedo estava aberta, e Owen desconfiava que as poucas que estavam fechadas tinham sido coladas.

Ninguém parecia conhecer a idosa, nem sabia seu endereço. Mesmo que soubessem, certamente não estariam inclinados a fornecê-lo ao jovem de cabeça raspada, olhos verdes e rosto machucado, e à ruiva com os cabelos mal cortados e olhar intenso.

Sarah e Owen estavam quase desistindo quando falaram com um indiano maduro que lhes indicou o apartamento no oitavo andar, da Waterloo House. – Um arquiteto com senso de humor – Sarah murmurou, enquanto subiam os oito andares até o alto do prédio. – Provavelmente nunca voltou para olhar o prédio que projetou.

O apartamento 8A era logo à esquerda da escada. O jovem casal tocou a campainha e se recostou no corrimão enferrujado, recuperando o fôlego, quando a porta foi aberta e a velhinha apareceu.

– Eu estava esperando por vocês – Brigid Davis repetiu quando fechou a porta atrás deles, depois virou a tranca duas vezes e passou a corrente.

Pegando os dois pelo braço, ela os conduziu pelo corredor estreito até a salinha de visitas.

– Por favor, sentem-se, sentem-se. Não fiquem tão surpresos. – Brigid sorriu diante das expressões chocadas ao guiá-los até o sofazinho estofado. Ela se sentou de frente para eles, em uma cadeira de balanço arranhada. Quando se recostou, seus pés não chegavam a tocar o chão, o que a fazia parecer ainda mais infantil.

Sarah concluiu que Brigid Davis devia ter sido extraordinariamente linda quando jovem. Embora soubesse que ela era contemporânea de Judith Walker, portanto com setenta e poucos anos, sua pele quase não tinha rugas e era translúcida. Seus cintilantes olhos azuis eram grandes e seus dentes fortes e brancos. Os cabelos brancos, amarelados, estavam afastados do rosto em uma trança comprida que pendia nas costas. Estava com um vestido preto simples. As únicas joias que usava eram um colar de turquesas e um anel que combinava com ele.

– Senhora Davis... – começou Owen.

– Senhorita – disse a idosa gentilmente. – Você é Owen Walker, sobrinho da querida Judith. Fiquei muito triste ao saber da morte dela.

– Já sabe? – Owen estava surpreso.

Brigid assentiu.

– Eu não me dei conta de que tivesse passado no noticiário.

– Talvez tenha passado, talvez não – disse a idosa, de maneira meio cantarolada e perturbadora, antes de pegar as mãos de Sarah, empolgada. – E você é Sarah Miller. A polícia parece ávida para entrevistá-la – acrescentou, com um sorriso malicioso.

– Foi um mal-entendido... – Sarah começou.

A idosa ergueu uma das mãos, silenciando-a. – Não precisa me dar explicações. – Cruzando as mãos no colo, concentrou-se nelas por um instante, e quando ergueu novamente o olhar, seus olhos grandes estavam ainda maiores por conta das lágrimas. – Vocês vieram para me alertar quando às mortes dos outros Guardiões. Já faz um tempo que sei sobre essas mortes.

– Sabe! – gritou Owen. – Não disse à polícia?

– Não tenho certeza se a polícia acharia minhas fontes confiáveis – disse Brigid baixinho.

– Quais são as suas fontes? – perguntou Sarah.

– Chá?

Owen e Sarah olharam para ela. – Perdão?

– Chá? – perguntou ela novamente. – Gostariam de tomar chá? Claro que gostariam – disse, levantando-se. – Vou fazer chá para nós, tenho Darjeeling e camomila; são completamente opostos, no entanto, cada um deles é delicioso. Acho que é um dia mais para o Darjeeling, não acham? Primeiro o chá, depois falamos. – Ela foi até a cozinha e, instantes depois, a chaleira apitou.

– Ela é maluca? – sussurrou Sarah.

– Acho que é completamente doida, isso sim.

– Não sou maluca nem doida – disse Brigid, enfiando a cabeça pela porta –, embora eu possa compreender por que vocês achariam isso.

Sarah abriu a boca para responder, mas Owen pôs a mão sobre seus lábios, silenciando-a. Ele se levantou e caminhou até uma mesinha abaixo da janela, onde havia uma dúzia de porta-retratos. A maioria de Brigid: de vestido rosa de festa, uma beca de formatura, um vestido de dama de honra. Outras fotos mostravam-na cercada de crianças pequenas. Uma foto, mais antiga que o restante, estava atrás. Era uma fotografia desbotada de um grupo de crianças.

– Os Guardiões das Relíquias – disse Brigid, voltando com uma bandeja. Owen se levantou para pegar a bandeja e ela sorriu, grata. – Sua tia está aqui, a segunda à esquerda, na fileira do meio. Sua tia e Bea estão usando vestidos iguais, com faixas na cabeça, eu estou sentada abaixo delas, ao lado de Billy Everett. Gabriel estava atrás de mim e ficava puxando o meu vestido. Eu estava com um lindo vestido esmeralda naquele dia. Quase da cor dos seus olhos. – Sem parar para respirar, ela acrescentou: – Por que fez isso com seus cabelos? Não ficou bem para você.

Constrangido, Owen passou os dedos na careca raspada. Deveria ser um disfarce, mas só fez com que ele parecesse um bandido.

Mudando de assunto, Owen apontou para a garotinha loura que parecia bem menor que o restante. – Essa é você? Minha tia tem a mesma fotografia em sua sala de estar. Você não mudou muito.

– Gentil de sua parte dizer isso. Esta fotografia foi tirada há setenta anos. A última vez em que estivemos juntos. Todos nós recebemos uma cópia da fotografia. – Ela ergueu a foto das mãos de Owen e inclinou-a em direção à luz.

– Agora há somente três de nós vivos. Barbara Bennett, Don Close e eu. Estaremos mortos em breve. Do pó ao pó – acrescentou ela, de forma casual, enquanto servia o chá.

– Barbara e Don... Eles são Guardiões também? – perguntou Owen.

– São. Donnie é o que está na fileira do meio, o que tem sardas, entre Sophie e Barbara. – Ela deu uma olhada de lado para Owen e Sarah. – Ele está com Don, entende? Ele está com Don... Acho que também está com Barbie, mas fica meio nebuloso às vezes. – Ela fechou os olhos com força e se concentrou. – Talvez ele esteja com Barbie. Ele decididamente está com Don. Sim, ambos, eu acho. Ele está com eles.

– Quem está com eles? – perguntou Sarah.

– O Homem Moreno. E, a cada hora, tortura Don para fazê-lo revelar a localização de sua Relíquia. Don ainda não disse, mas vai dizer. É só uma questão de tempo até que ele diga. Eles sempre dizem. Açúcar? A velha sorriu de novo, segurando o açucareiro para Owen e, dessa vez, ele percebeu que Brigid era realmente louca, perigosamente louca.

– Está dizendo que há duas pessoas que estão sendo mantidas prisioneiras? – Owen perguntou, cautelosamente, incerto se teria ouvido corretamente.

– Sim. – Brigid Davis sentou-se e colocou dois torrões de açúcar em seu chá, depois deu uma grande mordida em um dos biscoitos que havia trazido.

– Por que não disse à polícia?

– E o que devo dizer? – perguntou Brigid, olhando em seus olhos brilhantes. – Um homem e uma mulher estão sendo mantidos prisioneiros, eu não sei onde, nem quem está com eles. Simplesmente sei. O que acha que a polícia fará a respeito disso?

– Você obviamente sabe muito mais do que está se passando e do que nós. O que pode nos dizer? – Owen provocou.

Brigid sorriu radiante. – O suficiente para deixá-los aterrorizados. O bastante para convencê-los de que realmente sou perigosamente louca. – Ela sorriu novamente, fixando os olhos no rosto dele.

– Senhorita, se sabe de algo que pode nos ajudar, conte-nos – Sarah esbravejou. – Neste momento a polícia está convencida de que matei dois homens, esquartejei toda a minha família e provavelmente sequestrei Owen. Estou presa a um tipo de pesadelo e você está fazendo joguinhos!

– Leite?

– Ah, pelo amor de Cristo!

– Olhe a boca! – repreendeu Brigid. – Não diga o nome de Deus em vão.

– Desculpe – murmurou ela. – Não tive a intenção de ofender...

– Não ofendeu... É que simplesmente há poder nos nomes e é tolice chamá-los desnecessariamente.

Ela esperou até que ambos estivessem bebericando o chá escaldante, antes de falar. – É difícil saber por onde começar e nós temos muito pouco tempo. Eu poderia começar voltando setenta anos, quando treze crianças foram trazidas de todas as partes da ilha até o pequeno vilarejo de Madoc, quase na fronteira do País de Gales. Poderia começar voltando quatrocentos anos, quando a primeira Elizabeth regia a Inglaterra, ou poderia começar quinhentos anos antes disso, quando a história e a mitologia se encontraram... Ou poderia começar voltando quase dois mil anos, quando as Relíquias foram trazidas para a terra que um dia seria chamada Inglaterra.

– Yeshu'a – Sarah sussurrou.

Brigid resfolegou e sua xícara caiu, quebrando-se no chão. – O que sabe de Yeshu'a?

– Eu sonhei...

– Yeshu'a é um homem grande, louro, de olhos azuis – disse Brigid baixinho.

Sarah sacudiu a cabeça. – Não, eu sonhei com um menino de cabelos escuros, olhos escuros...

Brigid Davis sorriu. – Ah, esse é ele. Então você sonhou com o menino. – Ela subitamente estendeu o braço. – Dê-me sua mão.

Olhando Owen de lado, Sarah pousou sua xícara e estendeu a mão. A idosa a pegou, cravando as unhas na pele. – Quem é você? – sussurrou ela.

– Eu sou Sar... – ela a segurou mais firme, silenciando-a.

– Quem é você, de verdade? – O sorriso da idosa mostrava expectativa. – Não me diga quem você é... diga-me quem você *foi.*

O som da trombeta de caça, os cães latindo...

O menino Yeshu'a virou-se, olhando para ela, seus olhos escuros perdidos na sombra, seus lábios finos curvando-se em um sorriso...

Um homem idoso virou-se, olhando para ela, metade de seu rosto estava banhada pela luz do sol poente, a outra metade estava na sombra...

Um guerreiro poderoso virou-se, olhando para ela, havia sangue no rosto dela, uma espada quebrada em sua mão...

O rosto de Judith Walker, ensanguentado e partido.

... o homem pequeno com olhos perversos.

... o skinhead *com o sorriso debochado.*

O rosto de Owen.

O rosto de Brigid.

– ENTÃO – A IDOSA murmurou, soltando as mãos dela.

Sarah piscou, as imagens foram sumindo. – O que foi isso? O que está acontecendo? – Ela se sentiu enjoada, uma dor latejava em sua cabeça por trás dos olhos e havia um gosto amargo em sua boca. Owen estendeu a mão e apertou-lhe o braço, e ela sentiu o calor de seu toque percorrer seu corpo, passando por seu peito, instalando-se em sua barriga.

Ela exalou com força, percebendo que estivera prendendo a respiração. Quando ela levou a xícara de chá novamente aos lábios, suas mãos estavam tremendo tanto que ela mal conseguia segurá-la.

Owen rompeu o silêncio que veio a seguir. Olhou sério para Brigid.

– Por que não começa com as Relíquias? – perguntou ele.

58

Fowler chutou a porta fina, abrindo-a de primeira.

– Ele não está aqui – murmurou o detetive, rapidamente vasculhando o apartamento ordinário. O corredor atrás deles já estava repleto de policiais.

– Como sabe? – perguntou Victoria, seguindo silenciosamente atrás dele, segurando firmemente uma lanterna com as duas mãos.

– O que você faria se alguém chutasse a sua porta?

– Sairia correndo... ou jogaria o flagrante na privada.

– Está ouvindo alguma coisa?

– Nada.

Nick Jacobs – também conhecido como Skinner – morava em um apartamento acima de um cinema de adultos, nas proximidades do Soho. Em meio à bagunça de roupas espalhadas, embalagens de comida para viagem e latas de cerveja amassadas, a televisão de tela plana e alta definição ficava estarrecedoramente fora de contexto. Ao lado do colchão imundo, onde Skinner obviamente dormia, um som incrível tinha sido montado, com caixas de som imensas de frente para a cama.

– Aposto que ele gosta de ouvir o som alto – murmurou o detetive Fowler antes de se virar para os quatro policiais espalhados pela sala. – Desmanchem este lugar. Ensaquem tudo. E se encontrarem algo interessante... – Ele deixou a frase no ar.

Victoria Heath andou pelo apartamento. Eles tinham acabado de vir do suntuoso apartamento de Elliot, em Bayswater, e o contraste entre os dois era assustador. Elliot tinha tudo. O apartamento era extraordinariamente decorado e impecavelmente limpo, com tudo meticulosamente no lugar. No entanto, seu amante morava em um chiqueiro. A única coisa que os dois tinham em comum era o gosto pelos caros sistemas de som e pela televisão.

Ela ficou imaginando onde Skinner estaria. Será que Miller o teria matado? E como foi que Miller, sem jamais ter tido problemas com a lei, se envolvera com esse tipo de gente? Eles não tinham nenhuma prova de que Sarah Miller ao menos conhecesse essas pessoas, no entanto, há dois dias ela tinha esquartejado toda a família e se envolvera na morte de pelo menos duas pessoas e no rapto de Owen Walker. Havia a possibilidade de que o americano ainda estivesse vivo, mas por quanto tempo?

A sargento estava se afastando do colchão imundo quando avistou números rabiscados e nomes escritos no chão de madeira. A maioria estava apagada, mas um dos endereços se destacava. Tinha sido escrito com tinta preta, por cima de alguns dos outros nomes e números. Ela inclinou a cabeça para ler. – Brigid Davis, apartamento 8A, Waterloo House, Hounslow. – Quando ela passou o dedo por cima da escrita, a tinta borrou.

– Tony! Acho que temos algo.

59

Skinner encostou o Nissan roubado junto ao meio-fio e desligou o motor. Segurando o volante com as duas mãos, ele ficou olhando os blocos de apartamentos, com sombras idênticas refletindo as torres cinzentas.

A voz ao telefone lhe dera instruções precisas e deixava no ar uma ameaça silenciosa caso ele falhasse.

Mas ele não iria falhar.

Debaixo do banco ele tirou uma arma de cano duplo, com o cano serrado em alguns centímetros. Ele a havia usado somente uma vez, ao sair para assustar um cliente que devia dinheiro a Elliot. Fora dito a Skinner que disparasse um tiro no chão, para assustá-lo. Desacostumado à arma e ao alcance das balas, ele disparou perto demais e explodiu quase o pé inteiro do homem. Os lábios de Skinner se curvaram em um sorriso amargo ao se lembrar da cena. O cliente tinha pagado o que devia; Elliot coletou o dinheiro na cama de hospital do pobre do cara.

O *skinhead* sacudiu a cabeça e empurrou os óculos para cima, sobre a testa. Quando pensou em seu associado, Elliot, percebeu que só podia ter estado maluco. Ele fazia todo o trabalho sujo de Elliot e tudo o que recebia em troca eram migalhas e uma mágoa imensa. Bem, esse era seu bilhete de ouro: ele agora estava trabalhando com os graúdos, e embora seu novo empregador fosse bem aterrorizante, haveria uma grande recompensa. Talvez em um ano, dois, no máximo, ele poderia realmente ser alguém com dinheiro no bolso, um carro, um apartamento e seus próprios subordinados para fazer o *seu* trabalho sujo. Ele assentiu firmemente e os óculos de sol deslizaram sobre o nariz; isso era o que ele queria.

Em um ou dois anos ele seria alguém.

Waterloo House, oito andares acima. O nome da mulher era Brigid Davis. Quando ele a tivesse rendido, deveria fazer a ligação telefônica – o número estava escrito nas costas de sua mão – e então receberia instruções adicionais.

Enfiando a arma por baixo do casaco comprido, saiu do carro e caminhou na direção dos prédios. Estava assoviando uma música de *Wicked*; ele adorava esse espetáculo.

60

— Tem muita coisa que não posso lhes dizer – disse Brigid Davis baixinho – simplesmente porque não sei. E porque nosso tempo está se esgotando – acrescentou ela rapidamente, observando a expressão no rosto de Sarah. – Deixe-me falar, depois você pode fazer perguntas.

Owen apertou o braço de Sarah, contendo seu protesto. – Deixe-a falar – ele ecoou baixinho.

Brigid Davis respirou fundo, depois virou a cabeça para olhar pela janela, vendo o horizonte londrino a oeste. – Há setenta e poucos anos, no começo da guerra, temia-se que os alemães bombardeassem as cidades. As crianças eram evacuadas para fora das cidades principais e mandadas para vilarejos na zona rural. Mesmo hoje, não tenho certeza de como fomos escolhidos, ou quem escolheu nossos destinos específicos. Eu acabei indo parar em uma vila escocesa chamada Madoc, bem na fronteira. Comigo incluída, foram treze crianças mandadas à pequena vila, cinco meninos e oito meninas. Todas tinham mais ou menos a minha idade, com pouca diferença, e todas vinham de locais diferentes do país. Para a maioria de nós, essa foi a primeira vez longe de casa e achamos aquilo uma grande aventura.

A idosa sorriu, piscando rapidamente. – Foi um tempo maravilhoso e, agora, posso dizer com total honestidade que foi uma das melhores épocas da minha vida. A vila era linda, as pessoas eram gentis, o clima era glorioso, eu tinha novos amigos... e nós tínhamos um segredo. Aquele foi o outono em que nos foram dadas as Relíquias.

Ela assentiu em direção à bolsa aos pés de Sarah. – Você está com a Espada de Judith. Dá para sentir. A Espada de... – Ela silenciou e acrescentou, respeitosamente: – Bem, vamos apenas chamá-la de espada, sim? Há magia nos nomes.

Quase que inconscientemente, Sarah enfiou a mão na sacola e tirou a espada embrulhada no jornal. Mais fagulhas de ferrugem caíram, dando pista do metal em meio à oxidação, o formato da espada ligeiramente mais definido.

Brigid estendeu a mão em direção à espada, depois recuou os dedos, como se tivesse sido queimada. – Ela foi alimentada?

Sarah olhou-a, inexpressivamente.

– Ela provou sangue? – perguntou Brigid.

– Eu a utilizei para matar dois homens.

O ar escapou dos lábios da idosa e seu rosto demonstrava pânico. Ela fechou a mão esquerda, estendendo o indicador e o mindinho, com o polegar cruzado sobre os dedos dobrados.

– Estava nos contando sobre as Relíquias – Owen disse rapidamente. – Na vila de Madoc, durante a guerra... as Relíquias foram dadas a vocês.

Os olhos de Brigid lentamente perderam a expressão vidrada. – Sim, sim, as Relíquias nos foram dadas. Pelo fato de sermos crianças novas na cidade, tendíamos a andar juntas. Em circunstâncias normais, nós jamais teríamos nos misturado. Éramos de classes e origens diferentes, e, naquela época, isso simplesmente não acontecia. Alguns de nós simplesmente jamais tinham ido à área rural. Estávamos lá havia aproximadamente três semanas quando descobrimos a famosa caverna assombrada de Madoc. Naturalmente, nós todos saímos para pesquisá-la. E foi onde conhecemos Ambrose.

– Ambrose era um mendigo que vinha à vila, desde sempre, e todos o conheciam. Ele afiava facas, ajudava nas fazendas e, à noite, adivinhava a sorte. Durante o verão e no começo do outono ele morava na caverna, na floresta, na periferia da cidade. Ao longo dos anos ele tinha colocado lá prateleiras de madeira e uma espécie de cama, e as crianças locais desafiavam umas às outras a entrar escondido e se deitar na cama.

– Todas as crianças o amavam. Acho que todos nós queríamos ser como ele. Lembre-se de que essa era uma época diferente, quando os mendigos pareciam nobres. Nos os chamávamos de Cavalheiros da Estrada. Eles tinham uma dignidade que não se vê nos andarilhos dos dias modernos.

Brigid caiu em silêncio, lembrando-se do mendigo de um olho só. Quando ela voltou a falar, sua voz estava suave e distante.

– Acho que, no instante em que colocamos os olhos nele, todos percebemos que já o conhecíamos. Impossível, é claro. Mas nós o conhecíamos. E ele nos conhecia. Ambrose chamou cada um de nós pelo nome, do mais velho ao mais jovem. Primeiro Millie, depois até Judith. Ele sabia a idade de cada um, ele sabia até de onde vínhamos. Isso deveria ser aterrorizante, mas, mesmo agora, setenta anos depois, eu me lembro de que foi uma sensação tão... segura. – Brigid respirou fundo, ofegando tremulamente. – Nas semanas que se seguiram, nós passamos a conhecê-lo tão bem que começamos a sonhar com ele. Sonhos estranhos e curiosos, nos quais ele aparecia sentado, cercado de espelhos, falando, falando sem parar. No entanto, suas palavras eram estranhas e emboladas. Eram sonhos loucos e perturbadores. Somente quando descobrimos que os outros também estavam tendo os mesmos sonhos é que começamos a desconfiar que algo muito estranho estava acontecendo. Passamos a nos reunir no lado de fora da caverna, nos fins de tarde. Tardes douradas, com o sol brilhando através das árvores, e o ar pesado com os aromas da floresta. Isso é algo de que nunca me esqueci... embora hoje em dia as florestas me amedrontem – disse ela, com um sorriso. – Não lembro quando foi a última vez em que estive em uma floresta. Ambrose começava a nos contar histórias, fábulas magníficas e mágicas sobre lendas e folclore. Era um incrível contador de histórias: era quase como se estivesse estado lá. Então, ele nos contou sobre as Relíquias. As Treze Relíquias da

Bretanha. Uma semana depois ele apareceu com os artefatos. – Brigid caiu em silêncio.

– O que aconteceu? – Owen perguntou baixinho.

A idosa sorriu. – Não tenho certeza. Aquele dia permanece confuso em minha memória, embora para muitos outros tenha permanecido nitidamente claro. Eu me lembro de que naquele dia houve trovões e o ar estava elétrico. Tinha chovido no dia anterior, uma chuva torrencial que transformou as trilhas da floresta em sulcos lamacentos, tornando-os intransponíveis, e nós ficamos confinados aos nossos lares. Naquela noite o céu ficou nublado cedo, e aquele era um tempo anterior à televisão, portanto, nós fomos mandados para a cama cedo...

– Você fica falando nós – Sarah interrompeu. – Quem é "nós"?

– Todos nós. – Brigid sorriu. – Eu, Millie, Georgie, Judith, Barbara, Richie, Gabe, Nina, Bea, Sophie, Donny, Billy, Tommy... todos nós. Estou lhe dizendo o que aconteceu comigo, mas isso estava acontecendo com as outras doze crianças, ao mesmo tempo. Estávamos todas tendo os mesmos sonhos, pensando as mesmas coisas.

– O que aconteceu? – perguntou Owen.

– Acordamos por volta de meia-noite. Todos nos sentimos forçados a ir até Ambrose. – Brigid riu, trêmula. – Nós provavelmente éramos uma visão e tanto: treze crianças nuas, passando por ruas vazias, entrando pelas trilhas da floresta.

– Ambrose estava nos esperando. Vestia uma túnica cinza comprida, com uma corda como cinto, e tinha um capuz na cabeça. Ele estava diante de um toco de árvore coberto de limo, sobre o qual havia uma dúzia de estranhos objetos empilhados. Nós nos aproximamos, um a um, do mais velho ao mais novo... e ele estendia o braço, pegava um item e colocava em nossas mãos, e sussurrava o nome do objeto em nosso ouvido. Depois, dava um passo atrás e a próxima criança se aproximava...

Owen encarava a idosa, lembrando-se subitamente de um registro no diário de Judith:

Nós nos reunimos em um semicírculo ao redor de Ambrose, que estava em pé, ao lado de um toco cortado de árvore. Em cima do toco havia uma porção de objetos estranhos. Canecas, pratos, facas, um tabuleiro de xadrez, uma bela capa vermelha. Um a um, nós caminhávamos até Ambrose e ele dava a cada um de nós um dos belos objetos.

Ele percebeu que Brigid o encarava. – O que há de errado, meu querido? – perguntou ela.

Owen sacudiu a cabeça. – Minha tia descreveu os acontecimentos que você está contando, mas ela escreveu como se fosse um sonho.

– Em princípio, foi mesmo um sonho: toda noite, por dez dias, o mesmo sonho, a mesma sequência de acontecimentos, e Ambrose sussurrava as mesmas palavras. Na décima primeira noite foi realidade e, àquela altura, é claro, nós estávamos perfeitamente dentro do ritual. – Ela deu uma leve encolhida nos ombros. – Acho que os sonhos foram mandados por Ambrose para nos preparar para o que estava por vir.

– Não foi um sonho? – perguntou Sarah.

Brigid apontou para a espada na mão dela, depois enfiou a mão no bolso e tirou uma pequena corneta de caça, de marfim amarelado, tampada com ouro fundido e entalhada com desenhos em pedra.

– Esta é a corneta de... B-R-A-N – ela soletrou. – Não me atrevo a dizer seu nome. E, não, não foi um sonho. – Segurando a corneta com força, ela respirou fundo, ofegante. – Quando chegou a minha vez, eu me aproximei do homem de um olho só e ele pressionou isto em minha mão. E, quando ele disse o nome, eu soube, subitamente soube tudo sobre este objeto... e, na verdade, sobre todas as outras Relíquias. Eu soube o que eram, de onde vieram e, mais importante, sua função.

– Não tenho certeza de como os outros reagiram aos seus presentes. Nunca falamos sobre isso. Eu tive a impressão de que alguns simplesmente não acreditaram, ou não quiseram acreditar, no que Ambrose lhes disse. Quando a guerra acabou, todos nós seguimos caminhos separados e ficamos todos bem, de certa forma bem-sucedidos. Profissionalmente. Pessoalmente. Ambos. Os que acreditaram nas Relíquias, que intuitivamente compreenderam seu poder, foram ligeiramente mais bem-sucedidos que os outros. Mas isso tinha pouco a ver conosco; isso foi o poder residual das Relíquias, trabalhando através de nós.

– O grupo alguma vez voltou a se reunir? – perguntou Owen.

– Alguns de nós mantivemos contato, mas Ambrose insistiu para que todas as Relíquias jamais fossem reunidas outra vez.

– Por quê? – perguntou Sarah. Parecia-lhe que a espada esquentava em sua mão e instintivamente soube que era sua proximidade da Corneta de Bran.

O sorriso de Brigid era gélido. – Perigoso demais. Há treze Relíquias. Individualmente, elas são poderosas. Juntas, são devastadoras. Jamais podem ser postas juntas.

– Esse Ambrose as pôs juntas – disse Sarah rapidamente.

– Ambrose era o Guardião das Relíquias, ele podia controlá-las.

Owen se inclinou à frente, com as mãos firmemente entrelaçadas. – Você disse que sabia a função das Relíquias. Qual é?

O sorriso de Brigid estava frio, distante. – Não tenho certeza se devo lhes dizer.

– Por que não? – perguntou Sarah.

– Quando Ambrose me deu a Relíquia, ele abriu a minha mente para os mistérios antigos. Eu vim de um passado profundamente religioso, e o que descobri naquela noite me chocou profundamente, me fez duvidar de tudo o que eu tinha aprendido desde a infância. Passei toda a minha vida em busca do conhecimento religioso, procurando respostas, e, apesar do meu dom maravilhoso, percebi que quanto mais eu aprendia, menos eu sabia. – Ela deu um sorriso torto. – Eu sei que nos últimos dias sua tia também sondou a sabedoria arcana e folclórica, procurando respostas no passado para as mesmas perguntas que me afligiram durante toda a vida.

Owen sacudiu a cabeça. – Você não está fazendo sentido.

– Conte-nos o que as Relíquias fazem – Sarah insistiu.

– Elas são defesas, proteções, barreiras poderosas. São colocadas no lugar para conter... – Ela parou e suspirou. – Não posso. É perigoso demais. Vocês estão desprotegidos. Até o conhecimento os torna vulneráveis.

– Conte-me – Sarah insistiu. Brigid sacudiu a cabeça e Sarah sentiu uma súbita irritação irracional. Ela saltou, ficou de pé empunhando a espada à sua frente, acima da pequena mulher, que agora se balançava na cadeira de balanço.

– Sarah!

Ela subitamente parou, com a respiração ofegante, o coração disparado, ciente de que Owen estava gritando com ela, puxando seu braço. Brigid estendeu o braço e tocou sua mão, e então Sarah sentiu a onda repentina de ódio sumir, deixando-a fraca e trêmula. Abalada, ela se sentou na poltrona, com o rosto corado de vergonha por seu rompante.

– Está vendo o perigo das Relíquias? – perguntou a idosa. – Você não é uma mulher inclinada à raiva... e, no entanto, veja o que ela lhe fez. Se você continuar a segurar a espada, em mais alguns dias ela irá controlá-la... e o paradoxo disso é que você vai gostar. Isso aconteceu com alguns dos Guardiões das Relíquias. Eles começaram a gostar do poder... e o poder os corrompeu.

– Eu não sou um dos Guardiões das Relíquias – disse Sarah, taciturna.

– Não – concordou Brigid –, mas você é muito mais que isso, eu acho.

– Além disso, a espada pertence a Owen. – Sarah sorriu. – Judith me pediu para repassá-la.

– Então entregue-a a ele – sugeriu Brigid.

Sarah virou-se para o jovem ao seu lado, subitamente alarmada pela ideia de entregar o pedaço de metal enferrujado. Ela tentou erguer a mão direita, a mão que segurava a espada, mas viu que não conseguia erguê-la. Uma força se fechou em seu peito, apertando-o, tirando-lhe o ar dos pulmões, queimando seu estômago.

– Está vendo? – a idosa sorriu. – Está vendo o domínio que ela tem sobre você?

Sarah se recostou na poltrona, banhada em suor. – O que posso fazer?

– Nada. Absolutamente nada.

61

Skinner subiu a escada devagar, com o coração disparado, os pulmões queimando. Estava muito fora de forma e o elevador não estava funcionando. Jamais gostou de elevadores; não que fosse claustrofóbico, mas se lembrava de uma história que tinha lido, quando era adolescente, sobre um homem que entra em um elevador, aperta o botão para descer... e o elevador o leva direto ao inferno, e todos os andares pelos quais ele passa são os fatos mais importantes de sua vida. Tinha dez anos quando leu essa história e ela o acordara noite após noite, gritando de terror... Então seu pai entrava, fedendo a bebida, com o cinto de couro na mão...

Enquanto o *skinhead* lentamente subia os degraus, concluiu que morar em um lugar desses devia ser um inferno. Apartamentos idênticos, vidas idênticas, nada de emprego, pouco dinheiro, futuros sombrios idênticos.

Pelo menos ele tinha um futuro.

Tecnicamente, estava desempregado. Recebia seu seguro desemprego semanalmente, mas Elliot sempre assegurava que ele tivesse mais que o suficiente no bolso. O sorriso de Skinner sumiu. Sem Elliot, quem iria administrar as boates, o cinema; quem ia pagá-lo? Seu novo empregador lhe dissera que ele seria bem recompensado, mas não mencionara dinheiro.

A caminho dali, ele precisou abastecer de gasolina o Nissan roubado. Geralmente, Elliot pagava essa conta, porém, dessa vez, ele teve de sair de seu próprio bolso. Tinha vinte e duas libras em dinheiro, mas o que faria quando acabasse? Na próxima vez em que falasse com seu novo chefe faria questão de perguntar isso a ele.

Skinner descansou no oitavo andar, ofegante, recostando-se na parede engordurada. Seu coração estava disparado e ele teve a sensação de que ia vomitar. Respirando em golfadas, e sentindo o cheiro de urina e repolho, ele tentou assimilar para onde ia, para arranjar uma grana. Ficou pensando se a velha guardava algum dinheiro em casa. Gente velha não confiava em bancos; sempre guardava em casa suas economias. Ele então ficou pensando em quanto seu empregador lhe pagaria por essa corneta de caça que desejava. Se realmente a quisesse, pagaria por ela. Lindamente.

62

Brigid Davis estava em pé, junto à janela, olhando o horizonte de Londres. – Individualmente, as Relíquias aparecem ao longo da história inglesa, de uma forma ou de outra, geralmente como propriedade de reis e rainhas, ou das pessoas próximas a eles. São ligadas a todas as grandes figuras da lenda e surgem, direta ou indiretamente, em todos os pontos de destaque da história. A última aparição de que se teve conhecimento foi durante os dias sombrios da guerra. – Ela parou para causar efeito. – E acredito que elas assumiram um poder próprio, usando e moldando os Guardiões para seus próprios fins.

Owen sorriu hesitante. – Você faz parecer que as Relíquias estão vivas.

– Os artefatos *são* sensitivos – disse ela. – Acredito que eles formam um relacionamento simbiótico com o Guardião. Tornam-se algo como uma droga viciante; você não consegue se separar deles. – Ela sorriu para Sarah. – Como você já descobriu.

– Mas eu não sou um dos Guardiões – disse ela, desesperada.

– Mas você alimentou a espada. Está ligada a ela. Desde que entrou aqui, não deixou que ela saísse de suas mãos.

Sarah olhou a espada em suas mãos manchadas de ferrugem. Ela não tinha percebido que ainda a segurava.

– Alguém está recolhendo as Relíquias – prosseguiu Brigid, virando-se de volta para a janela. – Às vezes, quando estou pegando no sono, acho que o vejo: um homem alto, moreno, de porte poderoso. E, de vez em quando, surge a imagem de uma jovem bonita e mortal, com os cabelos negros envolvendo-a como uma capa... Eu sempre tive visões, e embora essas sejam relativamente claras, não tenho certeza se são visões reais ou apenas um sonho. Estou propensa a achar que são sombras de gente de verdade. Não sei quem são essas pessoas, nem o motivo para estarem recolhendo as Relíquias, mas elas são perigosas. Estão despertando as energias das Relíquias recolhidas, trazendo-as à vida mágica ao banhá-las com o sangue dos Guardiões; depois, canalizando essas emoções sinistras às Relíquias individuais.

– Mas por quê? – perguntou Owen. –Você certamente tem alguma ideia, não?

Brigid assentiu. – Sim, eu pensei em um motivo... possivelmente o único motivo para que alguém queira ou precise de todas as Relíquias. Mas é tão abominável que é quase incompreensível.

– Conte-nos – disse Sarah baixinho.

– Por que você não nos conta? – sugeriu Brigid.

– Eu?

– A espada é o coração da lenda. – A voz da idosa reduziu-se a um sussurro. – Olhe para ela, sinta-a, ouça... ouça a espada, Sarah.

Sarah deu um sorriso hesitante – a idosa estava maluca –, mas a espada subitamente se tornou pesada e ela precisou segurá-la com as duas mãos. Seu corpo inteiro estremeceu, a vibração desceu por seus braços, até seus pequenos punhos. A espada deu um solavanco em suas mãos, fragmentos de ferrugem se desprenderam, revelando uma forma mais nítida de espada por baixo, e ela subitamente conseguiu vê-la como devia ter sido, quando estava inteira.

Sarah fechou os olhos...

63

... e começou a ver.

A neblina se revolvia, uma névoa de gotinhas no metal, e as criaturas surgiram, de mandíbulas abertas, mostrando as garras, os olhos amarelos faiscando sob a luz âmbar. O menino Yeshu'a ergueu a espada e apontou-a para as criaturas.

– O que são elas? – A voz do garoto era calma.

Josea pousou a mão no ombro do sobrinho, confortado pela curiosidade calma do jovem. – Demoníacos – disse ele simplesmente. – O povo do lugar os chama de Fomor.

Yeshu'a observava as criaturas se amontoarem na praia, figuras angulares e disformes se deslocando pela neblina matinal. Eram mais altas que os homens, mas tinham um tom verde-cinzento e eram escamadas como os crocodilos das Sombrias Terras do Sul, com as mesmas mandíbulas longas e cheias de dentes. Ao contrário do crocodilo de olhar vazio, essas criaturas tinham olhos que ardiam com uma inteligência fria. Eles caíam sobre os mercadores e marujos que esperavam na praia, atacando-os na hora da aproximação das embarcações, matando-os instantaneamente, brincando com outros, até que os gritos se tornassem terríveis demais e os marinheiros pusessem cera nos ouvidos. Então os Demoníacos se banqueteavam e o fedor da carne estraçalhada contaminava o ar fresco salgado.

Agora eles se reuniam na praia, movimentando-se inquietos, de um lado para outro, esperando que os barcos atracassem.

Yeshu'a deixou que sua consciência rugisse, viajasse através das ondas e pairasse acima da praia, antes de lentamente se instalar na mente de uma das criaturas... apenas para se afastar revoltado pelas imagens breves. – Demoníacos.

– O garoto estremeceu quando sua consciência regressou ao corpo, no barco. – A Prole da Feiticeira Noturna e dos Iluminados, Os Espíritos Decaídos.

– Eles mantêm essa terra escrava – disse Josea baixinho, forçando-se a manter a mão no ombro do sobrinho, induzindo-se a dizer as palavras calmamente, baixinho, embora soubesse que garoto algum – nenhum garoto comum – deveria saber das origens da raça do demônio.

Mas Yeshu'a não era um garoto comum.

– Quando os Primeiros Homens rejeitaram a Feiticeira Noturna – disse Josea – e a baniram para o Deserto, ela copulou com O Decaído, que também tinha sido expulso do Jardim. Com o tempo, ela trouxe a raça conhecida como demônios.

Quando Josea olhou para baixo, para o garoto, teve um vislumbre do rosto sério do homem que o menino se tornaria... e descobriu que isso o assustava. – Eles regeram o mundo até a chegada dos homens – prosseguiu Josea –, e então foram forçados a sair rumo às montanhas, aos charcos e locais improdutivos.

– Mas nem sempre – disse Yeshu'a.

– Não – concordou Josea. – Nem sempre. Às vezes eles permaneciam, ou copulavam com humanos, criando outras abominações, comedores de carne, bebedores de sangue. Lobisomens. Vampiros. Ao longo dos séculos, eles vêm sendo expulsos de todas as terras civilizadas, e por isso acabaram aqui, à beira do mundo. Esse é seu território, esse é o reino dos Demoníacos.

O garoto concordou. – Mas isso é uma ilha; com o tempo, eles vão extinguir a vida dali e perecer.

Josea apertou o braço do sobrinho. – Há gente aqui, gente boa. Vamos simplesmente abandoná-los para os Demoníacos? E o que acontecerá quando os Demoníacos encontrarem um meio de deixar a ilha e atacarem a terra firme, adentrando as terras ao redor do Mar do Meio? Eles são poderosos o suficiente para fazê-lo?

Yeshu'a assentiu. – Claro, tio. O que me pediria para fazer? – perguntou simplesmente.

– Podemos destruir as feras?

Sarah.

– Podemos matar as que existem neste mundo – disse Yeshu'a, simplesmente. – Mas elas voltarão, repetidamente, a menos que lacremos a porta de seu reino.

– Como? – perguntou o Marinheiro Mestre.

O garoto se virou para olhá-lo. – Por que se importa, tio? – perguntou ele. – Esses insulanos não são nada para você, não são de sangue, nem têm laços.

– Se não impedirmos essas criaturas agora, mais cedo ou mais tarde, quando elas estiverem mais fortes, virão para o Sul e destruirão tudo o que passei a vida construindo. E o Senhor meu Deus disse para eu amar o meu próximo como a mim mesmo.

Sarah.

– No entanto, há muito que o seu Deus lhe diz que irá contradizer o que você acabou de dizer – o garoto disse, rapidamente.

Josea concordou, mas permaneceu em silêncio. Ele não era tolo de argumentar filosofia ou religião com o garoto. Uma vez, quando era menor, o garoto desapareceu. E acabou sendo encontrado argumentando questões de filosofia e das escrituras com os Anciãos, no Templo.

Os olhos de Yeshu'a ficaram frios. – Toda criatura precisa ser destruída. Nenhuma delas pode permanecer viva. Então, nós precisamos rastreá-las até seu covil e fechar a porta entre os mundos. Precisamos lacrar o portal entre o nosso mundo e o Outro Mundo.

– Sarah!

... e o apartamento voltou ao foco no momento em que Sarah abriu os olhos e descobriu que estava olhando diretamente para o cano de uma arma.

64

Sexo.

Essa era a mais antiga das magias, a mais simples e mais poderosa. Quando macho e fêmea se fundiam na união máxima, as energias geradas podiam ser moldadas, focadas e controladas.

Vyvienne era o recipiente, o canal. Ahriman a alimentaria com sua energia. Vyvienne estava montada em cima dele, movendo-se em um ritmo suave, enquanto ele passava a língua e os dedos em seu corpo, excitando-a, deliberada e friamente, sem paixão. Quando ele viu o rubor surgir nos seios dela, sentiu a rigidez dos mamilos sob as palmas das mãos, soube que estava perto. Então ele fechou os olhos e se concentrou na antiga fórmula de palavras que focariam seu poder. O rosto de Sarah Miller surgiu à sua frente, nítido, e por um instante não era Vyvienne que estava sobre ele, era Miller.

Vyvienne cravou os dedos em seus ombros, em sinal de que era a hora.

A mulher abriu os olhos. A fotografia de Miller tinha sido colada acima da cama e ela a encarava diretamente. Pressionando as duas mãos na parede, apoiando-se nos braços rígidos, Vyvienne encarava o rosto de Miller e se imaginava sob ela. Sentiu seu orgasmo aumentando na boca do estômago, e o sentiu tremendo nas pernas de Ahriman e nos músculos de sua barriga. Vyvienne focou nas imagens piscando por trás de seus olhos...

... Miller e Owen nus, em um quarto bege, fazendo amor, ela subindo em cima do garoto, suas mãos acariciando-lhe o dorso, deslizando por seu pescoço, por seu rosto. O garoto transformado, seu rosto e seu corpo se retorcendo e se tornando um

demônio vermelho. O grito de Sarah foi silencioso quando ela recuou, segurando a Espada Quebrada com as duas mãos, a lâmina incompleta apontando para baixo... e a espada estava caindo, a lâmina quebrada cravando-se no pescoço vermelho do demônio, o sangue jorrando para cima, chiando no local onde a lâmina de metal tocava, respingando no corpo dela, cobrindo-a de vermelho, e seu orgasmo a inundava enquanto ela se retorcia e estremecia, morrendo...

Ahriman gemeu no momento em que o orgasmo de Vyvienne irrompeu. Eles se agarraram tremendo juntos, até que os espasmos passaram. Quando voltaram a se aquietar, o mestre passou as mãos grandes pelos cabelos dela. – Então? – sussurrou ele.

– Está feito – murmurou ela. – A semente está plantada. Esta noite Sarah Miller verá Owen como um demônio vermelho e o matará com a espada – disse ela antes de adormecer, ainda presa ao corpo dele.

65

Skinner pousou a arma no nariz de Sarah, encostando o metal áspero. – Que bom vê-la novamente, amor.

Sarah piscou, confusa, perdida. De onde viera o *skinhead*? Ela tentou virar a cabeça para olhar para Owen e Brigid, mas o peso da arma em seu rosto impossibilitou o movimento. Fragmentos de seu sonho se agitaram, rodopiando, as imagens do rosto do demônio rosnando se instalaram no *skinhead*, e os dois se tornaram um.

Skinner destravou o gatilho e o barulho a trouxe de volta ao presente. – Eu deveria explodir a droga da sua cabeça neste minuto! – ele disse. – Você matou Karl.

– O que você quer? – perguntou Owen em voz alta.

Skinner se virou e o peso da arma se ergueu do rosto de Sarah, pois ele passou a apontar o revólver de cano curto para o garoto. – Você, cale a boca. Desta vez, eu não vim atrás de você. – Seu sorriso torto se transformou em um olhar de esguelha. – Você é apenas o glacê do bolo.

– O que você quer? – Brigid repetiu a pergunta de Owen.

– Cale a boca. – Skinner recuou ao centro da sala, segurando a arma perto do peito, observando o trio, subitamente incerto. Entrar no apartamento havia sido brincadeira de criança. Ele simplesmente bateu na porta, e quando a velha perguntou "Quem é?", respondeu "Pacote para Brigid Davis". Quando ela abriu a porta, Skinner apontou a arma para o seu rosto e entrou no apartamento. Descobrir Walker e Miller foi um bônus agradável. O americano tinha ficado chocado ao vê-lo, mas Miller estava olhando diretamente para a frente, murmurando baixinho, com as mãos imundas segurando um pedaço de metal sujo. Skinner já tinha visto aquele olhar vazio; ele não sabia que Miller era viciada.

Seu novo empregador ficaria impressionado com essa guinada. Ele tirou o celular do bolso e verificou os números rabiscados nas costas de sua mão esquerda antes de cuidadosamente ligar. O telefone tocou nove vezes antes de atenderem, e a linha chiava.

– Alô? – disse Skinner.

Houve silêncio no outro lado da linha.

– Sou eu, Ski...

– Eu sei quem é – retrucou a voz.

– Estou com a velha... – Ele parou, saboreando o momento. – E um pequeno bônus. Mil...

– Nada de nomes! – rugiu a voz.

– O homem e a mulher que estava procurando antes também estão aqui.

Houve um longo silêncio. – Foi muito bem, sr. Jacobs, muito bem. Estou extremamente satisfeito. – Houve outra pausa. – Seria capaz de levar os três ao seu apartamento, sem ser visto? Responda honestamente. Não é hora para arrogância.

Skinner virou-se para olhar o trio sentado no sofá, de frente para ele. Uma velha, um homem ferido e uma mulher drogada. – Seria possível – disse ele, cauteloso. – Um pouquinho mais tarde, depois que escurecer. Eu poderia mandar chamar alguém para me ajudar.

– Não, nada de ajuda. Você precisa fazer isso sozinho, ou não faça. Seja realista. Você pode lidar com os três?

– Provavelmente, não – admitiu Skinner.

– Pode lidar com a velha e o rapaz?

– Sim – disse ele, confiante.

– Então, cuide da outra. Traga o homem e a velha para o seu apartamento. Lá você receberá instruções adicionais. A velha tem uma corneta de caça, o homem tem uma espada quebrada. É imprescindível que eles levem esses objetos. – Houve um clique e a linha ficou muda antes que ele pudesse fazer mais perguntas.

Skinner colocou o telefone de volta no bolso. – Parece que só vocês dois são necessários – disse ele, desviando o olhar de Brigid para Owen. Ele apontou a arma para Sarah. – Você é... supérflua.

Sarah olhava-o inexpressiva. As feições do jovem ainda oscilavam entre o rosto humano e a cabeça de demônio. Ela virou ligeiramente a cabeça e começou a murmurar, incoerente, enquanto as paredes do apartamento se moviam, derretiam, penhascos brancos surgiam à distância: ela podia sentir o cheiro salgado do mar.

– Que diabo ela está fazendo? – Skinner esbravejou.

Owen sacudiu a cabeça. – Nada.

– Mande-a calar a droga da boca.

– Ela não vai ouvir. Ela... não está bem. Tem estado assim desde a morte de sua família.

Os lábios do *skinhead* se curvaram. Ele assentiu lentamente. – Eu me lembro deles – sussurrou. – Nós os pegamos, antes da sua tia. Gostei muito da mãe dela. Nunca tinha transado com uma coroa antes... Claro que tentei novamente com a sua tia – acrescentou.

O grito de Sarah irrompeu do fundo da garganta no momento em que ela subitamente saltou aos olhos do *skinhead*. Seu ataque o pegou desprevenido e ele hesitou por um momento além do tempo. Sarah estava sobre ele, cravando as unhas em seu rosto, rasgando-lhe a pele das bochechas, puxando os olhos. Retorcendo-se, Skinner girou a arma e bateu-lhe com a coronha na barriga, e a força do golpe a fez cair de joelhos. Elevando-se por cima dela, pegou a arma com as duas mãos, preparado-se para bater com a coronha em seu ombro.

O som o deixou imóvel.

Ele reverberou pelo chão, ecoou pelo ar, sólido, insistente, terrível. Havia uma dor brutal no som, uma dor de desespero infinito, agonia insuportável. O som prosseguiu, um chamado terrível e aterrorizante.

Pressionando as duas mãos sobre os ouvidos, ele cambaleou, afastando-se da garota agachada, depois percebeu que a velha estava segurando um objeto curioso junto aos lábios. Tinha o formato de um chifre de carneiro, amarelado pela idade, com uma das pontas contornada por um aro de ouro. Por um instante ele não sabia o que era, até que viu as bochechas dela incharem, depois ouviu o som aumentar. Com um esforço tremendo, ele ergueu a arma.

Ele tinha de parar aquele ruído ensurdecedor.

A dor por trás de seus olhos era excruciante e Skinner sentiu que sua cabeça estava prestes a explodir. Apontando a arma para a velha, ele puxou o gatilho.

Sarah estava olhando para o *skinhead* quando Brigid assoprou a corneta de caça. Ela ouviu um som distante, quase etéreo, alto, agudo e agradável. Mas depois viu a expressão de agonia no rosto do jovem e percebeu que ele estava ouvindo algo muito diferente. Então o viu mudar. Suas feições se tornaram bestiais, a cabeça se alongou, a boca se encheu de dentes. Pequenas pontas de chifres se formaram em seu crânio e seus olhos ficaram amarelos, com pupilas horizontais.

Ela estava olhando para um demônio.

O *skinhead* uivou de agonia. Ele disparou a arma e o cano duplo ficou fumegando.

E, no silêncio enfumaçado que se seguiu, Sarah Miller deu um salto e cravou a Espada Quebrada no meio do peito dele.

66

Ambrose parou no meio da rua, o som da corneta de caça ecoando em seus ouvidos, as lembranças se revolvendo, ecos e imagens dançando diante de seus olhos. E ele quase se curvou com a agonia que penetrou em seu peito. Fechou os olhos bem apertados, as lágrimas de dor rolando por seu rosto enrugado. O fogo ardia dentro dele, deslocando-se pelo estômago, como se uma lâmina lhe perfurasse a carne. Ele pressionou as duas mãos na barriga e, por um instante, imaginou que podia sentir o molhado do ferimento, o buraco aberto, onde a carne havia sido rasgada. Quando abriu os olhos, realmente pôde ver a imagem da espada espetada em sua barriga, o corte que ia do peito até o umbigo.

Dyrnwyn.

A espada era Dyrnwyn, um dia havia sido a Espada de Rhydderch, e agora era a Espada Quebrada.

Ecos de uma corneta de caça.

A corneta era Bran.

E ele era Ambrose.

E com o nome vieram mais lembranças, e com as lembranças veio mais dor.

67

— Tiros foram disparados nas redondezas de Waterloo House, Hounslow. Todas as viaturas na região...

Victoria Heath deu uma olhada para Tony Fowler enquanto se inclinava à frente para aumentar o volume. O rosto do detetive parecia uma máscara imóvel e ele se recusou a atender ao chamado do rádio.

– Todos os carros na região...

A sargento Heath ergueu o rádio. – Unidade Quatro respondendo.

– Localização, Unidade Quatro?

A sargento respirou fundo. – Diretamente em frente à Waterloo House.

– Diga novamente, Unidade Quatro.

– Você ouviu da primeira vez.

OWEN SEGURAVA a cabeça da mulher moribunda no colo. Brigid Davis tinha recebido todo o impacto das balas no peito e no estômago, o que lhe dilacerou a carne, deixando pedaços de ossos à vista através dos ferimentos. Fagulhas de chumbo atingiram sua pele fina no pescoço e no rosto. Owen olhou os ferimentos e soube que não havia nada que pudesse ser feito por ela. Pelo que se via, deveria estar morta; somente sua vontade e determinação mantinham seu espírito preso ao corpo. Seus olhos piscavam, e bolhas de sangue espumoso se formavam em seus lábios. – Ele está morto?

– Sim – disse Owen baixinho. Contra a vontade, ele virou a cabeça e viu Sarah ainda em pé, imóvel, acima do cadáver destripado de Skinner. Filetes grossos de sangue escorriam da Espada Quebrada, aumentando sua extensão e fazendo-a parecer inteira. – Sim, ele está morto – sussurrou. – Sarah o matou.

As mãos gélidas de Brigid encontraram as dele, pressionando nelas a corneta de caça milenar, o marfim amarelo agora respingado de sangue. – Em suas mãos eu a coloco – ela murmurou.

Owen abaixou a cabeça, aproximando-se do rosto da idosa.

– Madoc – sussurrou Brigid. – Madoc. Foi onde tudo começou. Lá é que tem de terminar. Você precisa ir a Madoc.

RESFOLEGANDO, ESTREMECENDO, Vyvienne recuou, levantando-se, afastando-se do corpo úmido de Ahriman. – O que foi? – indagou ele.

– A Corneta de Bran soou. – Fechando os olhos e inclinando a cabeça para o lado, agora só conseguia ouvir os leves ecos da corneta de caça.

Ahriman se sentou, pousando as costas largas contra a parede, observando cautelosamente a mulher. – Você pode encontrar Skinner? – Pondo as duas mãos em seus ombros nus, ele depositou força dentro dela. – Encontre Skinner. Depressa.

Os olhos de Vyvienne se reviraram...

... E SE ABRIRAM no Astral.

Ela caminhara por essa paisagem mutante e sombria desde que era criança, sem saber de seu dom notável e incomum. Ainda cedo, ela aprendera a interpretar as cores que dançavam no cinza. Ela reconhecia os lugares do mundo abaixo, que mandavam ecos sombrios para dentro do Astral: locais milenares, antigos campos de batalha e determinadas sepulturas que podiam captar e prender um espírito, como um inseto em um papel mata-moscas.

Conhecia a cor e o formato de Skinner, o critério abstrato pelo qual o identificava no mundo Astral. Ele tinha uma alma insignificante, marrom-escura, saturada de raiva, amargura e ressentimento. Forçando-se na direção do espírito dele, Vyvienne se ergueu acima da paisagem, depois baixou sobre os incontáveis pontilhados de luz que eram Londres.

Os sons da corneta agora eram audíveis, ecos fracos tremulando o som mágico que recentemente rugira pelo cinza. Ela se viu rastreando os sons remanescentes, até a sua origem.

Em estado de sonho, caiu dentro do apartamento...

SARAH ESTAVA em pé, acima do corpo do demônio. Com a morte, a criatura pareceu diminuir, agora suas escamas estavam mais suaves, o amarelo de seus olhos era mais brando, as fileiras de dentes selvagens se retraíam dentro da boca. Suas feições se diluíram, contorcendo-se, alterando-se sutilmente, ficando quase – mas não exatamente – humanas. Então Sarah sentiu um vento amargo soprar em seu rosto molhado. Um segundo depois ela sentiu o gosto na língua... de outro demônio, um demônio feminino que adentrou a sala, materializando-se em pleno ar.

E, com um grande uivo, Sarah a atacou.

OWEN OBSERVAVA, aterrorizado, enquanto Sarah cortava o ar, a Espada Quebrada rasgando um quadro na parede, o metal deixando um longo sulco no papel de parede.

– Fale com ela – Brigid murmurou, enquanto soltava o último suspiro de vida –, chame-a pelo nome, traga-a de volta, antes que a espada a incorpore.

– Sarah – sussurrou Owen. – Sarah...

VYVIENNE DEU um solavanco para trás, seus olhos enlouquecidos encarando o nada, o coração batendo loucamente. Ela saiu de cima de Ahriman e correu para o banheiro, onde se inclinou sobre o vaso sanitário esperando vomitar, com o estômago se revirando, a bile subindo à boca. Quando nada aconteceu, ela se endireitou e se virou para se recostar na pia e olhar no espelho, chocada com sua aparência exausta.

Ela só tinha vinte e um anos, no entanto, naquele dia, parecia ter o dobro.

Ahriman estava em pé na porta. – O que aconteceu? – perguntou ele baixinho, com seu sotaque escocês, que fazia grandes sacrifícios para esconder, mas que agora estava evidente.

– Skinner está morto, sua alma alimentou a espada. A controladora da espada o matou... e ela me viu. – Vyvienne virou-se para olhá-lo. – Ela me *viu*, e me atacou! Como é possível? – perguntou. – Eu olhei sua aura. Ela não tem nada de especial. No entanto, empunha a espada... – Sacudiu a cabeça diante do paradoxo.

– Skinner está morto. E Brigid Davis?

– Morta, ou morrendo. Skinner atirou nela. – Ela vira brevemente a aura escura ao redor da cabeça da mulher, sinal de que seu espírito se preparava para deixar o corpo.

– A corneta?

– Está nas mãos do garoto.

O Homem Moreno xingou, usando um juramento de cinco mil anos. Respirou fundo, tentando dominar a ira. – Então, agora eles possuem a espada *e* a corneta.

Ele não conseguiu esconder o tremor na voz.

68

— Oh, Deus!

Victoria Heath parou na porta, pegou o rádio e pediu uma ambulância, embora soubesse que a idosa deitada no chão não poderia ser ajudada.

Tony Fowler entrou rapidamente no apartamento, certificando-se de que estava vazio, antes de voltar ao cadáver de Skinner. Ele o cutucou com o pé, embora soubesse que o *skinhead* não poderia ter sobrevivido ao ferimento imenso no peito e no estômago. – Trabalho de Miller, outra vez. Embora eu não possa dizer que esse me dá muito pesar.

– O que aconteceu aqui? – perguntou a sargento. Estava ajoelhada na frente da idosa, buscando desesperadamente seu pulso.

Tony desviou o olhar de Skinner para Brigid Davis. – Parece que Miller atirou na idosa, depois cortou Skinner.

– Por quê?

– Quem pode saber? – ele respirou, cansado.

– Skinner pode ter atirado na mulher – sugeriu ela.

– Pode, o pessoal da balística vai nos dizer. Mas é improvável. Eu aposto que Skinner não a conhecia, até hoje.

– Então, o que ele estava fazendo aqui?

– Como vou saber?

– Como sabe que foi Miller? Como sabemos que ela esteve aqui? – perguntou Heath.

Fowler conteve uma resposta seca. – Quantos maníacos temos circulando em Londres, picotando as pessoas com uma espada? – perguntou suavemente.

Victoria Heath assentiu. – Então, onde está ela agora? Estes corpos têm minutos. E onde está Walker?

– Seu palpite é tão bom quanto o meu.

– Acha que ele ainda está vivo?

– Se ainda não encontramos seu corpo, acho que está. Embora eu não tenha certeza se isso é uma coisa boa. – Ele se virou para olhar pela janela. Começava a cair a noite em Londres e as luzes iam surgindo em alguns dos blocos de prédios. As nuvens salpicavam o horizonte, deixando o cenário do sol poente ainda mais sinistro e agourento. – Ela vai matá-lo, cedo ou tarde, vai usar a espada nele – disse Fowler, sem se virar, e Victoria não tinha certeza se ele estava ou não falando com ela. – Tudo o que podemos fazer é esperar.

– Talvez possamos encontrar alguma ligação entre essa mulher e Judith Walker que possa nos dar alguma pista...

Fowler se virou para olhar a sargento e caiu em silêncio. – Faça isso. Se nós temos uma *serial killer* nas mãos, quero seu padrão definido para ontem.

Ele olhou novamente lá para fora, imaginando onde Miller tornaria a atacar.

69

Hoje foi... hoje foi sexta-feira, 30 de outubro. Há somente dois dias sua família tinha sido esquartejada? Tanta coisa tinha acontecido nesse curto espaço de tempo que Sarah já não conseguia distinguir a realidade da fantasia.

De modo vago, num nível quase inconsciente, sabia que estava sentada em uma plataforma de metrô, junto com Owen, que, com seus dedos fortes, segurava firmemente seu braço. Ela também estava bem ciente da bolsa em seu colo, do peso da espada ali dentro.

Os últimos pensamentos claros de Sarah eram as imagens de quando estava diante de sua casa, na tarde de quarta-feira, depois abriu a porta e adentrou a escuridão. Depois disso, tudo se dissolvera em um sonho terrível e interminável.

– Sarah?

Ela virou a cabeça para olhar o jovem sentado ao seu lado. Ele era real ou outro sonho? Será que se transformaria em um demônio, ele era...

– Sarah?

Ele parecia real, sua testa brilhava de suor, tinha um queixo forte, um curativo no rosto, o lábio inferior machucado no local do corte. Sarah ergueu a mão e apertou-lhe o antebraço; parecia real o suficiente, o tecido de sua camisa de flanela era áspero sob seus dedos. E ele tinha um cheiro real: uma mistura de suor, medo e um leve aroma de sangue e pólvora de revólver.

– Sarah? – Agora havia lágrimas em seus olhos, o que os deixava maiores, parecendo imensas órbitas verdes.

– Você é real? – perguntou ela com uma foz infantil, perdida e distante.

– Ah, Sarah... Isso parece real? – Os dedos dele apertaram-lhe a pele o mais forte que pôde. – Parece real? – Ele beliscou a pele, segurando-a entre o polegar e o indicador. – E isso, parece real? – Ele se inclinou à frente e beijou-a levemente nos lábios.

Um trem entrou com estrondo na estação, revolvendo o ar parado ao redor deles, desovando passageiros em um frenesi ruidoso. Nem Sarah nem Owen se mexeram. Instantes depois, quando o trem partiu da estação, houve uma breve calmaria, e a plataforma ficou vazia e silenciosa.

Finalmente, afastando os lábios dos dele, ela suspirou. – Sim, parece real.

Agora havia lágrimas no rosto dela, embora não notasse. – Eu achei que era um sonho. Torci para que fosse um sonho, um pesadelo do qual iria acordar... mas nunca vou acordar disso, vou?

Owen ficou olhando para ela, sem dizer nada.

– Eu estava torcendo para que estivesse no hospital – disse ela, com uma risada trêmula. Ela franziu o rosto. – Eu *estava* no hospital... eu acho, ou também foi um sonho?

– Você esteve no hospital.

Ela assentiu. – Fiquei torcendo para acordar e encontrar minha família em pé, ao redor da cama. Mas não vou. – Enfiou a mão na sacola e tocou o metal frio. – E é por causa desta espada. – O calor a penetrou, formigando a partir do lugar em que seus dedos tocavam o metal enferrujado, e as dúvidas e os temores se dissolveram naquele momento.

– O que quer fazer, Sarah?

Deitada acima de Owen, em um quarto bege, empunhando a espada ao alto...

O metal sob seus dedos pareceu macio como pele. – Eu ia me entregar à polícia, lembra? – Ela deu uma olhada de lado para o jovem. – Devo fazer isso agora? Acabaria com toda essa loucura.

Owen desviou o olhar, encarando o túnel escuro, sabendo como responderia, sabendo que Sarah também sabia. – Não tenho certeza se acabaria – disse ele baixinho. – A loucura continuaria... mais idosos morreriam por causa desses objetos antigos.

– Mas, pelo menos, a polícia saberia o que está acontecendo – contestou Sarah. – Eu poderia dizer a eles.

– O que lhes diria?

– Tudo. Sobre as Relíquias, os sonhos e... – Ela parou de repente, percebendo a futilidade do que estava dizendo.

– A polícia acha que foi você – Owen lembrou. – E a única forma de você limpar seu nome é esclarecer o mistério. Nós esclarecermos o mistério. Vingar sua família. Vingar minha tia.

A espada vibrou levemente sob o toque de Sarah. Ela estava prestes a dizer que não podia se envolver. A antiga Sarah teria se intimidado. Mas agora ela fazia parte disso, desde o instante em que conhecera Judith Walker. E, ultimamente, ela estava começando a achar que seu envolvimento era anterior a isso. Começava a desconfiar de que os sonhos eram mais que apenas sonhos, que eles eram pistas e dicas do verdadeiro significado das Relíquias. O rostinho do menino de olhos frios, Yeshu'a, surgiu em um lampejo. – Acho que eu deveria ter me afastado de sua tia quando ela estava sendo atacada – disse ela. – Talvez, se eu tivesse feito isso, minha família ainda estivesse viva – ela acrescentou, sem conseguir esconder a amargura da voz.

– Mas você não se afastou – disse Owen firmemente. – Você estava lá quando ela precisou, depois, mais tarde, na casa dela, o que possibilitou que ela lhe desse a espada, e nós estávamos no apartamento de Brigid quando o *skinhead* apareceu.

– Coincidência – disse ela, trêmula.

– Não acredito em coincidências. Isso é algo que herdei da minha tia. Uma vez, ela escreveu uma frase em um livro que me deu, e eu nunca mais a esqueci. *Há uma época para todas as coisas*. E ela estava certa. Não há algo como coincidência. Tudo acontece no momento próprio. Há um motivo para que estejamos juntos, aqui. Há uma razão para que a gente tenha se conhecido. Minha tia lhe deu a espada para que você a desse para mim... – Ele subitamente sorriu. – Não que eu tenha tido a chance de segurá-la...

Ele sentia o peso da Corneta de Bran sob seu casaco, a borda metálica fria junto à pele de sua barriga. – Talvez eu não estivesse destinado a possuir a espada. Talvez ela sempre tenha sido sua. Talvez eu devesse guardar outra Relíquia.

Sarah começou a sacudir a cabeça, mas Owen continuou.

– Acho que nós devemos isso à sua família, à minha tia, e às pessoas que, como Brigid, morreram para proteger essas Relíquias e descobrir o que está havendo. Precisamos tentar deter isso. Talvez, assim, possamos limpar o seu nome.

Ela concordou, cansada. – Eu sei. – E respirou fundo, trêmula. – O que fazemos?

– Nós devemos ter uma boa noite de sono, depois devemos ir a Madoc, a vila onde tudo começou... – Ele parou, vendo a expressão de surpresa no rosto dela. – O que há de errado?

Sarah ergueu o braço e apontou diretamente em frente.

Owen virou a cabeça, esperando ver alguém em pé ao lado deles. Mas a plataforma estava vazia. – O que... – ele começou a dizer, depois viu. Na parede oposta aos trilhos havia um imenso pôster laranja colado na parede, com letras pretas pontudas e uma borda arcaica, em espirais e curvas. Estava anunciando o Primeiro Festival Internacional Celta de Relíquias, Arte e Cultura... em Madoc, País de Gales.

– Coincidência – sussurrou Sarah.

– Ah, claro.

O festival era no dia seguinte, no dia de Halloween.

70

Ahriman sempre soube que Don Close seria o mais difícil.

Soldado profissional, mercenário por algum tempo, e criminoso que cumpriu pena por assalto à mão armada. Ele era conhecido como durão, igualmente respeitado por prisioneiros e guardas. Close não era um cidadão sênior típico. Ahriman sempre suspeitara que tortura não seria o suficiente e que eles precisavam encontrar a ferramenta certa para quebrá-lo.

QUANDO DESPERTOU no calabouço, nu e acorrentado a uma parede fedorenta, Don Close imediatamente planejou sua fuga. A última vez em que ele estivera em uma situação semelhante tinha sido em uma cela em Biafra, naquela guerra imunda em que os mercenários estrangeiros recebiam pouca piedade e nenhuma clemência. Ele matara quatro guardas sem o menor remorso, sabendo que, se falhasse, enfrentaria tortura e uma pelotão de fuzilamento. Aquelas mortes e todas as outras que ele cometera, primeiro por sua rainha e seu país, depois como mercenário pago, e finalmente como consultor de segurança, tinham sido todas necessárias. O Exército Britânico o treinara bem e ele podia matar sem arrependimento, sem ter nenhum prazer nisso.

Mas matar o par que o havia sequestrado e torturado seria um prazer especial. A ideia o confortou durante os primeiros dias, quando o homem e a mulher fizeram pouca coisa além de humilhá-lo, privá-lo de comida e água, deixando-o viver de seus próprios excrementos. Ele achou que poderia suportar qualquer coisa que fizessem com ele; uma vez, tinha passado um ano em uma prisão chinesa em que era torturado quase diariamente, até que Sua Majestade, o Governo, negociou sua libertação.

Na manhã do quarto dia, o homem de feições sinistras entrou silenciosamente no calabouço e, antes que Don despertasse inteiramente, esmigalhou seus dois dedões dos pés com um martelo e foi embora, sem dizer uma palavra. Don gritou até a garganta sangrar.

Mais tarde, bem mais tarde, quando a dor abrandou, Don percebeu que quaisquer planos de fuga tinham sido efetivamente riscados; qualquer movimento com um dedo quebrado no pé seria doloroso, e agora, com os pés ensaguentados, isso seria impossível. Ele também foi forçado a enfrentar o fato arrepiante de que era um homem de setenta e sete anos, de saúde fraca, e não o robusto especialista militar que tinha sido quando os chineses o pegaram.

A pergunta era sempre a mesma: Onde está a Relíquia?

Dizer que não sabia do que estavam falando não fazia sentido. O casal obviamente sabia que uma das Relíquias antigas tinha sido deixada sob sua guarda há mais de setenta anos. Ele não implorou clemência, nem falou com o casal, embora isso os tivesse levado a um frenesi e tivessem descarregado suas frustrações no seu corpo frágil, com porretes e varas.

Mas não o tinham matado.

E ele instintivamente soube que enquanto não tivessem a localização da Relíquia, não o matariam. Mesmo agora, com o corpo coberto de cortes e machucados, ainda tinha alguma esperança. Certamente alguém nas ruas, ou na periferia de Cardiff, notaria que ele havia sumido e avisaria a polícia. No fundo de seu coração sabia que essa era uma esperança vã; o velho sr. Braithwaite, que morava a três portas de distância, já estava morto há quase uma semana quando o corpo foi encontrado.

Tarde da noite, quando os ratos ficavam mais ousados e podia ouvi-los sorrateiros pela palha, e ocasionalmente sentia seus corpinhos peludos roçando seus tornozelos, Don sabia que estava sobre sua sepultura.

Agora, tudo o que podia fazer era negar aos seus torturadores a localização da Relíquia, pelo maior tempo possível.

A Faca do Cavaleiro.

Ele tentaria levar o segredo de sua localização consigo, para o túmulo.

ELES O HAVIAM LEVADO prisioneiro com uma facilidade surpreendente.

Don atendera a uma batida na porta, tarde da noite, e encontrara um homem e uma mulher bem-vestidos, segurando pastas executivas, em pé, nos degraus da frente. A mulher se aproximou, sorriu, consultou uma prancheta e perguntou: – Você é Don Close?

Ele assentiu, antes de perceber o erro, e a velha intuição chegou tarde demais. O homem ergueu uma arma e a apontou diretamente para o seu rosto. Então o casal entrou no corredor sem dar mais nenhuma palavra. Nenhum dos dois voltou a falar, ignorando todas as suas perguntas. Quando ele ameaçou gritar, o homem lhe bateu com a coronha da arma até que perdesse a consciência.

Despertou algum tempo depois, na traseira de um carro, enquanto seguiam aos solavancos por uma estrada rural esburacada. Conseguiu se sentar, e olhar pela janela, antes que a mulher lhe desse uma bofetada no rosto, derrubando-o de volta no banco. Deitado com o rosto junto ao couro aquecido, Don ficou intrigado quando às imagens que vira de relance: montanhas azuladas, luzes distantes de um vilarejo e uma placa rodoviária em língua estrangeira. A escrita era inglesa, quase familiar. Leste Europeu, talvez, mas não havia acento em nenhuma das letras. Além disso, ele sabia que deveria reconhecer as letras. Eram *quase* familiares. Então ficou convencido de que alguém de seu passado diversificado o encontrara; muitos de seus antigos inimigos tinham boa memória.

Tempo depois, quando acordou, sabia que tinha visto uma placa galesa. Ele não ia a Gales fazia... muito, muito tempo. E, naquele instante, teve um vislumbre do motivo de ter sido raptado. Quando o carro parou, um saco fedorento foi colocado sobre sua cabeça e ele foi arrastado por um caminho de cascalho, degraus abaixo, até uma sala fria. Sua roupa foi rasgada e cortada, arrancada de seu corpo, depois ele foi golpeado e deixado inconsciente. Quando acordou, havia sido acorrentado à parede pelos punhos e tornozelos, e havia uma coleira grossa em volta de seu pescoço.

Durante três dias eles o deixaram sozinho.

A verdadeira tortura começou no quarto dia.

No dia seguinte àquele em que seus dedos haviam sido quebrados, eles perguntaram sobre a Relíquia. Talvez esperassem uma resposta rápida; talvez tivessem achado que a fome, a humilhação e a dor o enfraquecessem a ponto de tagarelar o segredo, sem pensar duas vezes. Estavam errados, mas Don desconfiava de que não estavam totalmente surpresos, nem descontentes. Isso lhes dera uma razão – se é que precisavam de motivo – para machucá-lo. E eles o faziam lentamente, com grande prazer por seu sofrimento. Durante sua vida passada no serviço militar, ele reconhecia e desprezava esse tipo: os amantes da dor.

Fechando os olhos, ele rezou ao Deus que há muito achara ter esquecido. Mas Don Close não rezou pela libertação da dor, nem por uma morte rápida. Ele queria um único momento de liberdade para se vingar do casal.

A PORTA RANGEU ao ser aberta, mas ele resistiu à tentação de virar a cabeça e olhar. Não lhes daria essa satisfação.

Don sentiu um sopro de perfume – amargo – antes que a jovem de cabelos cor de corvo o contornasse, com um sorriso compassivo nos lábios cheios, embora seus olhos permanecessem frios e insensíveis. – Eu lamento muito – disse ela baixinho.

– Pelo quê? – disse Don. Tentou imprimir o máximo de autoridade que pôde na voz, mas só saiu um chiado rouco.

– Por tudo isso. – Ela sorriu.

– Notei que isso não a impediu de continuar me batendo.

– Eu tive de fazê-lo. Ahriman me mataria se eu não o fizesse.

Don arquivou o nome do homem, caso tivesse a chance de usá-lo. Ele conhecia o golpe. Esse era o chamariz. O casal estava brincando de policial mocinho e policial bandido; quando estivera no serviço militar em Berlim, essa era uma manobra que sempre usava. Ele interpretava o malvado, enquanto seu parceiro fazia o papel de bonzinho. Conhecia o roteiro quase de cor. Em seguida, ela diria que queria ajudar.

– Eu realmente gostaria de ajudá-lo.

Ela diria que tinha medo de Ahriman.

– Meu marido... Ahriman, tem gênio. Ele... me assusta.

Claro, ela não tinha controle algum sobre ele.

– Você não entende, eu não tenho controle algum sobre ele. Ahriman é como um animal.

Mas se lhe desse a localização da Relíquia, ela poderia ajudar.

– Se você me disser onde está a Relíquia, eu posso ajudá-lo a fugir, prometo.

– Eu não... não sei do que você está falando – ele murmurou, com os lábios rachados.

– Ah, Donnie – sussurrou a mulher, usando seu apelido de criança, parecendo quase verdadeiramente aborrecida. – Ele sabe que você tem a Relíquia. Ele já tem nove delas. E está prestes a conseguir a espada e a corneta. As únicas duas Relíquias que faltam são a Faca do Cavaleiro e o Cabresto de Clyno Eiddyn. Você tem um e Barbara Bennett tem o outro. – Ela sorriu quando ele ficou olhando, depois que disse o nome dela. – Você se lembra de Barbie, não lembra? Ela era uma garota tão bonita... Sempre usava os cabelos louros presos em duas tranças. Vocês dois eram inseparáveis, naquele verão... um casal de pombinhos. E você não sabe da maior: Barb também está aqui... na cela ao lado.

Close não tinha certeza se a mulher estava ou não mentindo.

– Vou tentar evitar que Ahriman a maltrate, mas não sei por quanto tempo posso mantê-lo longe dela. E ele é pior com as mulheres, muito pior. Ele as tortura... de maneiras singulares. – A mulher deixou as palavras no ar, enquanto imensas lágrimas surgiam em seus olhos.

Se não conhecesse o golpe, Don quase acreditaria nela.

– Ele matou todos os outros – prosseguiu ela. – Sexton e Rifkin, Byrne e Clay, e todos os outros. Ele está com suas Relíquias. Está obcecado por elas. Determinado a possuir todas. Se você entregar a sua, ele não vai torturar Barbara por um tempo. E eu posso ajudá-lo a fugir. Posso ajudar vocês dois a fugirem.

– Como posso saber se Barbara está aqui? – sussurrou ele.

A jovem de olhos cinzentos ergueu a cabeça e sorriu. – Ouça.

Um grito de arrepiar ecoou das pedras e uma mulher começou a chorar, um som comovente, de dar pena.

Então Don chorou, não por ele, mas pela mulher que havia sido seu primeiro amor.

AHRIMAN APERTOU *play*.

Um CD reproduziu o som perfeitamente. Barbara Bennett gritava, repetidamente, reproduzindo os gritos que ela dera pouco antes de lhes contar a localização do Cabresto de Clyno Eiddyn.

Antes de morrer, um mês antes.

– RÁPIDO – INSISTIU a mulher –, me dê algo para que eu possa fazê-lo parar. Eu tenho de lhe dizer alguma coisa.

Close olhou para ela. Era apenas uma faca, nada além de uma faca em formato de foice, com a ponta partida e o fio cego e arredondado. Fazia mais de uma década que ele não olhava para a Relíquia.

O grito que ecoou pelo corredor morreu em meio ao choro.

Será que aquilo valia a morte, valia ouvir Barbara – a pequena Barbie, com seu doce sorriso e seus olhos azuis vibrantes, exatamente da cor do céu de outono, sendo torturada por esse homem perverso? Ele deveria ter se casado com a garota; talvez sua vida tivesse sido diferente. Certamente teria sido muito melhor. Pelo que ele soube, Barbara tinha se casado com um contador, em Halifax.

Ouviu-a gritar novamente e depois ouviu um riso seco e rouco.

– Diga-me – disse a mulher, apressada. – Diga-me. Faça-o parar.

Ambrose dissera para jamais revelar a localização da Relíquia. Mesmo agora, depois de todos esses anos, Don ainda podia sentir o hálito úmido do homem em seu rosto.

Individualmente, elas são poderosas; juntas, são devastadoras. Um dia, elas fizeram essa terra; juntas, podem desfazê-la.

Será que ele acreditava nisso? Houve uma época em que diria não, mas havia lutado nos cantos mais perigosos do mundo, vira feiticeiros africanos, magos chineses e xamãs sul-americanos, com seus inúmeros feitiços. Uma vez havia lutado ao lado de um imenso zulu, o homem mais corajoso que já vira, destemido na batalha, que fora golpeado sem reclamar, mas que morrera encolhido, sem uma marca, por ter sido amaldiçoado.

– Don...? Diga-me, depressa!

Erguendo a cabeça, ele olhou para a mulher, observando seus olhos cintilantes, vendo-a lamber os lábios de expectativa. – Você está dizendo que ele tem as outras?

A mulher relaxou visivelmente.

– Nove outras. E terá outras duas antes do fim da noite.

Jure isso para mim, Don Close. Jure que você jamais revelará a localização da Relíquia a ninguém que possa exigi-la. Jure que irá protegê-la com a sua vida.

Don Close já fizera muitas coisas na vida das quais não se orgulhava; havia mentido, trapaceado, roubado e matado, quando necessário. Tinha feito muitos inimigos, poucos amigos, mas todos eles, tanto os amigos como os adversários, o respeitavam. E todos sabiam que uma coisa era verdade: a palavra de Don era lei.

– Diga-me – exigia a mulher a cada vez que os gritos recomeçavam.

Por fim ele sorriu. – Primeiro, eu a verei no inferno.

Ela o esbofeteou no rosto, lançando-lhe a cabeça de encontro à parede de pedra, com a coleira de ferro apertando seu pescoço. Depois ela riu. – Primeiro, você vai me dizer... Depois, nós veremos quanto ao inferno.

71

O imenso Hotel Thistle, na Bryanston Street, era apropriadamente anônimo. Devido à sua localização central, o hotel habitualmente recebia centenas de estrangeiros diariamente, na maioria turistas, e a mulher indiana atrás do balcão nem sequer ergueu os olhos quando preencheu o registro para o sr. Walker, que falava com sotaque americano e alugou um quarto de casal para a noite.

Sarah estava esperando no lado de fora das portas duplas do hotel, enquanto Owen pegava o cartão de plástico que servia de chave e seguia em direção aos elevadores. Ela rapidamente entrou no hotel e seguiu ao lado dele. Sem se olharem, subiram no elevador lotado até o sexto andar, ouvindo uma obesa dizer aos filhos quanto eles tinham sorte pela chance de assistirem a *Oliver!* naquela noite. Os garotos reviraram os olhos e a ignoraram, concentrando-se nos telefones que tinham nas mãos.

Quando a porta do elevador se abriu, Sarah e Owen saíram e seguiram em direções opostas. Quando a porta se fechou, Sarah deu meia-volta e apressou-se atrás de Owen, que tinha acabado de parar no lado de fora de uma porta, no fim do corredor.

– Nós deveríamos ter ficado na pensão – Sarah murmurou, olhando nervosamente o longo corredor, observando enquanto Owen enfiava o cartão na fechadura.

– Para quando a polícia divulgar a nossa descrição no noticiário a proprietária ligar nos entregando? Acho que não. – Owen entrou e olhou ao redor do quarto. – Não, isso está bom. Pelo menos aqui nós estamos invisíveis.

Sarah atravessou até a janela e afastou as cortinas para olhar lá embaixo, a Portman Street. Sua barriga roncou e ela não conseguia se lembrar da última vez em que tinha comido apropriadamente. – Podemos pedir o serviço de quarto? – perguntou.

Owen sacudiu a cabeça. – Não, vamos comer algo na Oxford Street. Não vamos fazer nada que atraia a atenção.

Sarah concordou. Era um bom conselho. Ela se olhou no espelho. Sua aparência já não chocava, mas ainda estava impressionada como havia ficado acabada, tão depressa. As olheiras pareciam permanentes, e seus cachos mal-cortados estavam quase cômicos. – Deus, estou assustadora. Preciso de um banho. Um banho quente e demorado.

– Eu acho que você está bonita – Owen sorriu timidamente.

Sarah sentou-se na cama, ao seu lado, colocando a bolsa com a espada no chão, entre os pés. Do bolso dos jeans tirou um panfleto anunciando o Primeiro Festival Internacional Celta de Relíquias, Arte e Cultura.

– Peguei isso no balcão do *concierge*.

Owen recostou-se em seu ombro para ler. – Não diz nada de novo – disse ele. – E eu nunca ouvi falar de nenhuma dessas bandas – acrescentou, olhando o nome dos grupos obscuros. – A maioria parece ter sido batizada com nomes de ilhas celtas, Aran, Skelling, Rockall, Orkney... E o que está escrito aqui? – Ele estava apontando para a escrita que margeava a página.

– Parece o idioma gaélico. Galês?

Ele virou a página de papel, tentando identificar as palavras. – Talvez seja algum tipo de saudação. Veja... O festival está sendo realizado na Noite de Todas as Relíquias... Sábado, dia 31 de outubro. Amanhã.

– Você sabe o que Alice teria dito? – perguntou Sarah.

Owen olhou para ela sem entender. – Alice?

– Alice no País das Maravilhas. Ela teria dito...

– Curioso, curioso – terminou Owen.

– Sim – disse Sarah, sem jeito. – Muitas coincidências aqui, dá para notar.

– Talvez não sejam coincidências – insistiu ele.

– Era isso que eu temia. Mas... e quanto ao livre-arbítrio?

Owen assentiu na direção da bolsa, no chão. – E quanto à espada e tudo o que ela representa? O que isso tem a ver com livre-arbítrio?

– Nada. Absolutamente nada – sussurrou Sarah.

72

Sarah Miller nunca realmente tivera um namorado; sua mãe cuidara disso. Tentativas anteriores de fazer amor tinham ficado restritas a carícias apressadas na traseira de um carro. Totalmente desconfortável, nada romântico e esquecível.

Ela tinha perdido sua virgindade seis meses antes, com um colega do banco. Foi um acontecimento esquisito, depois de uma noite de bebida, e, depois disso, os dois se arrependeram e mal se falavam.

Sarah sorriu ao se virar para o homem deitado ao seu lado. Depois que Owen trouxera o jantar de um restaurantezinho na Oxford Street, eles devoraram a comida e desabaram na cama, mortos para o mundo. Ela não esperava que algo acontecesse; na verdade, isso nem passava por sua cabeça. Só tinham algumas horas para descansar, antes de seguir para Madoc, e ela pretendia usá-las para dormir. No entanto, algo a agitava por dentro.

Um anseio. Um desejo de ligação. De se sentir segura.

Sarah estivera cercada de tanta dor e morte que sabia que queria sentir o calor de um corpo humano, experimentar um pouquinho de vida e algum prazer. E se surpreendeu ao instigar isso, ousadamente sentando em cima do homem sonolento e desabotoando sua camisa. Owen acordou assustado e, por um instante, Sarah achou que ele fosse empurrá-la de cima dele. Mas ele estendeu os braços e a puxou para perto.

Enquanto eles fizeram amor, Sarah demonstrou uma paixão que nunca tinha sentido. Parecia maliciosa, excitante e proibida.

Eles acabaram adormecendo nos braços um do outro, colados como se tivessem sido um casal a vida toda, em vez de um par de estranhos que haviam se conhecido na noite anterior.

Algumas horas mais tarde, quando acordou, ela o abraçou, encostando o rosto em suas costas. E, naquele momento, se sentiu segura.

Sarah delicadamente se soltou do homem que dormia e seguiu para o banheiro. Tinha tomado banho quando Owen fora buscar o jantar, mas queria se lavar novamente. Sentia como se a sujeira e a dor dos últimos dias estivessem entranhados em seus poros.

Juntando sua roupa, Sarah embrulhou a espada em uma toalha e a carregou consigo para o banheiro. Ela se sentia mais confortável, até mais confiante, com a espada ao seu lado.

Pouco mais de uma hora depois eles partiriam para Madoc. Comboios de ônibus deixavam Marble Arch a cada hora, e Owen já tinha comprado bilhetes para o ônibus da meia-noite, quando fora até a Oxford Street. Dependendo do trânsito, eles chegariam à vila galesa por volta do amanhecer... mas, quando chegassem lá, ela não tinha certeza do que iria acontecer.

Sarah preparou um banho e jogou um pouco dos sais do hotel na água. O ar foi preenchido por um cheiro cítrico indescritível. Entrando lentamente na água morna, com o corpo dolorido, ela estendeu a mão para pegar a espada e a ergueu acima da banheira. Uma sensação morna tomou conta dela quando a abrigou entre os seios pequenos, e ela imaginou sentir um pulsar, como se fosse um coração batendo. Fechando os olhos por um momento, inalou a água morna e cheirosa.

E um vento frio e salgado varreu seu corpo.

73

O garoto Yeshu'a observava impassível, enquanto o Demoníaco mastigava a mão de um dos mercadores que havia matado. A cada mordida, os dedos gordos do mercador se mexiam, dando a impressão de ele ainda estar vivo. Havia pelo menos uma centena de criaturas na praia. A maioria estava se banqueteando com os mortos, embora algumas apenas se mantivessem na beirada da água, encarando atentamente o barco.

Esperando.

E embora o garoto tivesse feito grande esforço para expulsar os pensamentos delas, ondas sombrias de emoções violentas o arrebatavam, até que os pensamentos dessas criaturas se tornaram os seus. Os Demoníacos queriam o barco, mas não exclusivamente pela comida. Queriam transporte e uma tripulação para levá-los ao Sul, ao centro do mundo conhecido, às terras abundantes de gente, terras quentes e ricas, ao contrário das terras frias do Norte. O garoto estremeceu, imaginando as criaturas livres nas cidades da Itália e do Egito.

Tudo o que as prendia à ilha era a barreira de água salgada.

– Diz a lenda que os Fomor vieram do Norte sinistro, das Terras do Gelo. – Josea estava atrás do sobrinho, observando-o intensamente, sabendo que aquela energia fria estava pairando no ar, acima da pele morena do menino. O ar salino tinha um gosto amargo.

– Eles não são deste mundo – disse o menino firmemente. – Pertencem a um lugar além do alcance da maior parte da humanidade; os reinos do demônio, os domicílios de espíritos e forças elementares. Mas uma porta foi aberta, um portal do Outro Mundo. Sacrifícios de sangue os chamavam, e essas aberrações caminharam adentrando este mundo.

– Eles ficam mais perigosos a cada ano. Eu ouvi relatos de que estão tentando construir barcos.

Yeshu'a subitamente virou a cabeça, com os olhos escuros faiscando perigosamente. – Você sabia sobre essas criaturas, não é? Foi por isso que me trouxe aqui. – Foi uma afirmação, não uma pergunta.

Josea resistiu à tentação de abrandar a raiva do menino. – Essas criaturas sempre estiveram nesta terra. Houve uma época em que elas habitaram a parte nordeste desta ilha, as terras desoladas e pedregosas, onde os nativos as conheciam por uma porção de nomes diferentes. Ultimamente, no entanto, elas têm se deslocado em direção ao sul, e algumas até conseguiram atravessar até a ilha da Beirada do Mundo, um lugar conhecido como Banba.

Yeshu'a continuou encarando o tio, sem dizer nada.

Josea olhou na direção da praia, recusando-se a olhar nos olhos da criança estranha. – Sua mãe me disse que você tem o dom de expulsar os demônios – disse, baixando o tom de voz. – Ela disse que você tem poder para comandar os Demoníacos.

– Por que eu teria esse poder? – perguntou Yeshu'a, baixinho, e por um instante Josea viu outra coisa por trás de seus olhos, algo antigo e mortal, uma criatura de incrível poder.

– Sua mãe alega que você não é filho de seu pai.

O vento carregava os uivos das criaturas através das ondas.

– E quem ela diz que sou? – perguntou o menino.

– Ela diz que você é filho de Deus.

– Há muitos deuses.

– Mas só um Deus verdadeiro.

– E quem você acha que eu sou? – o garoto desafiou.

– Acho que você é filho de Miriam e Joseph. Mas sua mãe me disse que você baniu os demônios e eu acredito nela. – Ele gesticulou na direção da praia. – Pode banir estes?

– Não – disse o menino, simplesmente, desviando-se. – Pois eles não estão dentro de ninguém... São da terra e fazem parte dela.

– Você não poderia evacuá-los da terra?

Yeshu'a recostou-se na balaustrada de madeira e ficou olhando a costa. Um a um os Demoníacos se puseram eretos, olhando na direção dele, a cauda serpenteando sobre a areia e as rochas, a língua bifurcada tremulando. Um deles, mais jovem que o restante, subitamente pulou na água, de garras erguidas. O menino observava impassível enquanto a água salgada lhe banhava os cascos, a espuma branca subitamente ensanguentada, mandando-o de volta à praia, onde ficou deitado, contorcendo-se, com os ossos visíveis através da pele fumegante. Vários dos Fomor pularam em cima dele, rasgando-o com os dentes e as garras.

– Os nativos alegam que eles copulam com mulheres humanas e há histórias de aberrações de raças mistas – disse Josea baixinho. Ele observava o garoto atentamente, vendo os nós de seus dedos esbranquiçados segurando a balaustrada, a contração zangada dos ombros. Ele subitamente percebeu que havia essa ira dentro dele, um ódio terrível mantido sob controle, mas que borbulhava abaixo da superfície. – Estão criando uma nova raça, uma raça que não é de Deus.

– Eu poderia mandá-los de volta ao seu próprio reino – disse Yeshu'a subitamente –, mas teria de permanecer aqui, para manter os portões fechados. E não posso ficar aqui, pois meu trabalho está em outro lugar. – Ele abaixou a cabeça e Josea teve a impressão de que o menino estava falando com outra pessoa. E, quando ergueu a cabeça, seus olhos escuros cintilavam. – Eu poderia criar chaves especiais para manter fechada a porta ao mundo deles, ao Outro Mundo. – Ele se virou rapidamente, e seus olhos pousaram no monte de objetos de barganha sob a lona de couro: uma panela e uma bandeja, uma faca, um tabuleiro de xadrez, uma lança, um cabresto, uma corneta, uma capa de plumas vermelhas, uma pedra de amolar, uma espada.

– Eu poderia bani-los, trancá-los por trás de treze chaves, santificadas com um poder mais antigo que esse mundo...

74

Uma dor intensa na perna acordou Sarah com um grito. Durante o sonho, a espada tinha escorregado de sua mão e raspado em sua perna. A pele ardia no local onde a espada havia tocado. Ela soltou a Espada Quebrada, notando o calor que se irradiava da lâmina, a água do banho fumegando no metal.

Sarah soube instintivamente que Owen estava em perigo. Ela pulou da banheira, escancarou a porta e disparou quarto adentro. E subitamente um demônio vermelho recuou, de garras erguidas. Sarah vislumbrou a pele grossa, os olhos com pupilas riscadas, e um papo aberto e cheio de dentes, no instante em que a criatura se jogou sobre ela. A espada se moveu em sua mão, erguendo-se para espetar a criatura no peito. O vapor chiou, o grito agudo ecoou, antes que a criatura se dissolvesse e fluísse para dentro da espada, deixando um óleo cintilante em tons de arco-íris se revolvendo ao redor do metal quebrado, fazendo se soltarem os últimos flocos de ferrugem, deixando a espada reluzente e elegante.

Nua, ela correu pelo quarto. Uma segunda criatura apareceu, outro demônio vermelho se materializou no ar à sua frente. Garras compridas golpearam o ar em sua direção, o braço da criatura se revirando em ângulo estranho. Sarah amparou o golpe e a espada mudou de posição em sua mão, com movimento próprio, atingindo as garras, as centelhas rugindo na lâmina. O demônio recuou o braço para outro golpe, mas Sarah deu um passo à frente e a espada rangeu junto às garras, cravando-se no punho do demônio, saindo pelo outro lado, penetrando na garganta da criatura. A imagem piscou e sumiu, deixando filetes de fogo azul dançando ao longo da extensão da Espada Quebrada. A espada pulsava loucamente, fazendo-a segurá-la com as duas mãos. Mas quando ela chegou à cama, sentiu uma onda de alívio. Owen estava deitado, imóvel, respirando suavemente.

– Owen...

Ele murmurou incoerentemente.

– Owen... nós precisamos...

Ele se virou e um amargor gélido inundou o estômago dela. Owen tinha sumido. Em seu lugar havia um demônio nu e escamoso. A criatura ergueu a cabeça e abriu os olhos. As órbitas amarelas olhavam-na impassíveis, então a boca se abriu e ela viu os dentes sujos, pontudos. – Sarah. – Aquilo se esticou, arqueando a espinha, um braço com garras saiu de sob a coberta em sua direção.

– Owen – ela tentou dizer, mas sua língua estava colada ao céu da boca e o som saiu como um gemido abafado. A Espada Quebrada pulsou na mão de Sarah e ela subitamente soube...

Demoníacos.

A Prole da Feiticeira Noturna e dos Iluminados, Os Espíritos Decaídos. Os primeiros habitantes desta terra os chamavam de Fomor, selvagens comedores de carne que copulavam com mulheres e as faziam ter monstros.

A maioria usava a forma de serpente, mas alguns eram horrendos, tinham membros de menos, ou em excesso.

Mas alguns, muito poucos, eram belos. Eles apareciam como mulheres e homens e eram mandados para instigar e enganar a humanidade. No entanto, os Demoníacos só podiam imitar as formas do homem, sem jamais adotá-la inteiramente, e mesmo as mais belas criaturas nunca eram perfeitas.

SEGURANDO A espada firmemente com as duas mãos, Sarah a ergueu para trás, acima da própria cabeça. Ela alimentaria a espada com a alma do demônio vermelho.

75

Owen acordou e encontrou Sarah em pé, nua, perto da lateral da cama, empunhando a Espada Quebrada ao alto. A expressão no rosto dela era aterrorizante. Sua pele estava sem cor, o rosto pálido e os lábios eram linhas roxas sem sangue, repuxados em um rosnado selvagem. Ela espumava nos cantos da boca.

– Sarah... Sarah... *Sarah!* – Owen se jogou para trás, saindo da cama, no momento em que a espada descia, partindo os lençóis finos de algodão, mergulhando no colchão, rangendo junto às molas. Ela golpeou novamente, rasgando outro pedaço do colchão ao investir contra a cama.

– *Sarah!* – Owen cambaleou no chão e a espada mergulhou cravando na parede, acima de sua cabeça, lançando uma chuva de gesso sobre ele. Ele tentou se afastar rastejando, mas os dedos dela o pegaram pela orelha e a torceram, puxando-lhe a cabeça para trás com uma força incomum, arqueando sua coluna, expondo sua garganta.

A espada surgiu diante de seu rosto e Owen percebeu que ia morrer.

Então suas mãos se debateram e tocaram um metal curvo e liso. A Corneta de Bran. Com o que lhe restava de forças, ele a levou aos lábios e soprou.

A corneta soou.

76

— Eu vou santificar esses objetos — disse Yeshu'a, pegando os produtos de barganha na pilha do deque do barco. — Vou transformá-los em chaves e símbolos que vão cegar os Demoníacos, impedindo sua entrada neste mundo.

Josea curvou-se ligeiramente, esforçando-se para manter o rosto impassível. Ele sabia que o que sua irmã dissera era verdade — esse não era um menino comum.

Yeshu'a olhou os produtos espalhados no deque da embarcação. Agachando-se, ele cutucou uma corneta curva de caça, depois ergueu-a e soprou suavemente. O som era alto e puro. — Esta corneta irá alertar para a aproximação dos Demoníacos e sua língua os dispersará, pois não está escrito que a voz de meu pai é a corneta, a voz da trombeta.

Segurando-a junto aos lábios finos, Yeshu'a soprou com força.

E os Fomor na praia se espalharam, uivando de agonia.

77

Sarah se jogou para trás, com um grito horrendo. Encolhida no canto, ela ergueu os joelhos e enlaçou o corpo nu com os braços. Uma série de imagens piscantes estavam calcadas por trás de seus olhos fechados.

A garganta de Owen esticada...

A lâmina da Espada Quebrada pressionando a pele dele...

Um filete de sangue escorrendo do ferimento...

– Sarah?

A jovem gemeu.

– Sarah?

Ela estava enlouquecendo – talvez já estivesse louca. As cenas dos últimos dias fizeram com que perdesse o juízo. A um ponto em que ela não conseguia distinguir entre as alucinações, os sonhos e a realidade. Havia dois demônios... não existia tal coisa... e não havia um demônio na cama. Era Owen, apenas Owen. Mas sua loucura a fizera atacá-lo, investir sobre ele com a espada amaldiçoada, fizera com que ela...

– Sarah! – um tapa em seu rosto sacudiu-lhe a cabeça. – Sarah! Acorde!

Sarah abriu os olhos. Owen estava ajoelhado no chão diante dela, de olhos arregalados, pálido e aterrorizado. Havia um arranhão horizontal em sua garganta, gotinhas de sangue ao redor, mas ele estava vivo. Vivo!

Ela jogou os braços ao redor dos ombros dele, apertou-o com força. Depois vieram as lágrimas, um choro convulsivo que sacudiu seu corpo. – Eu achei... eu achei... vi um demônio... depois achei que tinha matado você.

Owen sentiu as lágrimas no rosto e piscou para afastá-las. – Estou bem. – Ele recuou e deu um sorriso hesitante. – Eu soprei a corneta e isso ajudou.

– Eu estava lutando contra um demônio vermelho. Matei dois.

Owen ficou de pé e puxou Sarah para levantá-la. – Talvez eu deva me ofender.

Sarah olhou-o, vagamente.

–Você não consegue distinguir a diferença entre mim e um demônio.

Ela olhou para ele. Realmente olhou para ele, assimilando seu belo corpo, e percebeu que apesar de tudo o que tinha acontecido nos últimos dias, apesar do fato de que ela estava prestes a perder o juízo... estava se apaixonando por ele.

– Nós precisamos ir – Owen alertou, enquanto se vestia rapidamente e juntava as coisas deles. – Se nos apressarmos, ainda conseguiremos pegar o ônibus da meia-noite. Precisamos que você chegue a Madoc – ele parou, gesticulando na direção da espada e da corneta – para que possamos... eu não sei – ele terminou rapidamente. – Tudo o que sei é que precisamos ir até Gales. Foi lá que tudo começou.

E Sarah soube que era o lugar em que aquilo terminaria.

78

Eles nunca fizeram amor. Era sempre sexo.

Um sexo sem emoção e insensível, que satisfazia às necessidades carnais e revolvia energias antigas. Pouco antes do clímax, Vyvienne recuou, com as imagens do Astral ainda zunindo em sua cabeça. Ela pressionou as mãos nos seios mornos, sentindo a pele tremer com o pulsar de seu coração.

Ahriman sentou-se na cama e observou-a, com as mãos unidas como em oração diante do rosto, enquanto olhava a mulher intensamente. Ele já a vira voltar de suas viagens ao Astral desse mesmo jeito algumas vezes, e sabia que haveria más notícias. Vyvienne tinha libertado três simples elementares em Miller.

Em seu estado enfraquecido, Miller estaria particularmente vulnerável às inteligências primitivas que se alimentavam das sombras dos sonhos e dos desejos que permeavam o mundo Astral. Vyvienne usou as imagens tiradas do subconsciente de Miller; foram designadas para aterrorizar a garota. Ela pensaria estar lutando contra demônios. Deixaria os demônios em pedaços... e, quando acordasse de seu sonho, descobriria que havia acabado de esfaquear Owen e matá-lo.

– Eu fracassei – disse Vyvienne, servindo-se de um copo de água do jarro na mesinha de cabeceira. Ela a engoliu rapidamente, desejando que fosse algo mais forte. – Sarah é forte, mestre. Não sabe quanto é forte, não entende a natureza de seu poder, mas ele está vindo, em fragmentos.

– Ela é da linhagem?

– É... mas não tenho certeza de onde. Não consigo rastrear.

Ahriman respirou fundo algumas vezes, deixando que sua mente ganhasse um controle calmo sobre a fúria de seu corpo. – O que aconteceu? – acabou perguntando.

– Eles estão em um hotel no centro de Londres. Não sei exatamente onde é, o Astral está terrivelmente confuso. Mas as figuras de sonho a encontraram. Ela absorveu os dois primeiros com a espada. Atacou o garoto como nós planejamos, pois o viu como um demônio, e quase o atingiu, só que ele soprou a corneta e destruiu o feitiço. Isso também lançou reverberações ao Astral, que me afastaram.

– Esse par leva uma vida encantadora – murmurou Ahriman.

– Mais que encantadora.

O Homem Moreno olhou para cima, diretamente. – Você acha que eles são protegidos?

– Eu não me surpreenderia.

– Hoje em dia não restam protetores – murmurou ele. – O último deles se foi há mais de setenta anos, quando distribuiu as Relíquias aos Guardiões atuais.

– Bem, alguém está olhando por eles.

Ele se desviou, zangado, e atravessou o quarto até um baú de madeira. Abriu-o e tirou de lá uma faca de lâmina longa e um revólver. – Você consegue apontar a localização deles para mim, em Londres? Nosso tempo está se esgotando. Eu mesmo terei de fazer isso. – Ele carregou cinco balas na arma, depois fechou o tambor no buraco vazio.

– Eu poderia – disse Vyvienne, depois acrescentou, com um sorriso –, mas não será necessário.

Ahriman ergueu os olhos.

– Eu vi um panfleto do festival sobre a cama. Eles estão a caminho daqui. – Ela ficou radiante. – Estão vindo a você.

Ahriman Saurin se permitiu um raro sorriso. Ele sempre soubera que sua causa era justa e que os deuses – os deuses antigos, os verdadeiros deuses – estavam do seu lado.

E, somente para provar isso, eles estavam conduzindo as duas Relíquias mais importantes diretamente a ele.

79

Tony Fowler e Victoria Heath estavam no centro do quarto devastado. O jovem gerente estava nervoso, junto à porta, observando atentamente os policiais, aterrorizado ante a possibilidade de sugestão do fechamento do hotel. Ele não queria ter ligado para a polícia, mas um número grande demais de hóspedes tinha ouvido os gritos vindos do quarto. E, agora, o jovem que alugara o quarto tinha desaparecido.

Heath e Fowler tinham chegado dez minutos depois que o incidente fora finalmente comunicado.

A Sargento Heath consultou seu caderno. – Vários hóspedes relataram ter visto, no corredor, uma mulher que coincide com a descrição geral de Miller. Também temos o relato de que o casal foi visto junto, no elevador. Eles desceram neste andar e seguiram em direções diferentes. – Fechando o caderno com uma batida, ela deu de ombros. – Não são atitudes de alguém que está prisioneiro. Talvez não fossem eles – acrescentou ela.

– Eram eles. – Tony Fowler tracejou a linha do lençol rasgado com a caneta, depois olhou o corte longo e comprido na parede. O metal tinha atingido a parede logo acima da cabeça e acertado um golpe profundo na altura do peito. A marca era recente; o pó de gesso e um pedaço de papel de parede enroscado estavam no chão, logo abaixo. Havia um minúsculo tracejado de gotinhas de sangue no pó de gesso.

Fechando a mão ao redor do punho imaginário da espada, ele ergueu os braços acima da cabeça e simulou dar um golpe. Se ele estivesse em pé, muito junto à parede, a lâmina teria acertado... o que significa que alguém estava agachado no chão. Mas quem? Owen ou outra pessoa? Miller estivera nesse quarto, estava convencido disso, mas o que aconteceu, e por que eles tinham vindo parar ali?

O único sangue no quarto eram algumas gotinhas no chão. Também havia traços de sêmen... e o detetive teve dificuldade em tentar pensar na possibilidade de a pequena Miller estuprar Walker. Parecia completamente improvável. No entanto, a mistura de medo e adrenalina fazia coisas estranhas ao corpo de uma pessoa. Ele sabia disso por experiência própria. Tony olhou para a parceira, ainda uma novata comparada a ele. Talvez seus olhos frescos vissem mais claramente do que os seus.

– Bem, sargento, qual é a sua análise?

Victoria Heath sacudiu a cabeça. – Não tenho certeza. Presumindo-se que Miller tenha estado aqui, será que Owen Walker estava com ela? Ou seria outro homem?

– As descrições das testemunhas sugerem que era Walker – disse Tony, sucinto.

– Ela está fugindo, então por que parar aqui? E parece que eles fizeram sexo. O que me leva a crer que foi consensual. Síndrome de Estocolmo, talvez.

– Quando o refém se torna emocionalmente apegado ao seu captor. Talvez – disse Fowler. – Mas eles só se conhecem há pouco tempo. "Será que pode acontecer tão rápido?" – pensou ele. – Além disso, ela nunca teve um relacionamento apropriado. Segundo a checagem de seu histórico, até onde podemos determinar ela só teve dois relacionamentos casuais com garotos desde o fim da adolescência. A mãe garantiu isso.

Ele olhou novamente ao redor do quarto. O que exatamente tinha acontecido? Os hóspedes dos quartos vizinhos relataram ter ouvido gemidos e gritos terríveis; no entanto, eles também acharam não se tratar de nada além de sexo selvagem.

Por que será que ninguém mais interferia? Quando foi que os civis se tornaram tão medrosos? O mundo estava lentamente mergulhando em uma apatia silenciosa.

– Eu me pergunto se Walker tentou fugir e houve briga. Mas, se foi esse o caso, como eles saíram do hotel sem serem vistos?

A sargento Heath subitamente se agachou e ergueu a ponta de um dos lençois, revelando um pedaço de papel impresso. Sem tocá-lo, inclinando a cabeça, leu: "Primeiro Festival Internacional Celta de Relíquias, Arte e Cultura". Olhando para cima, ela acrescentou: – Acho que é algum tipo de festival de música. Há ônibus partindo de Marble Arch de hora em hora – ela disse. – O festival está sendo realizado em Madoc, Gales, e começa amanhã. Talvez seja importante.

– Este panfleto pode estar aí há dias – disse ele.

Ainda sem tocar o papel com os dedos, a sargento passou a ponta da caneta em uma gota perfeita de sangue. O sangue borrou. – O que você diz, é sangue do garoto? – perguntou ela. – Aposto que vamos encontrar as digitais dele nisto aqui.

– Pode não ser nada. Por outro lado...

– É outra agulha no palheiro. – Ela sorriu.

– E eu vou me agarrar a elas todas... pois é tudo o que tenho.

80

Então, eram somente três.

Três Relíquias de destaque, e todas lhe seriam entregues nas próximas horas.

E, então, não haveria nada que o detivesse.

A dez metros da porta de madeira e ferro, Ahriman sentia as primeiras ondas de poder, como insetos se arrastando em sua pele, uma energia magnética que eriçava todos os pelos de seus braços e lhe dava arrepios na espinha.

A cinco metros da porta, ele estava ciente da força e do poder, como uma presença tangível no ar, revolvendo-se e se deslocando ao seu redor, o ar em si carregado da eletricidade que os desinformados chamavam de mágica.

Mas foi somente quando ele adentrou a pequena cela sem janelas que o poder o varreu completamente, banhando sua pele nua como óleos ou o toque de uma amante, o poder amargo e pungente em sua língua.

Ele achou inspirador pensar que isso era apenas um fragmento da energia, um vazamento dos treze caixões forrados de ferro e feitos à mão. As caixas de couro e veludo tinham sido dispostas em um círculo, equidistantes umas das outras, ao redor das paredes da cela. Cada caixa estava colocada em um círculo perfeito, cercando um pentagrama, inscrito com os símbolos de arcanjos e os treze nomes de Deus.

Dez das caixas de veludo estavam trancadas e presas com cera e lacres de ferro inseridos no antiquíssimo talismã conhecido como o Selo de Salomão.

Deliberadamente evitava olhar as três caixas vazias; o espaço vago debochava dele. Ele se virou para olhar o monitor que mostrava Vyvienne no calabouço, onde ela provocava Don Close, Guardião da Faca do Cavaleiro. Ela o provocava com sua nudez, usando o corpo nu para enlouquecer o homem, prometendo-lhe algo que ele jamais teria como recompensa pela localização do artefato.

Três relíquias – Dyrnwyn, a Espada Quebrada, A Faca do Cavaleiro e a Corneta de Bran – e ele teria feito o que os magos e feiticeiros através dos tempos falharam em fazer: coletado as Treze Relíquias.

O infame mago escocês do século XII, Michael Scot, tinha conseguido coletar três delas, antes de sua morte misteriosa e prematura; Francis Bacon descartara a sua, acreditando que ela só lhe trouxera azar; dr. John Dee tinha perdido uma de suas esposas para a Relíquia; o notório Francis Dashwood, fundador do Hellfire Club, adquiriu duas ao longo de sua vida, ambas através do jogo; e, no final do século XIX, Samuel Liddell Mathers, um dos membros fundadores do Golden Dawn, também havia adquirido duas das Relíquias, embora elas tivessem misteriosamente desaparecido quando ele deixou Londres para montar seu grupo em Paris. Mathers sempre suspeitara, incorretamente, que Aleister Crowley tinha roubado as Relíquias.

Sentado no chão frio de pedra, alterando seu metabolismo para conter o frio que penetrava em suas nádegas, Ahriman olhava com orgulho os dez artefatos milenares, cada um com pelo menos dois mil anos, embora alguns deles obviamente fossem mais velhos e já considerados antiguidades quando foram santificados. Ele passou seus dedos longos e finos na caixa mais próxima, que continha o Caldeirão do Gigante, uma pequena vasilha de cobre de três pés. Centelhas azuis e brancas faiscaram na caixa, pinicando as pontas escurecidas de seus dedos. Ele cuidadosamente ergueu o selo de cera e abriu a tampa, deixando que um pouquinho da energia saísse da caixa através de uma luz amarelo-esverdeada, subindo em espiral rumo ao teto. Ela pairou logo abaixo das pedras enegrecidas, num filete que se enroscava e desenroscava, e lançava descargas elétricas abaixo, na direção das caixas contendo as Relíquias. Fios de tom verde-acobreado zuniam em volta das caixas de ferro, delineando-as em esmeralda, antes de faiscarem e sumirem, incapazes de penetrar a combinação de ferro antigo e lacres mágicos ainda mais velhos. O Caldeirão tinha sido a segunda Relíquia que ele coletara.

Tinha sido muito simples. Uma vez que haviam descoberto a identidade do Guardião, ele pegara a balsa para carros de Holyhead até Dublin, depois seguira dirigindo até Belfast. Em um *pub* da Falls Road, tinha encontrado o aleijado Gabriel McMurray, Guardião da Relíquia. Vinte e quatro horas depois, McMurray estava morto, e até a Royal Ulster Constabulary, a polícia irlandesa, endurecida por anos de turbulências, tinha ficado horrorizada com o estado do cadáver.

Dez Relíquias.

Faltam três.

As matanças foram se tornando cada vez mais fáceis e ele se fortalecia mais a cada morte. Ahriman olhou ao redor do círculo de Relíquias. Ele as conhecia intimamente e se lembrava detalhadamente da morte de seus Guardiões. Ali estava a Lança de Dolorous Blow, o Cabresto de Clyno Eiddyn, a Carruagem de Morgan e o Manto de Arthur.

Um dia haviam sido objetos comuns do dia a dia, mas foram imbuídos de um poder extraordinário, e quando ele possuísse as treze, então também teria acesso a esse poder. Ele seria como um deus.

"Quanto tempo levara para chegar a esse ponto?", pensou ele. Dez anos, vinte... mais? Ele tinha trinta e cinco anos agora e ouvira falar das Relíquias pela primeira vez quando tinha quinze anos, porém levou mais cinco anos até começar a compreender sua história extraordinária e seu incrível poder.

Vinte anos: uma vida passada em busca de um sonho. Aqueles anos lhe ensinaram muita coisa, levaram-no a percorrer o mundo, mais de uma vez, geralmente rumo aos locais mais selvagens e menos hospitaleiros do globo, e sua busca lhe dera vislumbres do Outro Mundo, um lugar que a humanidade – a humanidade trivial e cega – jamais compreenderia.

Ele recolocou o pequeno vasilhame metálico na caixa selada, depois abriu a segunda caixa e ergueu o saquinho de couro, conhecido como Cesto de Gwyddno. A primeira Relíquia que tinha adquirido. Aconteceu há dez anos. Ele tinha vinte e cinco anos.

Virando a bolsinha de couro nas mãos e sentindo-a tremular de energia, ele se lembrou da primeira vez em que a vira.

Ele tinha quinze anos.

81

Ahriman Saurin sempre adorou ficar com a tia Mildred, em Madoc, no pequeno vilarejo na fronteira de Gales. Embora não tivesse cinema, somente poucas lojas e nenhuma diversão, a vila tinha profundo fascínio para o garoto nascido e criado na cidade. Ele adorava o silêncio, o ar limpo e o sotaque suave e lírico das pessoas, e sua forma aberta e amistosa. Também tinha grande afeição por Mildred, sua tia excêntrica, irmã mais velha de sua mãe, e achava as diferenças entre a mãe irritadiça e a tia chocantes e assustadoras.

Eleanor, mãe de Ahriman, era baixinha, atarracada, bem afetada, chocava-se com facilidade e não permitia televisão aos domingos, controlando a vida do filho o máximo possível. Ela o desencorajava firmemente quanto a fazer amizade com meninas e supervisionava suas amizades com meninos, franzindo o rosto para qualquer rapaz que não viesse de uma família respeitável. Censurava suas leituras, não o deixava ir ao cinema e direcionava toda a sua vida para o estreito caminho de uma formação universitária e o diploma acadêmico que ela jamais tivera.

Sua tia era o oposto completo.

Mildred Bailey era danada, intempestiva e tinha o espírito livre, escandalizando a família com uma regularidade quase monótona, culminando no comentado caso com um membro do Parlamento que quase derrubara o governo da época.

Ahriman tinha descoberto tudo isso depois. Tudo o que sabia era que a época que passara com sua tia Mildred fora a mais feliz de sua infância, mas aquele último ano, o verão em que completou quinze anos, é que moldou seu futuro...

Ahriman puxou as cordinhas da bolsa e olhou dentro. A casca dura de um pão velho permanecia no fundo do saco. Segundo a lenda, se ele pegasse a casca e a partisse em duas partes, depois pegasse outro pedaço e novamente o partisse em dois, fazendo isso repetidamente, poderia alimentar uma multidão. Era um feitiço simples, comum à maioria das culturas, embora os cristãos o valorizassem demais, aclamando-o como um milagre, ignorando as inúmeras vezes em que havia surgido na história das muitas nações.

Muitas coisas aconteceram naquela ano, quando ele tinha quinze anos.

Seu pai morrera de forma rápida e sem estardalhaço, do mesmo modo que vivera toda a sua vida. Ele simplesmente foi dormir, uma noite, e seu corpo preferiu não acordar. Seus pais não estavam dormindo juntos – já não dormiam juntos havia muito anos – e, por ser sábado, manhã em que seu pai sempre dormia até tarde, seu corpo só foi descoberto ao meio-dia. Ahriman percebeu que já quase não se lembrava do rosto do pai, e o da mãe era uma máscara sombria; no entanto, o rosto da tia era nitidamente claro.

Nenhum homem jamais se esquece da pessoa que tira sua virgindade.

Ele sabia que aquele verão seria diferente. E passou a perceber a tia de um modo nunca antes percebido, notando subitamente as roupas reveladoras que ela usava, os suéteres de caxemira colados ao corpo, as blusas de algodão quase transparentes, os mamilos escuros sob o tecido fino.

A lembrança daquela manhã fatídica era quase cristalina. Ele tinha acordado cedo e ido até a janela olhar o pomar, e viu a tia em pé, nua, em meio às árvores. Sopros de neblina serpenteavam ao redor de seu corpo profundamente bronzeado, o orvalho salpicava sua pele, colando seus cabelos prateados na cabeça. Ela estava de frente para o leste, com os braços erguidos acima da cabeça, uma faca de cabo preto em uma das mãos e um porrete na outra. Em seu pescoço havia um saquinho de couro, pendurado por um cordão. Ahriman estava se desviando da janela quando subitamente notou que estava excitado. Nesse momento,

Mildred se virou e olhou diretamente para ele com os olhos brilhantes, uma expressão de quase deboche. E de repente notou que suas atitudes, nos próximos minutos, determinariam o curso de sua vida toda. Ele podia dar as costas, voltar para a cama, cobrir a cabeça com a coberta e se esquecer de tudo o que tinha visto, ou podia...

Mesmo hoje, vinte anos depois, caminhar descalço por um gramado orvalhado deixava-o excitado como nenhuma outra coisa.

Foi até o pomar, vestindo seu pijama azul-claro, a bainha molhada das calças do pijama batendo nos tornozelos, colando à sua pele. Na metade do pomar ele tirou a roupa e se aproximou dela nu, entrando no círculo que estava traçado na grama, com giz branco. Mildred tinha aberto os braços e o recebera em seus seios fartos, pressionando-lhe o rosto junto aos mamilos escuros, puxando-o para baixo, para a grama.

Eles fizeram amor quando os primeiros raios de sol do verão de agosto surgiam no horizonte, recriando o ato da deusa que se entregou a Lugh, o deus da luz, a união da humana e o deus, armazenando vida para os meses de inverno vindouros. Mais tarde, ele ficou sabendo que aquele dia era conhecido como Lughnasagh, e era sagrado nas Antigas Religiões.

Muito depois daquele dia, ela lhe disse que era seguidora dos Costumes Antigos, e, mais tarde ainda, quando caiu a noite, falou-lhe sobre a Relíquia, o saquinho de couro que usava ao redor do pescoço.

Nos meses seguintes, nos fins de semana, feriados escolares e férias semestrais, Ahriman Saurin voltava a Madoc, e Mildred iniciou o corpo e o espírito do menino em uma religião que já era antiga antes mesmo que o Cristo Branco fosse sacrificado em uma cruz de madeira.

Subitamente, seus estudos tinham direção e propósito e ele ganhou uma bolsa em Oxford. Durante dez anos se dedicou ao estudo do folclore e da mitologia, religião e metafísica, e seu doutorado, baseado na coletânea oculta *O Ramo de Ouro*, de Frazer, estabeleceu sua reputação. No entanto, enquanto a imagem pública de Ahriman Saurin sugeria um jovem acadêmico brilhante, seus estudos particulares o levavam por um caminho sinistro e selvagem à medida que ele pesquisava os artefatos conhecidos como as Treze Relíquias.

E no Lughnasagh, faltando dez dias para o dia em que soubera sobre a Relíquia pendurada no pescoço da tia, ele regressou ao vilarejo de Madoc e a matou de forma fria e brutal, usando suas emoções enfatizadas para alimentar a Relíquia de energia.

Então ele encontrara Vyvienne, uma adolescente vulnerável, sétima filha de uma sétima filha, abençoada com o dom da Vidência, e começara a manipular suas habilidades especiais para ajudá-lo a encontrar e reunir as Treze Relíquias da Bretanha.

Ele precisava das treze para desfazer o que o garoto Yeshu'a tinha feito há quase dois mil anos. Precisava delas para abrir o portal para o Outro Mundo.

Lá de baixo, um grito horrendo ecoou pelas pedras, passando a um sussurro ofegante, um choro derrotado. Houve um súbito silêncio e então ele ouviu os passos leves de Vyvienne atravessando o piso. Instantes depois a porta foi aberta atrás dele e Ahriman virou a cabeça.

O corpo nu de Vyvienne estava respingado de sangue, mas a expressão de triunfo em seu rosto lhe dizia tudo o que ele precisava saber: Don Close havia revelado a localização da Relíquia.

Depois de recolocar o saquinho de couro em sua caixa de ferro, ele ergueu um cesto vazio e o aproximou, de prontidão.

Agora só faltavam duas.

E estavam chegando.

82

Além do escopo limitado dos sentidos humanos existe uma infinidade de mundos nem sequer sonhados pela humanidade. Criaturas e seres, que a humanidade passou a conhecer como mitos ou lendas, habitam muitos desses reinos, assim como as criaturas chamadas demônios.

Talvez tenham um dia pertencido à raça humana, embora essas lendas sugiram que tenham sido a prole do Anjo Decaído, Lúcifer, e de uma filha de Eva. Condenados por um deus impiedoso a sofrerem pelos pecados de seu pai, eles foram banidos para sempre a um reino que faz fronteira com o reino humano. Foram ainda atormentados por serem capazes de enxergar o Mundos dos Homens, embora seu próprio reino fosse oculto à humanidade. E o Mundo dos Homens tinha tudo o que faltava ao reino dos demônios: a água sempre foi pura e limpa, o ar era perfumado e claro, e havia abundância de frutos e alimentos de toda espécie. Mas o maior tormento dos Demoníacos era a abundância de humanos, com sua carne macia e suculenta, seu sangue salgado, os órgãos internos delicados, e aquelas porções tão saborosas que eram as incontáveis emoções humanas, além da consciência superior, comumente conhecida como alma.

Os Demoníacos conseguiram ganhar acesso ao Mundo dos Homens em inúmeras ocasiões, embora geralmente fosse através de uma única criatura que atravessasse a paisagem dos demônios e ocupasse um humano de mente fraca. Sua expectativa de vida sempre foi curta, pois as emoções da humanidade eram como uma droga para os Demoníacos, e os demônios logo estavam forçando os humanos a excessos cada vez maiores, de modo a suprir seus vícios pela droga da emoção.

No entanto, a última vez que tentaram entrar, à força, tinha sido há dois mil anos.

Por toda uma Temporada Sombria, quando havia pouco a fazer na Região Nordeste, a não ser sonhar, os Fomor tinham trabalhado em uma tribo de xamãs selvagens, incutindo-lhes sonhos de poder e riqueza ilimitada, e o prêmio máximo pela busca de respostas: conhecimento, um conhecimento sombrio e inebriante. Com sacrifícios de sangue e fogo, carne e inocência, os xamãs criaram uma fenda entre o mundo dos homens e o dos demônios, permitindo que as criaturas a atravessassem. Nenhum dos xamãs havia sobrevivido ao primeiro encontro com as criaturas, embora seus corpos prosseguissem vivendo uma vida semelhante, apodrecendo sobre os ossos, até que os Demoníacos escolhessem um novo hospedeiro de carne. Sem o poder dos xamãs para dar combustível à passagem, ela ruiu, mas não antes de permitir que seiscentos e sessenta e seis criaturas adentrassem seu reino para sempre, confirmando o folclore do número de Bestas na consciência humana.

Em menos de trinta dias as bestas tinham devastado a área rural, assolando todos os que encontravam. Milhares morreram para mitigar a fome terrível, e os que eles não mataram imediatamente, foram agrupados em imensos chiqueiros. Com algumas das mulheres eles copularam, e as aberrações resultantes criaram as sementes das lendas a respeito de vampiros e lobisomens.

Quando os Demoníacos, a quem os humanos passaram a chamar Fomor, tinham devastado totalmente a terra da Bretanha, eles velejaram rumo ao Oeste em um navio pirata irlandês capturado e estabeleceram o reino do terror naquela ilha, reino que só terminaria quando os guerreiros De Dannan, que também não eram inteiramente humanos, os destruíssem em grandes batalhas.

Mas os Fomor remanescentes jamais deixaram a costa britânica... porque foram impedidos por um homem-garoto aterrorizante, que controlava um poder do qual nem ele mesmo era inteiramente ciente. Usando magia elementar, mais antiga que a raça humana, ele destruiu os últimos Fomor e lacrou o portal entre os mundos, trancando-o com treze palavras sagradas de poder e treze objetos santificados. Somente aquelas treze palavras de poder e as Treze Relíquias poderiam destrancar o portal.

Por dois milênios os Demoníacos se reuniam atrás do portal, esperando em imensos grupos, planejando sua fuga.

Muitas vezes eles chegaram perto de romper as defesas, e, ocasionalmente, uma ou mais chaves tinham girado na fechadura, permitindo um vislumbre das maravilhas não vistas – de ambos os lados –, mas as Relíquias se mantiveram.

Os Demoníacos sabiam que a hora estava próxima.

E se reuniram. Eles podiam sentir a presença de onze Relíquias... e sabiam que em breve as chaves seriam giradas.

E, dessa vez, eles não seriam negados. Yeshu'a e sua raça há muito haviam partido.

Dessa vez não haveria ninguém para lhes impedir o caminho.

SÁBADO, 31 DE OUTUBRO

Noite de Todas as Relíquias

83

Owen se mexeu dormindo, fazendo Sarah despertar em um solavanco. Houve um instante de desorientação aterrorizante, imagens de seu sono se revolvendo e se enroscando ao redor dela... até que ela se lembrou de que estava sentada com o rosto pressionado à janela úmida e fria do ônibus com cheiro de mofo. Owen estava no assento do corredor, com a cabeça apoiada no ombro dela, remexendo-se, os globos oculares se revirando sob as pálpebras.

Sarah se endireitou cuidadosamente, retraindo-se, já que os músculos rijos de seu pescoço e dos ombros protestavam, mas relutou em se mover demais para não acordar Owen. A bolsa contendo a Espada Quebrada estava no chão, entre os seus pés, e ela podia sentir o calor da espada impregnando a lona da sacola. Esfregando a mão na janela embaçada, ela estreitou os olhos para a escuridão no lado de fora, tentando identificar onde estavam. Mas o veículo seguia por uma estrada sem traços característicos, iluminada por luzes frias que deixavam a noite alaranjada.

Havia poucos carros na estrada; um Volvo passou lentamente pelo ônibus e Sarah vislumbrou uma mulher cochilando no banco do passageiro, com rosto esverdeado pelo reflexo do painel, e duas crianças no banco traseiro, uma cutucando a outra. Ela se pegou sorrindo diante da cena de normalidade: gente comum, em um mundo comum, sem a perturbação de espadas e artefatos e demônios... exatamente como era o seu mundo uma semana antes. Quase que inconscientemente, enfiou a mão na bolsa e tocou a espada, buscando consolo no metal aquecido.

Se aceitasse a existência das Relíquias e dos Demoníacos, teria de aceitar que toda a história do mundo estava errada. Ela sacudiu a cabeça, sem querer prosseguir com esse pensamento... Nessa estrada estava a loucura.

– Chegamos? – Owen olhou-a, com olhos sonolentos.

– Ainda não. Desculpe, eu não queria acordá-lo.

Owen voltou a encostar a cabeça ao ombro dela e pareceu a coisa mais natural do mundo passar o braço ao redor dele. – Onde estamos? – murmurou ele, com a voz junto ao peito dela.

– Não tenho certeza. – Inclinando o braço esquerdo para a luz, ela viu as horas. – São duas e meia, então estamos na estrada há duas horas e meia. Já devemos ter percorrido mais da metade do caminho.

Owen murmurou uma pergunta, mas, antes que Sarah pudesse pedir que ele a repetisse, sentiu que ele tinha dormido outra vez.

Eles tinham embarcado no ônibus em uma rua lateral, no lado oposto de Marble Arch. Era uma linha de ônibus independentes que estacionavam ao longo da rua, com adesivos no vidro dianteiro dizendo PRIMEIRO FESTIVAL INTERNACIONAL CELTA DE RELÍQUIAS, ARTE E CULTURA. O lugar estava abarrotado de alunos, a calçada forrada de sacos de dormir e mochilas, e o casal malvestido se misturou bem a eles. Faltando dez minutos para a meia-noite, a porta do ônibus foi aberta e Owen e Sarah sentaram-se em seus lugares. Os bancos eram no lado direito do ônibus, mais para o fundo.

Houve uma saudação ruidosa quando o ônibus deixou a estação, um minuto após a meia-noite. Durante a primeira hora, surgiram algumas canções e um murmúrio em gaélico que deixou Sarah irritada, e alguém na frente do ônibus tocou uma bela melodia em uma gaita, mas o ônibus rapidamente caiu em silêncio, à medida que os passageiros foram adormecendo, decididos a conservar sua energia para o festival.

De dentro da bolsa, Sarah tirou as anotações de Judith e tentou lê-las, em busca de pistas, de respostas. No entanto, tentar se concentrar na escrita miúda sob a luz âmbar a deixou ligeiramente nauseada e ela fechou o livro e o colocou de volta na bolsa.

Havia tantas perguntas e tão poucas respostas.

A velha senhora havia sido um dos Guardiões das Relíquias. A maioria, se não todos os Guardiões das Relíquias, haviam sido mortos, assassinados de maneiras rituais, por alguém que estava coletando os objetos. Dessa forma, fazia sentido que a mesma pessoa agora estivesse atrás dela e de Owen, e eles podiam esperar uma morte horrenda. Ou pelo menos Owen poderia esperar, já que era o Guardião, e não ela.

Mas se ela não era um dos Guardiões... então o que era?

Será que seu papel nisso tudo ia além de mera espectadora envolvida em algo do qual não tinha controle? E quanto aos sonhos? Os sonhos bizarros do menino Yeshu'a? Às vezes parecia que o garoto estava falando diretamente com ela, aqueles olhos escuros penetrando em sua alma.

E os demônios... eles eram reais. Ou ela estava simplesmente perdendo o juízo? Seria possível que naquele exato momento ela estivesse deitada em uma cama de hospital e isso era apenas um torpor induzido pelas drogas?

Ela rezava para que fosse, pois, se não fosse, as consequências eram terríveis demais para imaginar.

84

Vyvienne permitiu que sua consciência saísse do corpo.

Ela olhou para baixo, para seu corpo adormecido, a pele branca contrastando com os lençóis negros de que Ahriman gostava. Suas mãos estavam cruzadas sobre os seios fartos, a mão direita no ombro esquerdo, a palma esquerda pousada sobre o ombro direito. Seus tornozelos estavam cruzados. Embora ela viajasse pelo Astral desde criança, ainda achava assustador olhar para baixo e ver a si mesma, sabendo que seu corpo estava ligado por uma linha tênue – e dourada – ao espírito.

Essa era uma das poucas imagens que os humanos levavam consigo para o mundo Astral: a flutuação acima do próprio corpo. Poucos humanos percebem que seu espírito vaga livremente no Astral enquanto eles dormem, sendo seus sonhos meros fragmentos de suas aventuras no Outro Mundo cinzento.

Afastando-se de seu corpo adormecido, Vyvienne flutuou mais alto. Esse nível mais baixo do Astral era repleto de espíritos de humanos adormecidos, figuras insubstanciais se deslocando aleatoriamente pela paisagem ressequida. A maioria estava nua, seus corpos eram cópias de suas formas humanas, completas com as imperfeições. Somente quando tinham evoluído em aprendizado é que descobririam que no plano Astral a forma era mutável e eles podiam adotar qualquer forma ou imagem que desejassem. Uma vez que tivessem alcançado esse entendimento, eles podiam se deleitar assumindo inúmeras formas por noite, humana, animal e as intermediárias. Mais tarde, quando essa novidade tivesse perdido a graça, eles podiam voltar à sua forma humana, até enfatizando seus traços físicos, podendo ficar mais altos, mais largos e sempre mais belos.

Vyvienne se elevou a um nível Astral mais alto e imediatamente o número de formas diminuiu. Ela subiu ainda mais e as figuras foram ficando mais raras, embora agora houvesse pistas de outras presenças, formas não humanas no Astral: os Ka's. Vyvienne há muito aprendera a ignorá-los, compreendendo que eram simplesmente a sombra dos falecidos há muito tempo, lampejos de consciências poderosas que deixaram ecos no tecido Astral; alguns, no entanto, eram presenças verdadeiramente estranhas e completamente incompreensíveis.

Uma vez que chegou ao local das formas e silhuetas, a maior parte das luzes e das presenças sumia da paisagem. Vyvienne então se concentrava na marcas reveladoras de poder das Relíquias, as espirais flamejantes de nós entremeados. Embora as Relíquias fossem protegidas e trancadas com chumbo e a magia milenar, havia vazamento suficiente para marcar sua presença, e diretamente abaixo dela o plano Astral transbordava de imagens fantasmagóricas de onze das Relíquias.

E, ao longo da paisagem ondulada e cinzenta, mais duas se aproximavam.

Vyvienne correu em direção à origem das duas Relíquias, caindo através das camadas do Astral, até que conseguiu enxergar o mundo físico – o Mundo Encarnado – abaixo.

Ela podia ver Owen Walker e Sarah Miller em um ônibus cheio, viajando para Madoc. E eles estavam levando a Espada Quebrada e a Corneta de Bran. Os dois últimos objetos Relicários.

Conforme Vyvienne recuou, ela notou que o ar ao seu redor estava repleto da presença de Ka's. Ela deu uma olhada nas imagens dos homens e mulheres em trajes de séculos, guerreiros de armaduras, mulheres envoltas em peles. Eles estavam reunidos no Astral, observando atentamente o casal... Então, em conjunto, todos eles se viraram para olhar para Vyvienne, e uma onda de ódio a varreu, mandando-a, girando, de volta ao seu próprio corpo.

Ela teve um solavanco e acordou, imaginando a quem eles odiavam: Owen e Sarah... ou ela mesma.

– Então? – perguntou Ahriman. Ele estava sentado em uma cadeira de encosto alto, junto à parede. Com os primeiros raios prateados do amanhecer no leste, ele era uma figura sombria, uma forma sinistra.

– Eles estão vindo em um ônibus que está trazendo pessoas ao festival. Estarão aqui em uma hora.

– E nós estaremos esperando.

85

— Eu tive o sonho mais estranho – murmurou Sarah, com a voz sonolenta.

Owen deslizou os dedos nos dela, apertou-lhe a mão. Estava olhando para o leste, observando o amanhecer sobre as montanhas distantes. Ele não se lembrava da última vez em que vira o amanhecer. Parecia que esse seria um dia glorioso.

– Sonhei que estava em pé, em uma plataforma, em um tipo de palco. Eu estava nua e à minha volta...

– Havia homens e mulheres usando trajes e vestidos de outras épocas.

Sarah ficou olhando para ele. – Você também?

– E eu sonhei que um demônio tentou penetrar no círculo de corpos, mas eles o mandaram de volta.

Sarah assentiu rapidamente. Ela esfregou os olhos com força. – Eles eram os Guardiões das Relíquias anteriores.

– Como sabe?

– Eu sei – disse ela com firmeza. Subitamente, apontou para uma placa na estrada. – Madoc, vinte milhas. – Ela sorriu. – Quase lá.

Eles continuaram de mãos dadas, em silêncio, pelo restante da jornada.

O VELHO no último banco não parecia tão deslocado em meio aos jovens malvestidos. Seu casaco do Exército, as calças e os tênis eram parecidos com muitos dos outros, embora os dele estivessem em estado bem decrépito. Em meio aos odores de corpos não lavados, cerveja e haxixe, seu cheiro mofado passou despercebido.

Ambrose observara a reunião dos Demoníacos, no Astral acima, atraído pelas espirais entremeadas de força que emanavam das duas Relíquias da jornada.

Ele também vira o ponto brilhante de luz azul e negra se aproximando, caindo das alturas rarefeitas do Astral superior, envolto na imagem fantasmagórica da mulher de cabelos negros. Ambrose ansiava por usar uma minúscula porcentagem de seu imenso poder para explodir a criatura, mas sabia que precisava se manter protegido. Mas ele a encontraria; tudo o que tinha a fazer era seguir o fedor de perversidade e ele a destruiria.

E agora ele estava regressando a Madoc.

Tudo terminaria onde havia começado, não há setenta anos, nem setecentos, mas há quase dois mil anos, em um pequeno vilarejo à beira das montanhas. Ambrose finalmente ia para casa.

86

Madoc era uma comunidade sonolenta de dois mil e quinhentos habitantes, abrigada na fronteira da Inglaterra com o País de Gales. A vila milenar foi abordada no Livro do Dia do Juízo Final e tinha figurado em algumas lendas arturianas. O museu local continha artefatos da distante época neolítica, e as minas carvoeiras ao pé das montanhas abrigavam fósseis do período Jurássico. Quando as minas começaram a fechar, nas décadas de setenta e oitenta, muitos dos jovens deixaram Madoc, buscando trabalho em Cardiff, Liverpool, Manchester e Londres. Depois de experimentarem a vida urbana, poucos regressaram à cidade tranquila.

No início dos anos oitenta, Madoc seguiu o exemplo de algumas vilas francesas no Nordeste da Bretanha, terrenos nas montanhas escocesas, e de algumas cidadezinhas no oeste da Irlanda, e fez um empenho deliberado para revitalizar a herança celta. Um modesto centro interpretativo recriando a vida da Era do Bronze provara ser surpreendentemente bem-sucedido. Reproduções dos artefatos célticos – trabalhos em couro, entalhes em madeira e joias – serviram como base para uma série de pequenas indústrias de êxito, e agora a prata e o couro celta de Madoc estavam sendo exportados para o mundo inteiro.

Quando um professor local e festejado acadêmico sugeriu o festival celta para o conselho da vila, ele foi unanimemente aceito. Pareceu natural que o evento acontecesse na Noite de Todas as Relíquias, um dos dias sagrados do calendário celta: Samhain, comumente conhecido como Halloween.

O professor havia sido fundamental para o renascimento celta que salvou a vila do destino de tantas outras da região rural de Gales, e o conselho ouviu suas sugestões. Ele não somente quis criar um festival de música que concorresse com Glastonbury, quis criar um evento. Isso seria mais que um festival de música: haveria música, arte, instalações teatrais, apresentações, contadores de histórias, comida e teatro. Do próprio bolso, ele custeou um *website* interativo que espalhou a notícia do evento pelo mundo, e houve comparações inevitáveis com o Burning Man de Nevada e o Firefly de Vermont. Os organizadores ficaram surpresos pela reação. Semanas antes do anúncio inicial, o evento já estava com os ingressos esgotados, e agora havia estimativas da participação de cento e cinquenta mil pessoas.

DE MÃOS dadas, Sarah e Owen circularam pela pequena vila de Madoc. Embora ainda não fossem oito horas da manhã, a pequena vila estava lotada, a maioria das lojas já estava aberta e a rua principal, que havia sido desenhada para carruagens puxadas por cavalos, sem jamais ter sido ampliada, estava abarrotada de carros, micro-ônibus e ônibus.

– Estou achando que esse não foi o melhor fim de semana para vir até aqui – Owen gritou para ser ouvido acima do barulho.

Sarah sorriu. – Os locais parecem ligeiramente chocados – disse ela.

O jovem casal caminhava lentamente pelas ruas lotadas, desfrutando de seu anonimato, o sol matinal aquecendo seus rostos. Mas o ar úmido rural já estava estragado com os odores de comida na brasa e uma variedade de perfumes. No outro lado da cidade, uma estática aguda estalou, fazendo os corvos dispararem pelo ar.

– O que fazemos agora? – perguntou Sarah. Ela mal conseguira duas horas de sono desconfortável e turbulento no ônibus e estava exausta, com os olhos ardendo. Estava com um gosto amargo na boca e havia um zumbido constante em seus ouvidos. Mais de uma vez ela se virou, de olhos arregalados, achando que tinha ouvido o som de uma corneta de caça.

– Vamos comer – disse Owen firmemente, sentindo a barriga roncar. – Eu até que tomaria um café da manhã. – Ele parou do lado de fora de uma confeitaria e ficou olhando os pães e doces. Uma senhora parruda, baixinha e de rosto avermelhado estava na porta, de braços cruzados sobre os seios imensos. Ela sorriu para o jovem casal e Owen assentiu. – Com licença?

– Sim, querido? – O sotaque da mulher era leve e lírico, uma voz de garotinha no corpo de uma idosa.

– Estamos aqui para o festival – disse Owen, baixando o tom de voz, atraindo a mulher para mais perto dele. Era um truque que frequentemente usava com mulheres mais velhas, quando flertava com elas. – Estamos procurando um lugar para ficar. Tem alguma indicação?

A mulher de rosto vermelho deu uma risada cordial. – Se não fizeram reserva, é improvável que encontrem um lugar. O hotel está lotado e as hospedagens estão esgotadas. Ouvi dizer que a tenda da vila também está completamente cheia. Talvez encontrem alguma coisa em Dunton – ela acrescentou.

– Ah, bem, obrigado de qualquer modo – disse Owen. – Acho que vamos somente comprar pão. O cheiro está maravilhoso.

– O gosto é ainda melhor que o cheiro – disse a mulher, simplesmente.

Owen a seguiu para dentro da loja, piscando sob a luz fraca. Ele respirou profundamente, saboreando o aroma de pão morno. – Tem o cheiro da cozinha da minha tia.

– Sua tia gosta de cozinhar?

Owen assentiu, subitamente sem conseguir falar, com a garganta se fechando, as lágrimas brotando em seus olhos.

– É a farinha de trigo – disse a mulher bondosa.

– Nossa tia Judith adorava cozinhar – disse Sarah rapidamente. – Na verdade... – Ela parou e olhou em volta. – Esta loja estava aqui durante a época da guerra?

– Meu avô a abriu em 1918, quando voltou da guerra. Da Primeira Guerra – acrescentou ela. – Por que pergunta?

– Nossa tia foi evacuada para esta vila durante a guerra; ela costumava falar de uma confeitaria maravilhosa. Será que era esta?

– É a única na vila – disse a idosa, radiante. – Só pode ter sido aqui. Nessa época, minha mãe e minha tia cuidavam dela. – Ela pousou os antebraços no tampo de vidro do balcão, empurrando para o lado um aviso que dizia NÃO SE DEBRUCE NO VIDRO. Sacudiu a cabeça, sorrindo ao lembrar. – Eu brinquei com as crianças evacuadas. Qual era o nome da sua tia?

– Judith Walker – disse Sarah baixinho.

A confeiteira franziu o rosto, olhando para os cabelos de Sarah. – Não me lembro de nenhuma menina ruiva...

– Minha tia tinha cabelos negros. Meu cabelo é dessa cor porque puxei o lado da família do meu pai. Ele é de Gales – acrescentou ela.

– De Gales. Daqui?

– Cardiff. Eu sou Sarah. Este é meu... irmão, Owen.

– Owen, um bom nome galês, claro. Estou vendo a semelhança – acrescentou a mulher. Ela sacudiu a cabeça. – Nossa, eu me lembro daquela época de guerra. Não deveria dizer isso, claro, mas aquela foi uma das épocas mais felizes da minha vida. E Millie Bailey, uma das evacuadas, era minha melhor amiga. – Ela virou a cabeça e olhou para fora da porta, vendo a multidão que passava, pensando em suas lembranças. – Pobre Millie, ela adoraria isto. Ela se foi. E sua tia Judith?

– Também se foi, recentemente – disse Owen. – Este é um dos motivos de estarmos aqui. Visitamos os lugares que eram importantes para ela.

– Lembranças são importantes – disse a idosa.

Owen e Sarah esperaram em silêncio.

– Quanto tempo vão ficar? – a mulher perguntou subitamente.

– Uma noite. Duas, no máximo – disse Sarah rapidamente.

– Algum de vocês fuma?

– Não, senhora – Owen logo disse.

– Eu tenho um quarto, um quarto de solteiro – disse ela. – É o quarto do meu filho Gerald, mas ele está em Londres, trabalhando no teatro. Vocês são bem-vindos para usá-lo.

– Ficamos muito gratos – disse Owen imediatamente. – Vamos pagar, é claro...

– Não vão, não – disse a mulher simplesmente. – Bem, vocês queriam pão.

87

— Estávamos esperando dez, talvez vinte mil pessoas... Até agora temos cem mil, com mais cinquenta mil esperadas – disse o sargento Hamilton, com seu sotaque galês, dando uma cadência musical às palavras. – Está completamente fora de controle.

Ele desviou o olhar de Victoria Heath para Tony Fowler. – Estou com policiais emprestados de toda parte de Gales, mas estamos torcendo para que o festival meio que policie a si mesmo. Há mais de mil e quinhentos voluntários e eles estão usando o Festival de Glastonbury como modelo. – O homem grandalhão sorriu. – Acho que vai dar tudo certo. Todos querem se divertir.

– Receio que nem todos. Tenho todos os motivos para acreditar que Sarah Miller, a quem queremos interrogar, está aqui na vila. Ela está ligada a meia dúzia de assassinatos e ao rapto de um jovem americano.

O sargento Hamilton assentiu na direção da multidão que passava pela janela da pequena delegacia de polícia. – Todos os meus oficiais estão de plantão. Não tenho ninguém que possa ceder...

– Estou vendo isso – disse Tony. Ele esticou o braço e puxou o telefone sobre a mesa. – Vejamos se eu consigo mais homens.

Victoria Heath se virou para olhar pela janela da delegacia, vendo a rua lotada abaixo. – Se ela está aqui, pode estar em qualquer lugar.

– Vamos esperar que todos se acomodem à noite – disse Hamilton. – Nós vamos checar o hotel e as hospedagens, depois posso pedir para que os homens vasculhem a tenda da vila, aqui em Mere. Se ela estiver aqui, nós vamos encontrá-la.

Tony Fowler bateu o telefone. – Vamos torcer para que a encontremos antes que ela volte a matar.

– Isso certamente arruinaria o festival – murmurou Hamilton.

88

— A Brigid não disse algo sobre uma caverna?

Owen estava recostado no parapeito da janela, olhando abaixo a rua movimentada. Sarah estava sentada na cama, cercada pelas anotações de Judith, enquanto folheava seu diário. – Sim, aqui está. Ouça isto. "Ambrose nos levou à sua caverna, hoje. Fica no fim da vila, acima da ponte, virando à esquerda em um caminho estreito, quase invisível. A caverna fica no meio de um mato fechado, ao fundo de um pequeno morro, quase invisível, a menos que você esteja procurando por ela. Ambrose arrumou as paredes de pedra com prateleiras feitas de galhos de árvores..."

– São instruções razoavelmente específicas. Nós devemos conseguir encontrar isso – disse Owen lentamente.

Sarah pulou da cama e se juntou a Owen, na janela, passando os braços em volta da cintura dele. Eles ficaram silenciosamente olhando a multidão nas ruas estreitas.

– Eu quero ser como eles – disse Sarah baixinho.

– Como eles?

– Quero ser comum – disse ela.

– Entendi – sussurrou ele.

Owen olhou a loja no outro lado da rua. Havia algo no nome que chamava a atenção. Bailey's Haberdashery. – Ei, passe o livro de endereços da minha tia. – Olhando o livro, ele passou o dedo pela lista de nomes. – Mildred Bailey – disse, triunfante. – Com um endereço em Madoc – acrescentou. – Tem de ser a mesma Millie.

Ele folheou o diário e o livro de recortes. – Aqui diz que Bailey morreu há dez anos, um acidente. Ela morreu antes do sobrinho. – Virando-se para Sarah, Owen sorriu. – Bem, agora nós temos duas pistas, a caverna de Ambrose e o último endereço de Mildred Bailey.

Fechando o livro com uma batida, ele disse: – Nós devemos falar com o sobrinho dela, talvez ele possa nos ajudar.

89

Havia algo se movendo atrás deles, na floresta.

Sarah sentia os olhos da criatura sobre ela, sentia os pelos de sua nuca se eriçando. Vendo Owen olhar por cima do ombro, mais de uma vez, soube que ele também estava sentindo algo. Sarah enfiou a mão na bolsa e pegou a Espada Quebrada, segurando-a junto à perna. – Estamos sendo seguidos – murmurou, acompanhando o passo dele.

– Eu sei.

– Alguma ideia do que é?

– Ideias demais. E espero e rezo para que não seja nenhuma delas.

Sarah resistiu à tentação de se virar de novo. – Talvez a gente tenha perdido o lugar de virar – sugeriu. Eles estavam caminhando pela mata há horas e não tinham encontrado nada que lembrasse uma caverna.

Owen estreitou os olhos, em meio às árvores. – Acho que não. Este é o único caminho à esquerda da ponte e a trilha está quase invisível – lembrou-a. – Estou vendo um morrinho, adiante. Talvez seja o morro que minha tia menciona em seu diário.

– Estamos andando em círculos – disse Sarah, frustrada. – Não é aqui.

– Tenha fé.

Um pombo arrulhou nas árvores, fazendo dois pássaros voarem, batendo ruidosamente as asas. Eles dois pularam.

– Este tem de ser o morro – disse Owen. E deixou a trilha para entrar em meio às árvores, na direção do morro gramado, coberto de folhagem.

Sarah o seguiu mais cautelosamente, abaixando-se sob um arbusto, usando a oportunidade para dar uma olhada rápida para trás. Ela viu uma forma indefinida entre as árvores.

Eles passaram pelo morrinho antes que Owen percebesse que as sombras eram mais escuras por trás de uma cortina de folhas e vinhas retorcidas. Sarah, que caminhava atrás dele, agora empunhando a espada abertamente, ficou horrorizada quando ele desapareceu.

– Owen! – A voz dela estava rouca, sussurrada. Uma mão surgiu em meio às folhas e a puxou para dentro da vegetação. Abaixando a cabeça, ela passou pela cortina de folhas e entrou na imensa caverna natural. Com as folhas cobrindo a entrada, a luz era esverdeada, dando às paredes um efeito submerso.

A caverna era quase exatamente como Judith Walker a descrevera. Semicircular, com prateleiras de madeira nas paredes e uma cama entalhada, encostada a um canto. A caverna obviamente não era usada há décadas. Uma sólida camada de poeira cobria o chão, marcado com pegadas de animais e salpicado de cocô de rato, e grandes teias de aranha se espalhavam pelas prateleiras vazias. Uma prateleira, bem no fundo da caverna, continha latas de carne empilhadas, a maioria delas com rótulos de empresas que há muito haviam fechado as portas. Os fragmentos amarelados de uma vela ainda estavam colados à pedra respingada, ao lado da cama.

– Eu tenho a sensação de já ter estado aqui – sussurrou Owen. – Tudo parece tão familiar.

Sarah assentiu; ela estava pensando exatamente a mesma coisa.

Owen girou o corpo para olhar para ela. – Claro que você percebe o que isso significa.

Ela ficou olhando para ele, inexpressiva.

– Se a caverna é real, e as Relíquias são reais, então temos de aceitar que todas as outras coisas que minha tia diz também são reais. Ambrose era real.

As folhas se mexeram, os galhos rangeram e uma silhueta preencheu a porta. – Ambrose é real.

Sarah se virou, empunhando a espada, a lâmina quebrada cintilando e faiscando com uma chama verde.

– Eu sou Ambrose.

O velho descabelado e com um olho só que entrou na caverna era menor que Owen e estava vestido com roupas esfarrapadas do Exército e tênis grandes demais para ele. Ele carregava uma mochila puída. – É um prazer finalmente conhecê-los. Owen Walker, eu presumo. E você... você só pode ser Sarah. Sarah Miller. *Enchanté*. Sim – prosseguiu ele, notando o choque dos dois. – Eu sei o nome de vocês. Isso... e muito mais. – Ele abaixou a cabeça em uma reverência ridícula, depois subitamente estendeu a mão esquerda na direção da espada.

Tocou o artefato com o dedo indicador. Filetes de luz esmeralda cintilaram e crepitaram, revolvendo-se ao redor de sua mão, depois serpentearam por seu braço. – E você, também sei seu nome. Ainda continua poderosa e forte, hein, Dyrnwyn? – murmurou ele. – Ainda faminta.

– Faminta? – perguntou Sarah.

– Dyrnwyn sempre foi voraz. Na última vez em que estive neste lugar – prosseguiu o velho falante, deslocando-se pela caverna, tocando as prateleiras com os dedos retorcidos, afagando as pedras lisas –, eu estava presenteando treze crianças com as Relíquias da Bretanha. Achei que finalmente estivesse vendo o fim delas.

– Você presenteou as Relíquias – disse Owen –, mas isso foi...

– Há muito tempo? Foi. Mas aqui estou eu, de volta. Novinho em folha. Melhor que nunca. Mais velho do que pareço, mas não tão velho quanto me sinto. – Ele se virou de volta para os dois, espanando galhos e cocô de rato de um pedregulho antes de se sentar. – Vocês têm duas das Relíquias com vocês, e a décima primeira está perigosamente perto.

Ele se ergueu para ver Sarah e Owen ainda boquiabertos e riu baixinho. – Felizes os teus homens, felizes os teus servos que estão sempre contigo e ouvem tua sabedoria – disse ele. – Do Livro dos Reis – acrescentou. – Vocês deveriam ficar à vontade. Há tanto a lhes dizer e tão pouco tempo para isso.

– O que você quer? – perguntou Owen.

– Estou pedindo sua fé.

Ambrose se recostou na cadeira de pedra, com a cabeça na sombra, e somente seus cabelos brancos chocantes e seu único olho eram visíveis sob a luz esverdeada. – Algumas coisas vocês talvez saibam, mas muito do que irei lhes dizer parecerá bem estranho. Só peço que considerem os acontecimentos dos últimos dias e, por favor, mantenham a mente aberta...

Owen o interrompeu. – Você disse que era o mesmo Ambrose que deu as Relíquias às crianças, todos aqueles anos atrás. Mas aquele Ambrose era um velho...

– Eu não sou um velho? – Ele sorriu rapidamente. – Sou mais velho do que você pensa. Muito mais.

– Mas... – Owen disse, mas Sarah apertou seu braço, silenciando-o.

– Vamos ouvir o que ele tem a dizer – sugeriu ela.

Ambrose assentiu. – Obrigado, Sarah. Agora, ouçam. Vocês estão de posse de dois dos mais poderosos artefatos sagrados do mundo conhecido. Imbuídos de magia milenar, eles foram criados com um único propósito: lacrar a porta do reino dos demônios...

90

— Eu os perdi. – Os olhos de Vyvienne se abriram.

Ahriman estava junto à janela e se virou rapidamente, a luz do sol banhando seu rosto de bronze, captando os ciscos prateados em sua roupa surrada. – O que quer dizer com "eu os perdi"?

Vyvienne se ergueu, apoiando-se nos cotovelos, o suor reluzindo por seu corpo nu. – Eles estão aqui na vila. Foi difícil segui-los, porque o vazamento de energia das Relíquias está atrapalhando a identificação do rastro deles, no Astral. E o Astral está repleto de presenças curiosas, atraídas pelo poder e pelo momento que se aproxima.

Ahriman Saurin concordou lentamente. Esse sempre foi um dos maiores perigos em juntar as Relíquias: ninguém sabe o que elas podem atrair. Crowley brevemente possuiu uma das Relíquias e ela atraiu uma criatura conhecida como Pan. O mago passou seis meses em um sanatório se recuperando da experiência.

Vyvienne se sentou e cruzou os braços abaixo dos seios. – O Astral está inundado de luz fria, impossibilitando a visão, mas eu consegui isolar a identificação da espada e da corneta. Eles estavam na ponta sudeste da vila, perto do rio. Mas depois desapareceram. Foi como se simplesmente evaporassem.

– Algo os está protegendo – disse Ahriman.

– Ou alguém – sugeriu Vyvienne.

– Ninguém mais tem esse tipo de poder – disse Ahriman, confiante. Ele olhou o relógio. – Pelo menos, por algumas horas – acrescentou com um sorriso.

91

Yeshu'a observava, impassível, enquanto um demônio fêmea, com rosto e seios de mulher e pele de serpente, era devorado por quatro homens. Eles a desmembraram rapidamente, arrancando-lhe a cabeça e cravando uma estaca no centro do peito, para prender o corpo ao chão, enquanto ela continuava a lutar. Os Demoníacos eram capazes de absorver punições terríveis, lutando, apesar de ferimentos esmagadores.

Outro demônio surgiu, um monstro uivante que tinha o dobro do tamanho de um homem normal e era coberto com pelo cinzento. Ele tinha cabeça de lobo e olhos de homem. As garras em foice golpearam os homens aterrorizados, rasgando madeira e armaduras de couro, perfurando os escudos romanos que os homens empunhavam. Um guerreiro grego de cabelos negros cravou uma lança farpada nos pulmões da besta. Duas mulheres tatuadas e nuas caíram sobre a besta abatida, golpeando-a com machados e uivando, deleitadas, enquanto o sangue verde da besta espirrava nas tatuagens de sua pele.

Yeshu'a se aproximou e o quarteto de guerreiros irlandeses que o protegia ergueu os escudos e caminhou com ele, espadas e lanças em punho. Mas poucos dos Demoníacos tinham sobrevivido ao ataque e havia pouca coisa para os humanos fazerem.

Trinta dias antes, Yeshu'a tinha evocado fogo no céu, aniquilando os Demoníacos na praia, com uma parede de labaredas cor de marfim que fundira a areia com vidro branco. Josea havia liderado os marujos à praia, e os Demoníacos sobreviventes haviam sido mortos.

Alguns dos marujos queriam partir na segurança dos barcos, mas promessas de recompensa para os livres e liberdade para os escravos fizeram com que seguissem em frente... Apesar disso, o medo de permanecer no barco com o garoto tinha sido um incentivo ainda maior. Adentrando a terra, eles primeiro libertaram um punhado de mineiros, presos pelas criaturas há dias em suas minas. Yeshu'a evocara línguas de fogo sobre as bestas que ocupavam a vila, e, enquanto elas uivavam de medo e dor, os humanos atacaram. Essas primeiras vitórias deram coragem aos humanos e lhes mostraram que as criaturas podiam, sim, ser mortas: elas não eram invencíveis. Nos dias que se seguiram, mais e mais humanos entraram na batalha, atraídos pelas histórias sobre o garoto conhecido como Matador de Demônios.

Com os poderes do menino, os humanos se saíram inevitavelmente vitoriosos, embora muitos tivessem perecido sob as garras das bestas.

No décimo dia de batalha, Yeshu'a fez sua maior façanha da antiga magia, quando ressuscitou Josea, que tinha sido morto por uma criatura que não era nem lobo nem urso. Enquanto os guerreiros assistiam, o garoto ajoelhou-se nos destroços ensanguentados da vila ocupada pelos Fomor, pousou as mãos nos ferimentos do peito do tio-avô, fechou os olhos e virou o rosto ao céu. Os que estavam perto dele viram seus lábios se mexerem, e, quando ele falou, suas palavras eram incompreensíveis. Instantes depois, Josea abriu os olhos e se sentou, pressionando as mãos sobre as cicatrizes que se bifurcavam em seu peito.

Nos dias seguintes a este, muitos imploraram a Yeshu'a que ressuscitasse seus entes queridos, mas ele sempre se recusava, e uma vez, quando um imenso guerreiro o ameaçou com um punhal, o menino estendeu a mão e tocou a arma, dissolvendo a lâmina de ferro e fazendo-a fundir-se à mão do homem. O cozinheiro do barco foi forçado a cortar a mão no punho, mas o ferimento se putrefez e, dez dias depois, o guerreiro se deixou cair em sua própria faca para fugir da agonia.

Desde então, a maioria das pessoas deixou o garoto em paz, embora Josea insistisse que os guarda-costas, quatro mercenários irlandeses selvagens, permanecessem com ele o tempo todo. Se o menino fosse morto, a batalha terminaria antes da hora e os demônios acabariam vencendo.

Josea se levantou cambaleando. Havia um longo corte em sua testa, descendo por cima de seu olho esquerdo. Ele olhou a paisagem sangrenta. – Tudo isso era necessário? – perguntou ele, cuspindo o gosto de sangue e carne queimada de sua boca.

Yeshu'a olhou em volta. Havia corpos por todos os lados, humanos e Fomor... e muitos eram crianças.

Esse tinha sido o último grande acampamento das bestas, escondido no vale, nas sombras das montanhas. A vila original humana tinha sido fortalecida com estacas e um grande muro. Ali, os Demoníacos tinham mantido seu último território, protegendo um pedacinho minúsculo entre os dois mundos, por onde somente podia passar um demônio de cada vez. Os Fomor haviam trazido seus prisioneiros, dois mil e quinhentos homens, mulheres e crianças, embora houvesse mais mulheres e crianças que homens.

Os Demoníacos conheciam o poder inerente de carne e alma virginais.

No entanto, eles nunca tiveram a chance de fazer o sacrifício. No alto de uma colina próxima, Yeshu'a tinha feito chover fogo líquido na vila.

Os gritos das crianças ainda ecoavam no ar malcheiroso.

– Foi necessário – disse Yeshu'a baixinho. – Este é o portal por onde os Demoníacos entrariam em nosso mundo. Aqui, na noite do dia mais curto, quando as paredes entre esse e o Outro Mundo se afinassem, os Fomor pretendiam pôr os humanos em cestos de palha e sacrificá-los à moda antiga. A incrível erupção de energia teria rasgado a abertura entre os mundos e permitido que os Demoníacos entrassem, em massa. Nem mesmo eu conseguiria contê-los.

– Há algo que você deve ver – disse Josea.

Josea levou Yeshu'a e seus guarda-costas até os restos fumegantes da vila, passando por cima dos montes de carne que haviam sido humanos. Um dos guarda-costas notou que uma das silhuetas terrivelmente queimadas ainda estava se movendo, sua boca rosa se abria e fechava em seu rosto de crosta negra. Ele cravou sua lança nele, sem saber se era humano ou Demoníaco; nada merecia sofrer assim.

Havia um poço no meio da vila, uma abertura redonda no chão, com a borda erguida com tijolos de barro. Algumas das lutas mais sangrentas tinham acontecido ali, e o solo estava encharcado pelo sangue das bestas. Josea caminhou até a beirada do poço e apontou para baixo. Debruçando-se na beira da abertura, o menino olhou abaixo, depois rapidamente recuou a cabeça, com os olhos lacrimejando pelo cheiro. – O que aconteceu aqui? – perguntou, tossindo.

Josea sacudiu a cabeça. – Até onde podemos ver, o poço foi preenchido com corpos de crianças amarrados com palha. Deus sabe quantos havia no poço. Talvez as bestas tenham ateado fogo no poço... Ou talvez parte do fogo do céu tenha acendido a palha – acrescentou ele baixinho.

Respirando fundo, Yeshu'a debruçou-se novamente sobre o poço e olhou para baixo. Uma camada grossa de gordura borbulhava na superfície da água e restos queimados de palha estavam colados na parede do poço, junto com pedaços do que parecia serem tiras de couro, mas Yeshu'a sabia que era carne humana.

– Este é o lugar – sussurrou. – Há uma abertura aqui, uma pequena fenda, mas é suficiente. – Ele recuou do poço, esfregando os olhos. – O poço estaria cheio de crianças virginais, o restante seria empilhado nas laterais, depois todo o grupo seria queimado esta noite. A pira arderia nesse mundo e no outro, destruindo o bloqueio entre os mundos, permitindo que as criaturas passassem… – A voz do menino foi sumindo. – Chegamos até aqui bem na hora.

– Podemos lacrar a abertura? – perguntou Josea.

– Talvez – disse Yeshu'a devagar. – Ele caminhou até a borda do poço e olhou novamente para baixo.

E uma mão cheia de garras saltou do poço, agarrando seu pescoço.

Enquanto dois dos guarda-costas golpeavam a água gordurosa, o outro atacava o braço, decepando-o na altura do cotovelo, deixando os dedos ao redor do pescoço do menino. Yeshu'a cambaleou para trás e se desvencilhou do membro; os dedos ainda se mexeram no chão, até que um dos guardas os pisoteou, quebrando os ossos.

– Dá para sentir a frustração deles – disse Yeshu'a, tristemente, passando a mão na garganta. – Eles chegaram tão perto… tão perto, um exército como você nunca viu. Aniquilaria a humanidade deste planeta, para sempre.

Dois Fomor emergiram da água, com pelos colados aos corpos grotescos. Os guarda-costas os golpearam antes que pudessem sair do poço.

– Não posso fechar o buraco – disse Yeshu'a baixinho. – Mas vou lacrá-lo. Ele se virou e olhou sério para o tio. – Mas alguém de confiança terá de ficar para trás, para garantir que o lacre jamais seja rompido.

92

— O poço foi coberto e a terra foi abençoada com a velha magia – Ambrose prosseguiu, baixinho.

A manhã terminou e chegou a tarde, enquanto ele falava e a luz que penetrava pela cobertura folhosa cobrindo a entrada da caverna pintava tudo de esmeralda. – Então Yeshu'a usou treze objetos comuns, do dia a dia, que o tio trouxera para o barco para trocar por latão: uma faca, uma panela e uma bandeja, uma pedra de amolar, uma capa de plumas vermelhas, um caldeirão, um tabuleiro de xadrez, uma lança, um manto, um cesto, uma carruagem, um cabresto... e uma corneta e uma espada – acrescentou ele com um sorriso.

Owen ergueu a corneta de caça e Sarah sentiu a espada dar um espasmo em suas mãos.

– Yeshu'a imbuiu um pouquinho do feitiço na terra ao redor do poço, e o restante, nos objetos, que ele abençoou e santificou. Essas eram as chaves; e somente essas treze chaves poderiam abrir os treze lacres que ele colocou sobre o poço.

– Ele então escolheu treze homens e mulheres aleatoriamente, e deu a cada um deles uma Relíquia, e os mandou seguir caminho. Contanto que eles guardassem a Relíquia e acreditassem nela, ela lhes traria fortuna; e ela tinha de ser repassada de pai para filho, de mãe para filha, em uma linhagem ininterrupta.

– E ele fez de Josea o Guardião das Relíquias, incumbindo-o de cuidar delas, mas – Ambrose então riu baixinho – condenando-o a permanecer vivo para sempre, para garantir que os Demoníacos jamais voltassem a ter acesso a este mundo.

Sarah e Owen olharam para o mendigo, e a pergunta pairava no ar.

Ele deu um triste sorriso, antes de continuar – No começo, claro, Josea foi cético, mas depois, bem depois, quando Yeshu'a foi morto pelos romanos, o mercador regressou à terra dos bretões e aceitou o papel de Guardião. Ele escreveu a primeira coletânea sobre as Relíquias. Quanto disso é verdade, claro, ninguém sabe. Mas boa parte faz sentido. Ao longo dos séculos, as Relíquias têm sido o coração do folclore britânico. A espada...

– Excalibur – disse Sarah rapidamente, erguendo a Espada Quebrada.

– Não é Excalibur. – Ambrose sacudiu a cabeça. – Excalibur veio mais tarde, bem mais tarde. Arthur pode ter sido extraordinário, mas, quando ele perdeu a inocência e a fé, a Espada da Pedra se estilhaçou. Ele a substituiu por um presente da Dama do Lago, e ela e os seus não tinham amor algum pelo então rei. Ela lhe deu a lâmina de Caliburn, que foi amaldiçoada por Wayland, o Ferreiro, desde o instante em que foi forjada. Ela havia sido banhada no sangue de bebês. Ela só trouxe azar e destruição aos que a empunharam.

– Eu achei que Excalibur fosse a Espada da Rocha – disse Owen.

Ambrose sacudiu a cabeça. – São duas armas inteiramente diferentes, uma é luz, a outra é escuridão. – Estendendo a mão, ele apontou para a Espada Quebrada nas mãos de Sarah. – Embora tenha tido muitos nomes, esta um dia foi a Espada da Pedra. – A espada reluziu rapidamente, como se óleo tivesse escorrido pelo fio da lâmina.

Ambrose se recostou na cadeira de pedra e, quando ficou óbvio que ele não falaria mais nada, Sarah finalmente falou. – Isso é... inacreditável.

– Isso é pouco, não acha? – O velho sorriu. – Mas, por outro lado, de que prova você precisa? Você está segurando a prova em suas mãos. Você matou os que foram tocados por demônios, viu como são, verdadeiramente.

– E agora... O que vai acontecer agora?

– Onze das Relíquias foram reunidas aqui nesta vila. Banhadas no sangue de seus Guardiões, seus poderes milenares foram intensificados.

– Ele fechou seu único olho e jogou a cabeça para trás, respirando profundamente. – Eu posso sentir o cheiro do poder, mesmo agora.

– Mas por que elas estão aqui? – perguntou Owen.

– O homem que as procurou deseja reabrir o portal entre os mundos e permitir que os Demoníacos passem. Ele fará isso esta noite, a Noite de Todas as Relíquias, uma das quatro vezes no ano em que o bloqueio entre os mundos fica mais frágil. Eu acredito que o Homem Moreno planeje sacrificar pessoas reunidas para o festival para alcançar seus objetivos. Então, quando os Demoníacos entrarem neste mundo, eles vão se alimentar de toda a humanidade. Vão destruir o mundo que conhecemos.

Owen, que estava segurando a Corneta de Bran no colo enquanto Ambrose falava, olhou para cima diretamente. – Você é ele, não é?

– Quem?

– Yeshu'a. Você é Yeshu'a!

Ambrose riu, delicamente. – Não, meu caro garoto, não sou Yeshu'a.

– Eu nunca ouvi falar de Yeshu'a – Sarah disse baixinho.

– Sim, ouviu – disse Ambrose –, embora o conheça melhor pela forma grega de seu nome hebreu: Jesus.

– Jesus! Você está dizendo que Jesus veio à Bretanha... – Owen sussurrou.

– Diz a lenda que Jesus visitou o país ainda criança, trazido aqui por seu tio. – Sarah parou subitamente, um hino escolar dominical se formava em seus lábios. – E os pés de tempos milenares caminharam pelos campos verdejantes da Inglaterra, e o cordeiro sagrado de Deus veio à terra!

O velho assentiu. – Poema de William Blake.

– Mas se você não é Yeshu'a, isso significa que você é... – Sarah sussurrou.

– Você é seu tio – disse Owen –, Josea.

– Sim. Eu já tive muitos nomes ao longo dos anos. Eu sou José de Arimateia.

93

O sargento Hamilton estava exausto.

Ele achava que nunca tinha trabalhado tanto na vida. Madoc era uma cidade pequena, com crimes de cidade pequena – alguma bebedeira, o mínimo de vandalismo, assaltos e roubos ocasionais – mas, nas últimas horas, tinha preenchido o equivalente a um mês de boletins de ocorrência: álcool e drogas, vandalismos, ofensas à ordem pública, assaltos...

Ele estava debruçado sobre sua mesa quando a porta foi aberta, a campainha tradicional foi tocada. – Sr. Saurin, como posso ajudá-lo? – perguntou, forçando um sorriso. Ao apertar a mão do professor escolar, ficou imaginando por que desgostava tanto do homem. Talvez ele ainda tivesse suas suspeitas secretas quanto ao envolvimento de Saurin na morte da tia, Mildred Bailey. No entanto, o sr. Saurin não era apenas o professor da escola local, era o indivíduo responsável por trazer o festival celta para a vila. Responsável por trazer milhares de libras para a economia local. Falar contra o professor só lhe traria inimigos.

Ahriman Saurin olhou por cima do ombro de Hamilton, com seus olhos sinistros observando Fowler e demorando-se em Heath, ambos trabalhando em escrivaninhas na pequena delegacia. Ele conteve um sorriso quando a mulher se contorceu visivelmente na cadeira. – Vim relatar um roubo – disse calmamente. – Receio que tenha sido um dos jovens que está aqui para o festival. Entraram em minha casa hoje de manhã e roubaram uma espada e uma corneta de caça de minha coleção de antiguidades.

Tony Fowler estava imediatamente ao lado de Hamilton. – Eu sou o detetive Fowler, de Londres. E o ouvi mencionar algo sobre uma espada.

Ahriman Saurin deu ao detetive o seu sorriso mais encantador. – Sim, um jovem roubou uma das minhas espadas antigas e uma corneta de caça ornamentada.

– Poderia nos dar uma descrição?

– É uma *claymore* de punho duplo, uma *claidheamh mór* – disse Saurin, deliberadamente interpretando mal a pergunta.

– Do suspeito – disse Fowler pacientemente.

Victoria Heath entregou uma fotografia a Fowler.

– Oh. – Saurin riu. – Sim, entendo o que quer dizer. Na verdade, eram dois, um homem e uma mulher. Eu pude vê-lo bem. Vinte e poucos anos, alto, cabelos curtos, olhos verdes...

Tony Fowler deslizou uma fotografia de Sarah Miller ao outro lado da mesa. – Era essa a mulher que estava com ele?

Saurin olhou a fotografia e fingiu surpresa. – Bom Deus. Ora, sim, mas isso é notável, oficial. É esta jovem, sim, embora ela tenha feito algo diferente com o cabelo. Está mais curto. Ela estava esperando pelo rapaz lá fora. Está usando um suéter cor-de-rosa e jeans gastos.

– Tinha mais alguém com eles? – perguntou Victoria.

– Não que eu visse. – Ele parou, antes de sacudir a cabeça. – Não, quando eles estavam seguindo à floresta com certeza estavam sozinhos.

– Você os viu entrar na floresta?

– Sim, pouco depois da ponte.

Tony Fowler sorriu sofregamente. – Quando foi isso?

– Quinze, vinte minutos atrás. Eu teria chegado aqui antes, mas o trânsito está terrível – explicou ele.

Fowler se virou para Heath, mas ela já estava no rádio.

– Se os encontrar – Saurin acrescentou rapidamente –, poderia pedir que me devolvam os artefatos?

– São provas.

– Eu só preciso deles por algumas horas, apenas para montar uma exposição. É crucial para o festival. Poderá tê-los de volta em seguida.

– Tenho certeza de que podemos providenciar algo, sr. Saurin – Tony Fowler disse, estendendo a mão.

Ahriman Saurin apertou sua mão afetuosamente, tomando cuidado para não esmagar os dedos do detetive.

94

Sarah e Owen estavam junto à entrada da floresta e seguiram a direção para onde apontava o dedo de Ambrose, rumo ao sítio do século XIX. – As Relíquias estão ali dentro. A casa foi construída em cima das reminiscências do poço antigo.

Owen estremeceu e esfregou as mãos nos braços e na nuca. Sarah se pegou segurando a espada com mãos suadas e sempre olhava por cima do ombro, quase esperando que algo surgisse do meio das árvores.

–Vocês estão sentindo uma pequena porção do poder das Relíquias – explicou Ambrose. – Elas estão lacradas em caixas de chumbo, guardadas com palavras de poder... mas ainda possuem um poder incrível. Se ele não as usar logo, as Relíquias irão romper o acre de chumbo e magia.

– E aí? – perguntou Sarah.

Ambrose deu de ombros. – Quem pode saber? Elas são poderosas o suficiente para romper a barreira entre os mundos, abrindo os portais para reinos desconhecidos.

– O que você quer que nós façamos? – perguntou Sarah, cansada.

–Vocês precisam detê-lo, é claro – disse Ambrose.

– Como? – perguntou Owen.

– Somente eu posso controlar todas as Relíquias – explicou o idoso. – Precisamos entrar na casa – que tem proteção além da guarda humana – e remover as Relíquias. O Homem Moreno e sua companheira precisam ser mortos.

–Você faz parecer tão simples – disse Sarah.

– Não será – jurou Ambrose.

O PLANO parecera absurdamente simples.

Por que Ahriman deve gastar sua energia procurando o casal, se a polícia tinha recursos para fazer isso por ele? Descobrir que a polícia tinha rastreado Miller até a vila tinha sido um belo bônus. Os deuses – seus lábios se torceram amargamente – lhe estavam sorrindo.

O Homem Moreno parou no alto da colina e se debruçou no muro de pedras para olhar para baixo, para Mere. Os campos, que se estendiam à distância, estavam forrados com barracas coloridas. Havia bandeiras tremulando por toda parte e milhares de pessoas vestiam trajes macabros, comemorando o festival. Algumas usavam fantasias modernas de Halloween, outras estavam com roupas inspiradas em filmes, outras de túnicas que achavam tradicionais. Ahriman sorriu; quando os Demoníacos atravessassem, os humanos nem os reconheceriam.

À distância, um som de gaitas de foles pairava no ar surpreendentemente perfumado de outubro. Havia visitantes de todos os lados do mundo: muitos eram de terras celtas – galeses, escoceses, irlandeses, nativos da ilha de Man, bretões –, e mais gente chegava a cada hora. Americanos, canadenses, australianos. Um contingente incrível de europeus do Leste chegara durante a noite. Ele vira até algumas bandeiras americanas. Havia pelo menos cento e cinquenta mil homens, mulheres e crianças, de todas as idades, nos campos à sua frente.

Treze piras enormes foram montadas em uma disposição aparentemente aleatória, espalhadas pela paisagem; somente ele sabia que onze delas continham porções de corpos dos Guardiões das Relíquias amarradas à palha e que as tochas haviam sido organizadas seguindo uma ordem muito particular.

E quando as piras fossem acesas sob o céu noturno e consumissem a carne, então ele traria as Relíquias e as despedaçaria, quebrando os lacres entre os mundos, permitindo que os Demoníacos passassem. O ritual milenar o uniria às criaturas. Ele seria o mestre e elas ficariam sob seu comando. Com elas, dominaria o mundo moderno.

Ahriman olhou novamente os campos. Ficou imaginando se cento e cinquenta mil almas seriam suficientes para saciar o apetite voraz dos Demoníacos.

Ele duvidava.

95

— Não vejo alternativa, e você? – Ambrose perguntou, sensato.
– Mas centenas de pessoas podem ser mortas, milhares podem ser feridas – contestou Sarah.

Ambrose deu de ombros. – Se ficarem aqui, e o Homem Moreno ativar as Relíquias, elas vão morrer de qualquer jeito. Milhões morrerão.

– E você pode fazer isso? – perguntou Owen.

– Ah, sim, eu posso... e muito, muito mais – prometeu o velho.

– Se é tão poderoso, por que você mesmo não pega as Relíquias? – perguntou Sarah. – Você certamente pode entrar lá e pegá-las, não?

– As proteções de força que o Homem Moreno pôs ao redor das Relíquias também enfraqueceriam meus poderes pessoais. Eu não teria utilidade. – Ele sacudiu a cabeça rapidamente. – Não, meu lugar é aqui. Vou voltar à caverna e esperar uma hora, então vou começar. Quando vocês ouvirem meu sinal, entrem na casa, peguem as Relíquias e matem o Homem Moreno e sua serviçal.

– Como entregaremos as Relíquias a você? – perguntou Sarah.

– Carreguem-nas – sugeriu Ambrose.

– Achei que não pudéssemos – disse Owen, com dúvida.

– Qualquer um pode carregá-las, mas é preciso ter um laço sanguíneo com os Guardiões originais para *usá-las* apropriadamente.

– Mas eu não tenho parentesco com Judith Walker e usei a espada – disse Sarah.

– Você não é um dos Guardiões das Relíquias – disse Ambrose, com o rosto impassível. – Mas você alimentou a espada, portanto criou um laço com ela. E, sim, você a utilizou, porém apenas para matar. A grande magia da espada, Sarah, é que você também pode usá-la para curar e criar. – O velho se virou para Owen. – Você tem a corneta, Owen, mas pode controlar o que vem quando toca? Brigid Davis podia. Você não pode fazer nada com a corneta, mas poderia fazer maravilhas com a espada, pois você tem um laço consanguíneo com Judith Walker e ela era da linhagem original dos Guardiões das Relíquias. E, deixe-me lhe dizer isso, Owen Walker: se você enfrentar o Homem Moreno dentro da casa, deve enfrentá-lo com a sua Relíquia, a espada. Esta é a única chance que você terá, pois ele também é um dos Guardiões das Relíquias.

– E quanto a Sarah?

– Seria melhor que Sarah não enfrentasse o Homem Moreno – disse Ambrose baixinho. Ele deu uma olhada para a jovem. – Seria melhor se você desse a espada a Owen.

Sarah olhou para a espada em suas mãos. Até a ideia de entregá-la a Owen fazia com que começasse a suar frio.

Ambrose sacudiu a cabeça, e então, sem aviso, estendeu a mão e arrancou a espada da mão de Sarah. Chamas azul-esverdeadas percorreram a extensão da lâmina, chiando e cuspindo, como um gato zangado. Ele enfiou a espada nas mãos de Owen. – Se as circunstâncias fossem outras, eu lhe contaria a história e seus poderes...

Sarah sofreu como se tivesse acabado de perder alguém muito próximo. Ela se sentia abalada. No entanto, a pressão constante que se instalara em suas têmporas, nos últimos dias, subitamente sumiu, deixando-a meio tonta.

Em contraste, Owen se sentiu trêmulo pelo poder rude que emanava da espada, fazendo seu braço formigar, instalando-se em seu peito, até a boca do estômago. Parecia quase natural segurar a espada com as duas mãos, a lâmina quebrada apontando para a cobertura de plantas, na direção do sol. Os hematomas sumiram, os cortes sararam, seus cabelos encaracolados subitamente cresceram, brotando ao seu redor como um manto, brilhante e suave.

Ambrose pegou a corneta no local onde Owen a deixara cair. Uma luz branca surgiu ao redor da borda da corneta. – Eu vou levar isso comigo. Vai ajudar.

Owen abaixou a espada e, quando olhou para Ambrose, seus olhos verdes estavam duros e impiedosos. – Não concordo com o que você quer fazer.

– Dê-me uma alternativa – sugeriu Ambrose.

Owen preferiu ignorar a pergunta. – Diga-me como você pretende provocar as pessoas para que elas partam.

– Não – disse Ambrose simplesmente.

– As pessoas morrerão – Sarah protestou.

– Todas morrerão, cedo ou tarde.

96

Ahriman estava colocando a chave na fechadura quando Vyvienne puxou a porta e quase o arrastou para dentro. Ele ficou decepcionado ao ver que ela ainda estava vestindo seu robe e nem se dera o trabalho de se despir.

– Eles estão perto – sussurrou ela, com o rosto pálido de empolgação.

– Quem? – perguntou ele.

– Miller e o garoto. Estão muito, muito perto. Eu os senti, lampejos, impressões vagas, nada além disso, mas, a cada vez que se aproximam da casa, eu acho que estão vindo até aqui.

Ahriman esfregou as mãos, seguindo a mulher para cima, para o quarto. Habitualmente teria admirado o balanço de suas nádegas sob o tecido e a acariciado, como uma demonstração de sua estima, mas não naquele dia. Naquele dia ele precisava de toda a sua energia para o ritual.

– Quer que eu chame a polícia? – perguntou Vyvienne.

Ahriman soltou uma gargalhada. – Não. Eu esperava que eles capturassem Miller, mas isso é até melhor.

Vyvienne estava na porta e observava seu mestre tirar a roupa, os botões voando com sua sofreguidão. – Acho que há uma terceira pessoa com eles – disse ela baixinho.

Ahriman parou e se virou para olhá-la. – Uma terceira pessoa?

– Não tenho certeza. É pela forma como eles surgem e somem no Astral, pelo jeito opaco e retorcido do Astral, que torna impossível trafegar por ele, impossível enxergar qualquer coisa.

Ahriman sentou-se na cama enquanto tirava as calças. Não podia haver ninguém com eles; os dois eram estranhos, em uma terra desconhecida. Não havia ninguém que pudesse ajudá-los. – Ambos estão carregando as Relíquias. Talvez a combinação dos artefatos os esteja protegendo de nós.

– Talvez – disse Vyvienne, incerta.

Nu, Ahriman abriu os braços, estendendo os músculos, deixando que Vyvienne entrasse em seus braços. Ele beijou o alto de sua cabeça, em um raro gesto de afeição. – Você sabe que dia é hoje? – murmurou.

– 31 de outubro, Dia de Todas as Relíquias.

Ahriman Saurin sacudiu a cabeça. – Hoje é o último dia da Era Moderna. Em breve, este mundo me pertencerá.

97

Ambrose levou a corneta até os lábios.

Ele conhecia todas as Relíquias de cabeça, seus nomes haviam mudado ao longo dos anos, mas ele lidara com todas... Na verdade, ele supunha ter escolhido todas elas. Em uma época mais inocente, por motivos mais inocentes. Peças peculiares conseguidas pela ação mercenária. Objetos inocentes, agora imbuídos de um poder terrível.

Eles haviam sido criados para fazer o bem, porém, ao longo do tempo, sempre acabavam tocados e maculados pelo mal. A Espada de Rhydderch tinha sido usada para matar, a Faca do Cavaleiro, usada para ferir, a Lança de Dolorous Blow, usada para mutilar, a Capa Vermelha, usada por assassinos e torturadores, para aterrorizar.

Não que os objetos em si fossem malévolos: eles eram poderosos e o poder atraía os curiosos, e muitos dos que ingressaram no caminho da descoberta acabaram sendo seduzidos pelas atrações malignas. Ele virou a corneta em suas mãos retorcidas.

Usaria a Corneta de Bran para chamar os cinco elementos. Um dia, ela havia sido usada em cerimônias para dar as boas-vindas à primavera, ou afastar um inverno particularmente rigoroso.

Ele a usaria para matar.

Muitas vidas estavam prestes a ser perdidas. Centenas, talvez milhares. Ele podia racionalizar, fingindo que eles tinham dado a vida para salvar as de muitos outros.

O velho abaixou a cabeça. Se tivesse lágrimas, ele as derramaria, mas há muito se esquecera de como era chorar. Em vez disso, olhava para a Corneta de Bran enquanto a virava nas mãos, deleitando-se nesses últimos momentos – seus lábios se retorceram com o pensamento – da calma que precede a tempestade.

Um dia a corneta tivera outro nome, mas Ambrose não conseguia se lembrar qual. Ele a comprara de um egípcio... ou grego... Não, ele a comprara de um comerciante núbio, especializado em ossos entalhados. Ambrose sorriu ao se lembrar: isso teria sido há dois mil anos, e a lembrança daquele dia estava fresca como se tivesse acabado de acontecer. Ele ainda sentia o cheiro de suor do homem, um odor peculiar de ervas exóticas que impregnavam sua pele, o fedor inconfundível de camelo grudado em sua túnica ornamentada.

Ambrose tinha simplesmente admirado a corneta de caça em si, uma peça de artesanato linda e ímpar, incomum o suficiente para que o comerciante pudesse pedir bom preço por ela. Havia um mercador grego em Tyre que tinha paixão por ossos incrustados; ele a compraria, principalmente se Josea a envolvesse em lã exótica que combinasse. Ele tivera a intenção de apresentar Yeshu'a ao grego, na viagem de volta de Tin Lands, embora tivesse de vigiar o mercador, pois ele preferia a companhia de meninos... mas, por reflexo, lembrou-se de que o grego preferia meninos bonitos e Yeshu'a jamais poderia ser chamado assim.

Mas Yeshu'a tinha pegado a corneta, junto com todos os outros objetos de troca, e os imbuíra com a magia milenar. Ele os transformara no que eram agora: as Treze Relíquias.

E, agora, Yeshu'a era louvado com um Deus, ou o Filho de Deus.

Josea não tinha certeza se Yeshu'a era Deus; ele certamente era mais que um homem. No entanto, havia magia no mundo, em qualquer época, magia antiga, poderosa.

Tinha sido uma época de maravilhas.

Havia poucas maravilhas restantes no mundo, nesses tempos modernos. Talvez isso fosse uma coisa boa.

Erguendo a corneta até os lábios, Ambrose respirou fundo e soprou.

98

Mais tarde, um dos jornais a chamaria de tempestade monstruosa. Outro alegaria ter sido a tempestade do século. Mas os que estavam lá, os que sobreviveram a ela, afirmariam que tinha sido incomum, pois a paisagem crepuscular, irradiando lindos tons dourados e vermelhos, mudou drasticamente em questão de segundos.

Ao contrário dos raios e trovões que geralmente precedem uma tempestade, houve um som baixo e tedioso... quase como um trompete, ou uma tuba.

Ou uma corneta.

As nuvens se aproximaram rapidamente, fervilhando do sul e do oeste, fluindo acima das montanhas, em um lençol retumbante. Sombras percorriam o solo, gelando tudo o que tocavam, imensas gotas de chuva gélida batiam na terra, respingando nas barracas de couro e na cobertura de pano sobre os boxes e estandes. Quase simultaneamente todos no festival gemeram alto; tudo levava a crer que seria uma noite muito agradável.

PADRAIG CARROLL, do grupo folclórico irlandês Dandelion, subiu no palco quando o sol sumiu por trás das nuvens cinzentas e negras. Xingou em silêncio. Essa era sua sorte: sua primeira grande chance – ele sabia que havia pelo menos dois olheiros de gravadoras em meio à multidão e que a BBC estava gravando tudo – e agora o *show* seria um fracasso. Ele deu uma olhada para Shea Mason, o baterista, e ergueu as sobrancelhas, em uma pergunta silenciosa: Vamos em frente?

Mason assentiu e sorriu. Estava sentado no fundo do palco, embaixo da cobertura. Se chovesse, Padraig e a vocalista, Maura, ficariam ensopados. Ele estaria seguro.

A multidão se mostrava impaciente, virando-se para olhar as nuvens que se formavam, enquanto Padraig pegava a guitarra. A estática chiou, abafando a saudação de Maura, em irlandês. O guitarrista se aproximou do microfone e repetiu a saudação, cuidadosamente ensaiada em galês. Houve assovios e vivas, e, à distância, um cão uivou.

– Nós gostaríamos de dar as boas-vindas... – começou ele, e um raio o atingiu no alto da cabeça.

A incrível onda de energia rasgou seu corpo, fervilhando e explodindo, lançando pedaços de carne na fileira da frente, a guitarra explodindo em metal derretido. A descarga elétrica reverberou pela fiação elétrica e as caixas de som explodiram como bolas de fogo, arremessando fragmentos incandescentes na plateia. O cabeamento começou a pegar fogo pelo palco todo.

Os que estavam mais perto do palco gritaram, mas os gritos eram mal interpretados pelos que estavam lá atrás, que, sem conseguir ver claramente, começaram a gritar aclamando o *show* pirotécnico.

Um segundo raio caiu no conjunto de baterias metálicas e atingiu o cinto de tachinhas de Mason, fundindo-o ao seu corpo. Ele cambaleou para trás, caindo sobre a pesada cortina preta decorada com o logotipo do festival celta. A cortina se enroscou ao seu corpo e imediatamente pegou fogo. Mason ainda estava vivo, mas seus gritos foram abafados por uma série de detonações que irrompiam pelo campo, destruindo as pessoas, aleatoriamente, formando bolas de fogo branco-azulado que dançavam pelas cadeiras e mesas de metal.

Na súbita escuridão, os *flashes* de luz eram incrivelmente brancos e intensos, cegando todos que estavam nas redondezas. A multidão entrou em pânico e correu. Então o céu se abriu e um dilúvio carregado de eletricidade despencou, imediatamente transformando o campo em um charco.

Um carvalho de trezentos anos se partiu ao meio, soterrando vinte pessoas sob seus galhos. Um estande de joias de prata explodiu, lançando farpas quentes de metal na multidão. Um estande de *falafel* foi atingido diretamente, o bujão de gás detonou formando uma bola de fogo, lançando chamas e gordura quente em todas as direções.

Os que caíram foram pisoteados.

Acima dos gritos de dor e de terror, dos estrondos dos raios e dos trovões, ninguém ouvia a corneta de caça e o uivo triunfante das bestas selvagens.

TONY FOWLER observava os raios dançando pela rua principal de Madoc, saltando de metal em metal, reduzindo carros a ruínas enegrecidas, envolvendo postes antigos de iluminação e incendiando-os. Um bueiro derreteu e Fowler virou o rosto para não ver um jovem que seguia direto para a massa em ebulição.

– Nada está funcionando – disse Victoria, anestesiada. – Os telefones, o rádio, a eletricidade.

O detetive se virou de volta para a janela. – Bom Deus, o que está acontecendo? – sussurrou. A rua era uma massa ofegante de humanos. Ele viu dois homens chutarem a porta de uma casa, no outro lado da rua, e entrarem empurrando uma idosa que apareceu no corredor. Um bando de gente correu para dentro do corredor, pisoteando a mulher, em uma tentativa desesperada de fugir dos raios. Os trovões irrompiam diretamente acima, fazendo tremer o prédio inteiro, telhas caíam do telhado e se espatifavam no chão. Uma jovem caiu, com um pedaço retangular de telha espetado no pescoço; o jovem que tentou ajudá-la desmoronou quando mais uma dúzia de telhas caiu sobre ele.

Em sua longa carreira na polícia, Tony Fowler já conhecera o medo em muitas ocasiões: sua primeira noite, a primeira vez em que enfrentou um assaltante, a primeira vez em que chegou à cena de um assassinato, a primeira vez em que olhou nos olhos impiedosos de um matador. Mas o tempo atenuara sua emoção e, ultimamente, ele vinha sentindo apenas uma raiva terrível, por conta das vítimas. Essa raiva o fizera caçar gente perversa como Miller, que podia matar e mutilar sem remorso. Nos últimos anos, Fowler descobrira que podia revidar nessas pessoas, sem qualquer reserva, tratando-as como elas haviam tratado suas vítimas.

Mas, naquele momento, Tony Fowler sentia medo, um medo frio e vazio que a mente irracional experimenta quando é defrontada com o incomum. Ele estava se desviando da janela e se virando para Victoria Heath quando a luz se acendeu no lado de fora da janela. O vidro explodiu para dentro. Não houve dor, somente barulho e calor inacreditáveis, seguidos por um silêncio completo. Ele teve um breve vislumbre de pontinhos vermelhos salpicando a blusa branca de Victoria Heath... Engraçado, não se lembrava daquela estampa. A estampa surgiu em seu rosto... Rasgos vermelhos de sangue na carne cortada. Ele a viu cair... Então vieram a dor e o barulho.

99

Vyvienne se retorcia a cada estrondo de trovão, a cada *flash* de raio. O quarto estava quase em total escuridão, mas a luz branca contornava a silhueta de Ahriman Saurin diante da janela, com sua pele branca nua e rígida. À distância, eles podiam ouvir os gritos e as explosões, e os campos abaixo da casa estavam pontilhados de fogo.

– Que horas são? – perguntou Ahriman, anestesiado.

– Cinco, seis... não tenho certeza. – Ela estava em pé, perto o suficiente para sentir o frio que emanava do corpo dele.

– Parece o crepúsculo – disse ele, distraído. – Não pode ser natural.

– Eu não sei. Posso sentir as Relíquias zunindo abaixo de nós, inundando o Astral de luz. Eu fico cega ali.

Ahriman observava enquanto uma das piras, cuidadosamente preparadas, se incendiava ao longe, lançando longas labaredas ao alto, subindo pela madeira encharcada de óleo. Silhuetas em chamas se distanciavam dela. Afastando-se da janela, ele pegou Vyvienne pelo braço. – Não podemos mais esperar. Temos de usar as Relíquias agora!

– Mas há duas que faltam...

– Não temos escolha – disse ele ferozmente. – Nós temos onze, das treze. Se rompermos trancas suficientes, os Demoníacos talvez possam forçar a entrada.

– É arriscado demais – disse Vyvienne. – A tempestade não é natural. Alguém, alguém poderoso, a evocou. E esse tipo de magia, magia elementar, é uma das mais antigas do mundo. Tem algo lá fora, algo muito antigo.

– Eu esperei tempo demais por isso. – Um relâmpago banhou seu rosto, realçando as maçãs do rosto sob a sombra. – As fogueiras vão arder, queimando os últimos dos Guardiões das Relíquias, enquanto as pessoas, os sacrifícios, estão fugindo. Nós nunca mais teremos essa chance novamente. Eu vou usar as Relíquias agora!

Vyvienne abaixou a cabeça. E, por amá-lo, segurou a mão de Ahriman e deixou que ele a conduzisse escada abaixo.

Permitiu que ele a deitasse no pentagrama de Relíquias sagradas.

E ela se permitiu desfrutar um último beijo, antes que ele fatiasse seu corpo e tirasse sua pele.

100

— Mas que diabo ele acha que está fazendo? – a voz de Sarah era alta e aguda. – Parece uma zona de guerra.

Owen ignorou-a. Seus olhos estavam fixos na casa rural diretamente à frente deles. Segurando a espada com as duas mãos, ele se sentia muito confiante. Tinha noção dos raios e trovões que explodiam acima da vila – e somente acima da vila. Os campos abaixo estavam sob o dilúvio torrencial, mas o efeito era especificamente localizado, e, embora eles estivessem a menos de duzentos metros de distância, ali não chovia.

Deslocando-se sorrateiramente para a frente, Owen chegava a sentir a presença das Relíquias zunindo no ar à sua volta. Havia sussurros que eram quase como palavras, partes do que poderia ser uma canção, mas indecifráveis, etéreas. Mas podia sentir que elas chamavam, chamavam, chamavam. As Relíquias estavam vivas: elas estavam aprisionadas, dolorosamente aprisionadas.

– Eles estão aqui – disse Owen simplesmente. – No subterrâneo.

Sarah não perguntou como ele sabia; estava sentido a falta da espada, como se tivesse perdido um dos membros. Enquanto ela a segurara, se sentira confiante... mas, agora... não tinha mais certeza de como se sentia.

A casa estava escura, sem nenhuma luz acesa lá dentro. O casal atravessou sorrateiramente o pátio, seguindo pelas sombras, procurando uma janela aberta, mas a casa estava bem fechada e cortinas grossas cobriam as janelas na parte de baixo. Eles contornaram a casa toda e voltaram à porta da cozinha.

Os raios e trovões tinham parado de cair sobre a vila e agora os gritos dos feridos ecoavam pelo ar. Alarmes de carros e residências soavam por toda parte e o fedor de fumaça preenchia o ar, que cheirava a carne queimada.

Owen estendeu a mão e tocou a maçaneta. Uma chama verde irrompeu e ele recuou a mão, chiando de dor. No escuro, eles podiam ver bolhas se formarem nas pontas de seus dedos.

– Ambrose disse que o lugar estaria guardado por mais que proteção humana – Sarah lembrou. – Algum tipo de proteção mágica.

Segurando a espada com a mão esquerda, Owen estendeu o braço e pressionou a ponta quebrada contra a porta. O fogo verde dançou sobre a lâmina, que ganhou vida com a luz branca. Então a luz fluiu para fora da espada, passando pela porta, deixando um traçado branco. O vidro explodiu para dentro e a maçaneta começou a borbulhar, o metal líquido escorreu pela madeira arranhada. Sarah pegou o braço de Owen e o afastou quando a porta caiu para dentro e o metal líquido das dobradiças formou uma poça no chão da cozinha.

– Tenho a impressão de que eles sabem que estamos aqui.

SENTADO, NU, no centro do círculo perfeito, Ahriman aos poucos se abria ao poder das Relíquias, primeiro absorvendo o formigamento de energia, deixando que ele penetrasse em seu corpo, se instalasse em seus ossos. Imagens piscavam e se agitavam por trás de seus olhos fechados. A força das fogueiras acesas fluía para dentro dele, as últimas correntes de vida dos Guardiões das Relíquias originais pairavam pelo ar, em colunas de fumaça, tocando-o.

Ele não tinha consciência do casal acima. Estava ciente somente do ritual que praticara diariamente, durante dez anos, só que, desta vez, ele estava fazendo para valer.

As mãos de Ahriman Saurin trabalhavam no chão, afastando pó de terra e revelando a porta de metal instalada no solo. A porta era redonda, feita de metal antigo, com parafusos quadrados presos a uma moldura maciça de blocos de pedra. O portal enferrujado tinha treze buracos de fechadura. Formas surgiam em lampejos, por trás dos buracos. Há dois mil anos Yeshu'a havia banido os Demoníacos e lacrado sua passagem. Yeshu'a e seu mundo há muito haviam partido, mas os demônios permaneceram.

Ahriman Saurin estendeu o braço até a primeira caixa de chumbo.

Um facho sólido de luz branca se ergueu e o cegou, inundando a sala com o cheiro de mil cavalos puro-sangue. Ele estendeu a mão e pegou o Cabresto de Clyno Eiddyn, deixando que o couro se abrisse, chiando levemente. Pegou a primeira Relíquia – no Astral, a escuridão se dobrou sobre a luz – e começou a destruir o material milenar.

Uma chave tênue surgiu na fechadura do alto – e girou, fazendo um clique seco.

EM SUA caverna verde, Ambrose cambaleou, pressionando a mão no centro do peito. Sentiu como se tivesse sido esfaqueado. Uma das Relíquias tinha acabado de ser destruída. Mas não havia nada que ele pudesse fazer, exceto esperar... e ouvir os gritos dos feridos e dos que estavam morrendo.

– Depressa – sussurrou ele, na linguagem perdida de sua juventude. – Depressa.

SARAH ESTAVA ao pé da escada e olhou para cima, para a escuridão. Ela estava congelando – a casa irradiava um frio gosmento – e queria se virar e correr, mas sabia que não podia fazer isso. A casa estava silenciosa e vazia. Símbolos arcanos tinham sido entalhados na madeira acima dos portais, e as molduras das janelas também mostravam desenhos curiosos.

Ela sentira um desejo quase incontrolável de tracejar um dos desenhos cheios de curvas, e chegou a estender a mão, mas Owen tocou-a com a parte plana da espada. O estalo do metal frio deixou-a novamente alerta e ela percebeu que estivera hipnotizada pelos contornos do desenho celta em espiral, que levava a um centro inexistente.

– Mais das proteções do Homem Moreno – disse Owen –, desenhadas para enganar.

Ele havia mudado desde que pegara a espada, mudanças sutis e quase imperceptíveis, tanto em sua postura como em sua atitude. Parecia mais alto, a pele de seu rosto estava mais esticada, enfatizando os ossos, e ele agia com confiança absoluta. Lembrando-se de como se sentira, Sarah se pegou invejando-o. Ela queria a espada, *sua* espada. – Aqui embaixo – disse ele, estendendo a mão para tocar a porta do porão com a ponta da Espada Quebrada. O portal ganhou vida com um contorno de fogo, chamuscando a madeira, queimando os símbolos.

– Acho que não devemos... – disse Sarah.

– Eles estão aqui embaixo – disse Owen. A espada estava tremendo em suas mãos, vibrando levemente, e nesse momento ele empurrou a porta, que caiu das dobradiças e foi rolando escada abaixo.

AHRIMAN ESTAVA surdo para o mundo.

Ele estava profundamente mergulhado no ritual, transferindo a energia das Relíquias, agora ampliada pela carne queimada dos Guardiões das Relíquias, e depositando-a nos trincos da porta metálica.

Suas mãos se estenderam cegamente até uma caixa e a abriram.

Novamente uma luz branda fluiu, mas se extinguiu quase que imediatamente, no instante em que as mãos grandes de Ahriman a cobriram. A Panela de Rhygenydd, perpetuamente cheia de sangue escuro, se retorceu sob sua pegada poderosa, respingando seu corpo nu de vermelho. Ele dobrou a peça que a acompanhava, a Bandeja de Rhygenydd, repetindo a dobra até que o objeto se partiu em quatro.

Outra chave se formou e girou no trinco. Algo bateu na porta de metal, um golpe isolado, e o som profundo e retumbante ecoou no pequeno cômodo.

O CHEIRO ao pé da escada era indescritível. Um odor de algo que morrera há muito tempo, um fedor horrendo no ar, como um miasma sólido. Sarah e Owen sabiam que era um corpo – ou corpos – e ambos ficaram subitamente gratos pela falta de luz. Com a mão de Sarah em seu ombro, Owen caminhou adiante. Ele sentiu como se seu corpo estivesse se inclinando em meio à brisa; podia sentir o poder das Relíquias banhá-lo, sua roupa parecia pesada sobre a pele. O ar em si se tornou espesso, pegajoso, dificultando a respiração, secando a umidade de seus olhos, de sua boca e da garganta, era como se ele estivesse respirando areia.

Então a Espada Quebrada se acendeu, queimando o ar abafado, a luz branco-azulada banhou o corredor de sombras, iluminando a madeira da porta aparafusada com ferro diretamente à sua frente.

Owen disparou adiante, com um sorriso ansioso.

NAQUELE MOMENTO, cinco trincos já estavam rompidos.

Ahriman se concentrou na abertura do sexto lacre, mas as batidas dos demônios no outro lado eram incríveis, o ruído era ensurdecedor, pois eles socavam o metal, uivando e gritando, sacudindo a porta presa às dobradiças, atrapalhando sua concentração. Garras surgiam nas aberturas e a porta estava visivelmente sendo forçada para cima, o metal se torcendo onde os trincos haviam sido abertos.

O Homem Moreno estava ficando cansado.

O esforço incrível o deixava esgotado, sugava a energia de seu corpo, e a fórmula arcana oculta que ele precisava manter tinindo começava a embaçar em sua mente. Ela tinha consciência de que os Demoníacos estavam tentando freneticamente abrir a porta e o metal milenar estava tremendo em sua moldura de pedra... mas sabia que não deveria estar consciente de nada. Qualquer lapso de concentração seria pior que fatal, pois Ahriman sabia que a morte não era o fim, e com essa proximidade do reino dos demônios, seu espírito podia ser sugado para aquele lugar, para sofrer pela eternidade.

Segurando a sexta Relíquia – a Pedra de Amolar de Tudwal Tudglyd –, ele a apertou. O granito milenar deveria ter se partido, mas nada aconteceu. Inclinando-se à frente, ele pressionou a mão esquerda, com a palma para baixo, sobre a porta metálica tremulante. – Dê-me força – ele rezou. – Dê-me força.

O barulho e o movimento no outro lado da porta cessaram... Então a resposta fluiu por seu braço.

AMBROSE ESTAVA morrendo; agora ele sabia disso. A cada Relíquia que o Homem Moreno destruía, o homem de um olho só morria um pouquinho. Ele havia sentido a destruição das cinco Relíquias como se fossem golpes físicos, tinha visto a sombra engolindo a luz, e, pela primeira vez em dois mil anos, sentiu o desespero terrível dos verdadeiramente perdidos. Então tinha sido tudo em vão, todas aquelas mortes que ele havia causado, e agora Sarah e Owen provavelmente estariam mortos também.

Ele teve um lampejo súbito da pedra de amolar se esfarelando nos dedos de Ahriman, transformando-se em poeira, e viu a chave girar no sexto trinco.

101

Eles tinham esperado muito tempo por isso.

As lendas dos seus falavam de um tempo em que eles caminhavam pelo Mundo dos Homens e se banqueteavam das delícias conhecidas como carne. Também havia histórias dos que tinham escapado através de outras portas ocultas temporárias, pontes e portais.

Mas, agora, o tempo de espera havia acabado.

Seis dos trincos que lacravam a porta entre os planos de existência tinham sido abertos.

Odores ricos de carne e sal, cheios de possibilidades e oportunidades, transbordavam pelas pequenas fendas, deixando os que estavam mais próximos em total frenesi.

102

Em pé, diante da porta de madeira com parafusos de ferro, Owen segurou a espada com as duas mãos e endireitou os ombros.

– Qual é o plano? – sussurrou Sarah.

– Não há plano – disse Owen. Ele estendeu a mão à frente e encostou a ponta da Espada Quebrada na porta. Os parafusos de ferro chiaram e derreteram e a madeira se dissolveu em pó.

Enquanto Sarah seguia Owen, podia jurar que a pele dele reluzia com tons metálicos.

A minúscula sala era um abatedouro.

Um Homem Moreno estava agachado no centro da sala, montado em cima de um corpo esquartejado. Faltava boa parte do rosto e havia marcas de dentes no queixo, onde ainda tinha carne, mas pareciam mordidas humanas. O rosto e o pescoço do Homem Moreno estavam cobertos de sangue.

O torso de Vyvienne tinha sido aberto, desde a garganta até a pélvis, a pele havia sido puxada, revelando a curva das costelas e dos órgãos internos. As Relíquias restantes estavam sobre o corpo da mulher, empapadas de sangue coagulado.

Ahriman Saurin virou a cabeça para olhar o par que estava na porta. Seu sorriso selvagem era esmagador, com sangue fresco da carcaça de Vyvienne.

– Que bom que vocês me trouxeram a espada – disse ele, lançando a pequena Carruagem de Morgan dentro do ferimento aberto no corpo embaixo dele, banhando-a em sangue e fluidos. Quando a tirou, ele a esmagou nas mãos, transformando-a em uma massa disforme.

Owen e Sarah ouviram o clique de um trinco e o corpo cortado se mexeu levemente. Eles agora viam que Vyvienne havia sido deitada em cima do poço metálico, que estava escuro de sangue. A porta metálica se mexeu, sendo forçada para cima, e uma língua negra passou pela abertura, lambendo o sangue.

– Tarde demais – disse Ahriman Saurin.

Owen sentiu a espada se mexer, girar por conta própria, e subitamente ele estava indo em frente, empunhando a arma com as duas mãos, mantendo a espada baixa, à esquerda, erguendo-a...

Ahriman pegou a Relíquia mais próxima e a sacudiu. Owen teve um vislumbre da pele, com a cabeça inteira de veado, com galhada e tudo, no instante em que a espada a furou, lançando centelhas no ar.

– Pelo Manto de Arthur! – O Homem Moreno se endireitou e girou a capa sobre os ombros, pousando o capuz galhado na cabeça. A mão esquerda de Saurin deu um solavanco e pegou a lâmina da espada, em uma explosão de fogo branco-esverdeado.

Owen tentou puxá-la de volta, mas estava bem segura.

As batidas embaixo da tampa de metal eram um ruído ensurdecedor, exigente.

– Meus súditos estão famintos – sussurrou Ahriman. Ele puxou a espada e Owen sentiu que ela estava escorregando de suas mãos. – A espada é a chave mais poderosa de todas. Se eu abrir esse trinco, não precisarei usar os outros. – Ahriman puxou a espada novamente, quase a arrancando das mãos de Owen. – Você deveria se sentir honrado: as bestas irão comê-lo primeiro.

– Não... – Owen tentou puxar a espada de volta.

– Sim. – Ahriman o empurrou.

Sarah percebeu que ele ia perder a espada. E, uma vez que o Homem Moreno a tivesse, o mundo acabaria...

E, da escuridão, Sarah se jogou sobre Owen, batendo no alto de seu corpo, sobre seus ombros, e o empurrou à frente, para dentro dos braços de Ahriman. Owen ainda estava segurando a espada e o golpe súbito o lançou à frente, a lâmina de metal cortou as mãos de Ahriman e a ponta quebrada da arma se cravou em seu peito, deslizando pelas costelas, perfurando, simultaneamente, seus pulmões e o coração.

Ahriman olhou a espada e seus olhos se arregalaram quando ela começou a reluzir e a queimar, e Owen deu um passo à frente e girou a lâmina antes de arrancá-la. Uma luz fria e branca surgiu nos olhos de Ahriman. Sua boca se abriu e ele tentou falar, mas não conseguiu formar as palavras. Seu peito arfava e ele vomitou fogo branco.

A explosão repentina de luz lançou Owen e Sarah de volta ao *hall*, fora da sala redonda, que agora pulsava com o fogo emanado do corpo de Ahriman. Ele ficou de pé, braços estendidos, crucificado pela luz. O fogo frio banhou as caixas de chumbo, derretendo-as, deixando à mostra os artefatos que estavam dentro delas. As chamas lambiam e chiavam, e então, uma a uma, as Relíquias ganharam uma breve luz incandescente, inundando a sala com as cores do arco-íris.

Por um instante, as duas magias – luz e trevas – guerrearam.

Isso durou um segundo, e então a sala foi lançada em absoluta escuridão.

No longo silêncio que se seguiu, um estalo na fundação foi ensurdecedor. As pedras foram esfareladas, a terra tremeu e surgiu um facho de luz na sala escura, um facho sólido que lentamente contornou o poço milenar, o portal para o Outro Mundo.

Owen e Sarah foram até o portal e olharam lá dentro, piscando diante da luz. Os corpos de Ahriman e Vyvienne tinham desaparecido; não havia nada que indicasse a presença deles. A Espada Quebrada, com sua lâmina agora inteira, brilhante e prateada, estava no chão, em cima do Manto de Arthur.

A porta milenar no chão tinha se fundido à pedra, os trincos haviam sido lacrados com vidro branco.

103

Eles levaram um momento para perceber que a pequena criatura afundada na cadeira de pedra era Ambrose.

Sarah e Owen se ajoelharam diante dele e espalharam as Relíquias remanescentes ao lado da Corneta de Bran: O Manto de Arthur, o Tabuleiro de Xadrez de Gwenddolau, a Faca do Cavaleiro, o Manto Vermelho de Plumas, e Dyrnwyn, a Espada Quebrada.

– Isso foi tudo o que conseguimos salvar. – Owen afastou as mechas de cabelo da testa do velho. Sua pele era tão frágil e translúcida que dava para ver claramente os ossos e os músculos por baixo.

Com esforço, Ambrose se endireitou e tocou cada uma delas com os dedos trêmulos, vendo-as pelo que eram, lembrando-se do que um dia haviam sido. – É o suficiente – sussurrou ele.

– Nós ganhamos – disse Sarah, encorajadora.

– Por hora.

– E quanto às Relíquias? – perguntou Owen. – O que fazemos com elas?

–Vocês precisam viajar ao Novo Mundo e encontrar novos Guardiões.

– Novo Mundo? – perguntou Owen.

– América – respondeu o ancião.

– Eu? – perguntou ele.

– Não... – Os lábios de Ambrose se curvaram num sorriso, mostrando seus dentes amarelados. –Você – disse ele, olhando para Sarah. –Você é da linhagem de José de Arimateia. – Os dedos frágeis tocaram a pele dela. –Você é minha descendente, Sarah, e vai assumir o meu manto.

– Não posso.

– Eu disse a mesma coisa. Você não tem escolha. Pegue as Relíquias que sobraram e retorne-as aos seus donos por direito. Você saberá quando os encontrar.

– Mas eu não sei o que fazer! – ela protestou.

– Só há uma regra: as Relíquias nunca podem ser reunidas. Tudo o mais virá com o tempo. – Com um último suspiro, ele acrescentou: – Vão para a América. Agora é sua responsabilidade.

Eles levaram algum tempo até perceber que Ambrose estava morto.

104

TEMPESTADE ANORMAL MATA CENTENAS

A tempestade incomum, que atingiu a Costa Leste ontem, já custou 622 vidas. A maioria das vítimas eram visitantes do Primeiro Festival Internacional Celta de Relíquias, Arte e Cultura que se realizava em Madoc, País de Gales. Os meteorologistas estão intrigados porque a chuva maciça não foi detectada em seus radares. Os 9 mil feridos estão sendo tratados em inúmeros hospitais, incluindo...

ACREDITA-SE QUE A SUSPEITA ESTÁ MORTA

A polícia acredita que uma mulher que eles queriam interrogar, com ligação a uma série de assassinatos brutais na capital, foi uma das vítimas do desastre de Madoc. Embora o corpo em questão esteja terrivelmente queimado para uma identificação apropriada, espera-se que os peritos possam fornecer respostas.

A POLÍCIA ESTÁ DE LUTO POR OFICIAL

Uma das vítimas da catástrofe de Madoc, o detetive Anthony Fowler, foi enterrado hoje. Sua parceira, a sargento Victoria Heath, está sendo submetida a cirurgia no St. Francis Hospital, onde deverá se recuperar. Não há mais detalhes disponíveis.

Epílogo

O jovem casal, portando mochilas enormes na fila da imigração do aeroporto de Los Angeles, parecia igual à maioria dos jovens de vinte e poucos anos depois de uma turnê pela Europa. Eles podiam facilmente ser confundidos com alunos regressando, exaustos e ranzinzas, de férias europeias.

No entanto, ao contrário dos alunos de Stanford, à esquerda, com suas malas cheias de primeiras edições de poesias de Costwolds, ou o casal gótico, à direita, com sacolas entupidas de badulaques como pequenos táxis pretos e miniaturas da Torre de Londres, esse par trazia na bagagem algo muito mais precioso. Segundo seus passaportes, Sarah e Owen Walker eram recém-casados regressando da viagem de lua de mel na Inglaterra. O formulário azul da alfândega listava o que eles estavam trazendo para dentro do país: uma corneta, uma capa de plumas vermelhas, uma capa de couro escuro, uma faca, um tabuleiro de xadrez e uma espada.

Todos os itens foram discriminados como "curiosidades" sem valor comercial.

No Outro Mundo, por trás de uma porta de vidro, madeira e pedra, a legião aguardava.

Pacientemente.

Eles tinham muitos aliados no Novo Mundo, e o casal não tinha nenhum.

NOTA DOS AUTORES

A maioria das Relíquias mencionadas neste romance ainda existe, assim como o grupo de pessoas conhecidas como Guardiões das Relíquias.

Este livro foi composto em Bembo Std
para a Editora Planeta do Brasil
em maio de 2013.